STACCATO

45, rue du Clos-Four – 63056 Clermont-Ferrand Cedex 2

Yaël König

STACCATO

Marge Noire
De Borée

À Brigitte Gimenez, sans laquelle ce livre n'aurait pas même atteint l'état de projet !

À Patrick Kalfon, sans lequel je n'aurais pas su commettre un crime !

À Édouard, pour l'amitié et la lecture avisée,

À tous les amoureux de musique.

1

La bouffée de haine atteignait son paroxysme. Inconscient de la colère qui noircissait le regard de son élève, le vieux professeur de violon attaquait crescendo une vrille de reproches, tous justifiés.

— Non, non et non ! Combien de fois vous ai-je répété qu'un violon n'est pas une lessiveuse ? Vous secouez votre instrument, vous le malmenez, on croirait un lapin que vous voulez saigner !

— Mais, professeur...

— Plus de mais ! Plus jamais de mais ! Voilà deux ans que je perds mon temps avec vous, deux ans que vous vous obstinez à vous prétendre Perlmann ou Oïstrakh, avec un aplomb que votre jeunesse a d'abord rendu amusant, mais qui m'insupporte aujourd'hui. Je ne comprends pas votre entêtement à supplicier mes oreilles ! Vous êtes beau, opiniâtre, attentif ; faites du théâtre, des photos de mode, que sais-je ! Quant à votre violon, vendez-le, offrez-le, mais cessez de rêver d'une carrière de soliste. De toute manière, vous avez vingt ans, jeune homme, c'est trop tard.

— Pourtant...

— Stop ! Un mot de plus serait un mot de trop. Rentrez chez vous, mon petit, et revenez à la réalité.

Jean Bertini se tut, épuisé. Voilà bien longtemps qu'il aurait dû congédier le jeune homme.

En réalité, dès la première leçon, il avait su que l'adolescent ne serait jamais à la hauteur de ses ambitions. Le garçon n'avait aucun talent ; il n'en aurait jamais. Bertini n'avait cependant rien dit et accepté de le prendre comme élève.

Ce n'était pas une question d'argent. Certes, Jean Bertini, l'ex grand soliste au toucher exceptionnel, monnayait ses leçons à prix d'or ; mais ce nouvel élève était ravissant, ses grands yeux lui faisant un visage naïf, un air tendre qui avaient capturé Jean Bertini dans une nasse trop connue. L'amour. Les tempes qui battent à trop attendre l'heure de la leçon, les lèvres qui blanchissent de ne pouvoir se poser sur la peau fine, innocemment offerte...

Bertini avait vécu vingt ans d'une vie passionnée avec Hervé Caffarelli, ténor au talent incertain, à la voix rugueuse, laborieuse, qui avait sans regret arrêté les tournées dévalorisantes pour se consacrer au grand, à l'immense Jean Bertini.

La vie avait d'abord été clémente aux deux hommes. Depuis, sous la présidence de François Mitterrand, l'homosexualité n'avait plus été considérée comme délictueuse, Jean et Hervé ne cachaient plus leur amour. Le monde entier, subjugué par le jeu du virtuose, considérait ses options sentimentales comme un corollaire capricieux de la vie d'artiste, et n'avait de commentaires que pour la sensualité de l'archet de Jean et la puissance de ses interprétations.

Puis le sida avait terrassé Hervé. Un long et lourd chagrin avait brisé Bertini, avant de s'effilocher peu à peu dans les bars gays et les rencontres éphémères.

Le musicien avait du succès auprès de la jeunesse homosexuelle ; il était généreux, fréquentait des milieux inaccessibles pour eux, et ne s'appesantissait jamais sur son chagrin.

Bien plus tard, Bertini, installé boulevard Victor-Hugo, à Nice, avait commencé à donner des leçons de violon, poussé par ses amis et par la conviction que la jeunesse de ses élèves le revigorerait.

C'est alors qu'il avait fait la connaissance de l'adolescent...

L'amour platonique qu'il lui vouait ne l'avait pas empêché de remarquer très vite, par intermittences, des dérapages dans le regard, comme une rage mal contrôlée, qui le retenait de pousser plus avant son intimité avec le jeune homme. Il se méfiait un peu de ce garçon bizarre, toujours poli, prévenant, mais au silence glacial. Étrange et déplaisante impression d'être dévoré vivant.

Aujourd'hui, il fallait mettre un terme à des tergiversations anachroniques. Ce garçon jouait comme une carotte. C'en était terminé des leçons de violon !

— Professeur, vous aviez dit...

— Qu'importe ce que j'ai pu dire. Je me suis trompé, voilà tout. Rangez vos affaires et partez. Je vous fais grâce de cette séance.

Le vieux professeur se détourna et regarda les orangers des anciens jardins d'un vieil hôtel particulier jouxtant le sien, comme pour se laver des sons ternes et laborieux qu'il venait de subir.

C'en était trop. Le jeune homme sentit monter l'exaspération. Une haine immense le transforma en tornade, en décharge électrique d'une puissance inouïe qui le jeta sur Bertini. Enfonçant avec rage son genou droit dans le dos du vieux professeur éberlué, il assura sa prise. Il fut surpris du sursaut vigoureux de Bertini ; il avait pensé en finir en quelques secondes, mais il dut serrer encore, les forces décuplées par la rage, et il étrangla le violoniste dans un style qu'aucun judoka n'aurait renié.

Le pharynx écrasé exhala un dernier son, léger comme la naissance d'un vent printanier.

C'est alors que naquit l'Idée, celle qui devait à jamais illuminer la vie de l'incomparable artiste qu'il serait bientôt à la face du monde.

Enthousiasmé par ce projet soudain, il se pencha sur le cadavre effondré et, sortant de sa poche le cutter qui ne le quittait jamais, il commença son épouvantable découpage.

2

L'INSPECTEUR NATHAN Godfine arriva sur les lieux quelques minutes après les techniciens de la PJ. Face à l'hôtel particulier de Bertini grossissait une foule informée on ne savait comment. Voisins, passants et fans se pressaient devant le porche, excités et curieux. Même les voitures ralentissaient, faisant craquer sous leurs roues les feuilles des platanes indifférents.

Claire Galetti, la concierge de l'immeuble, réitéra pour Godfine le témoignage qu'elle venait de livrer à un policier. Elle nettoyait l'escalier ce matin lorsqu'elle avait remarqué que la porte de l'appartement du maître était entrouverte. Croyant à une distraction, elle avait failli la refermer d'instinct, mais à l'idée que l'un des jeunes hommes « bizarres » que fréquentait Bertini avait peut-être pris la poudre d'escampette en dérobant quelque chose au vieux professeur fatigué, elle s'était ravisée, l'avait d'abord appelé, puis s'était glissée dans l'entrée.

— Comment l'avez-vous trouvé ?

— Ben... Avec tout ce sang, cette boucherie, ces morceaux de peau ou de chair par terre, il avait l'air très mort, vous savez !

— Non, je veux dire, dans quelle position ?

— Ça, il ne s'est pas relevé pour me dire bonjour ! Il était comme vous le voyez maintenant. Je me suis approchée, mais je ne l'ai pas touché.

Bertini était couché au sol, sur le côté droit, les yeux grands ouverts sur le mystère éternel. Si le bas du corps pouvait faire croire qu'il dormait ou venait d'avoir un malaise, le torse, en revanche, présentait un magma de chair découpée, tailladée, pendante par endroits, comme si l'auteur de cette abomination avait voulu s'exercer, s'entraîner à un acte chirurgical atroce dont nul ne pouvait deviner le but.

— Êtes-vous sûre de n'avoir touché à rien ? Parfois, dans l'affolement, on fait des choses qu'on oublie presque aussitôt.

— Je ne me suis pas affolée, inspecteur, malgré le spectacle. J'ai longtemps vécu dans les impasses les plus inquiétantes du quartier de l'Ariane[1]. D'ailleurs, on n'y rencontrait jamais vos collègues... Bon, passons. En tout cas, des bagarres, des règlements de comptes, des coups de couteau, j'en ai vu ! Peu de choses m'impressionnent, aujourd'hui, et c'est heureux, parce qu'on vit dans un monde de merde !

— Difficile de vous contrarier sur ce point. Revenons à M. Bertini. Vous avez entendu ou vu quelque chose de particulier ?

— Strictement rien. C'est ça qui me perturbe. Comment a-t-on pu lui faire subir ça sans qu'il ait hurlé de douleur ? Or l'immeuble était tranquille. Je n'ai aperçu aucun visiteur, et je ne suis pas sortie. La seule chose...

— Oui ?

— Eh bien, cette petite marionnette par terre, près du divan. Je ne l'avais jamais vue dans le salon du professeur.

---

1. *L'Ariane, banlieue est de Nice, est considérée comme infréquentable.*

Naturellement, ça ne veut pas dire qu'elle n'était pas à lui, mais quand même, ça me surprend.

— Pourquoi ?

— Regardez-la bien. Elle est toute neuve, impeccable, sauf qu'il manque un doigt à sa main droite ; c'est ça qui est bizarre, parce que M. Bertini ne supportait pas d'avoir des objets cassés, abîmés ; il les jetait de suite. Un jour, j'ai récupéré une ravissante bonbonnière parce qu'un éclat manquait à l'intérieur du couvercle. Il allait la jeter ! Il aimait tellement les jolies choses, et en plus il avait tout l'argent qu'il voulait pour les acheter : alors, une poupée esquintée... Et puis, je ne sais pas... Elle est jolie, mais ce n'est pas le genre de M. Bertini. Enfin, je dis ça... En tout cas, je ne l'avais jamais remarquée dans son appartement.

— Je vois... déclara Godfine, qui ne voyait rien du tout. Qu'avez-vous fait après ?

— J'ai quitté l'appartement sans fermer la porte, à cause des empreintes, et je vous ai appelé. Aujourd'hui, avec tout ce qu'on nous montre à la télé, on sait de suite ce qu'il faut faire.

Elle était en effet redescendue dans sa loge, se répétant que ça devait arriver un jour, étant donné l'étrange faune adolescente, sûrement dangereuse, dont s'entourait parfois le violoniste. Puis elle avait composé le 17 sur son cadran de téléphone, comme elle l'avait toujours vu faire à la télévision.

Frais émoulu de la fac, Godfine considéra longuement le cadavre : l'heure était venue de se montrer efficace. Le sang figé, les lambeaux de peau et les chairs déchirées disaient une sauvagerie inquiétante et incompréhensible.

Encore un fou ? Ce n'était pas une explication pour Godfine. Il n'y avait pas de fous, seulement des êtres qui vivaient dans une autre logique, pour s'y perdre parfois, jusqu'à tuer ou se détruire.

Il arpenta l'appartement sans mot dire, détaillant les tentures veloutées, les brillances des meubles anciens, les plafonds hauts et décorés de frises Renaissance, le regard comme un périscope électronique. Puis il revint vers Raoul Cigliano, le médecin légiste requis par le procureur de la République.

Les deux hommes étaient jeunes. Ils brûlaient d'en découdre avec les criminels et autres empêcheurs de goûter la vie sans risque.

Godfine était mince et très brun, les yeux d'un bleu éblouissant. Ses cheveux noirs poussaient dru, bouclés et brillants, dégageant un front lisse et mat. Sa peau couleur terre de Sienne paraissait plus bronzée et plus chaude à travers les chemises éclatantes de blancheur enfilées sur les pantalons grège ou marron qu'il affectionnait de porter. Comme son nom ne l'indiquait pas, il avait des origines kabyles. Les cheveux gris malgré une petite trentaine, Cigliano montrait son goût du bien-manger grâce à un tour de taille déjà imposant. Des lunettes rondes cerclées de métal comme il s'en portait aux plus beaux jours de Mai 68 chevauchaient un nez assez fort. Son embonpoint n'empêchait pas une force herculéenne, qui lui était souvent bien nécessaire dans ses manipulations *post mortem*.

— Alors ?

— *A priori*, pas de traces de coups, pas d'érosions ni d'ecchymoses. En revanche, les cricoïdes ont dû morfler un max. Il semble que l'assassin ait voulu pratiquer un découpage morbide sur le corps. De toute évidence, l'objet utilisé était particulièrement tranchant, car les coupures sont nettes. Mais ensuite, on croirait qu'il a voulu déchirer la chair comme pour l'emporter avec lui, puis qu'il a soudain changé d'avis. Malgré le carnage, il y a moins de sang qu'il ne devrait, ce qui indique que le professeur était déjà mort lorsqu'on a procédé à ce rituel bizarre. S'il s'agit d'un rituel... La cause de la mort, c'est l'étranglement, l'écrasement des cartilages cricoïdes. Le larynx, si tu préfères. Bertini a été étranglé. Il n'y a pas de trace d'instrument : cela s'est fait à la main. L'agresseur a attaqué par-derrière. Il a dû pratiquer une clé de judo. L'autopsie montrera sûrement la fracture des cartilages et de l'os hyoïde.

— De quoi ?

— L'os hyoïde ; l'os cartilagineux du larynx. Fais marcher ta mémoire, vieux ! D'après ce que j'ai pu constater, l'affaire a dû se passer entre 18 et 20 heures hier. Impossible de t'en dire plus maintenant. Appelle-moi ce soir, je te tiendrai au courant.

Pendant ce temps, les officiers de la police judiciaire, en Sherlock Holmes acharnés, traquaient poussières et empreintes digitales. Il n'en manquait pas, dans ce salon plein de lumière qui avait vu défiler les élèves et les dernières conquêtes de Bertini. Mais aucun bouton de chemise arraché pendant l'éventuel corps à corps, aucun mégot de cigarette révélateur – d'ailleurs Bertini ne fumait pas –, aucun numéro de téléphone griffonné à la hâte ne venait indiquer une direction aux recherches.

L'appartement était net, opulent et ensoleillé. Des meubles en bois précieux s'amoncelaient aux quatre coins de chaque pièce. Dans le salon, une chaîne Hi-Fi Bang & Olufsen soulignait clairement l'amour de la musique qui régnait ici. Une impressionnante collection de CD était rangée dans une bonnetière en merisier, marquetée de citronnier. La dernière galette encore posée dans le logement adéquat était un splendide enregistrement de la *Tosca* de Puccini, interprété dans les arènes de Vérone, avec Tania Nicolova dans le rôle de la Tosca, et Efrem Puic dans celui de Cavaradossi.

Godfine aimait la grande musique. Il fredonna *in petto* quelques mesures du passage particulièrement puissant de l'opéra, « Cantabile di Scarpia », qui s'imposèrent à lui malgré les circonstances. Puis il s'assit et examina le petit personnage en terre cuite, d'une quinzaine de centimètres, qu'avait mentionné la concierge Claire Galetti. Moitié Pierrot moitié Arlequin, la poupée au regard tendre était joliment vêtue d'un costume d'or et de soie rouge. Un drôle de capuchon pointu, en satin marron glacé, retombait sur son nez d'un air coquin. Que faisait-elle par terre ? Appartenait-elle à Bertini ou au meurtrier ? Était-ce un indice, comme en laissaient les psychopathes qui voulaient signer leurs actes, ou un hasard ?

Bertini, en dépit de la mort d'Hervé, n'avait pas vécu une retraite solitaire. Le luxe qui l'entourait, le téléphone qui sonnait souvent, les projets de voyages dont il discutait avec ses amis, disaient assez combien le professeur entendait jusqu'au bout échapper à la morosité de l'âge. Il donnait encore quelques concerts exceptionnels au théâtre de l'Opéra de Nice où le nouveau directeur, Francesco Franco, le recevait à bras ouverts. Bertini remplissait toujours le magnifique théâtre, et il n'était pas rare qu'il faille prolonger son engagement d'un jour ou deux.

Sur une console en bois de rose marquetée d'or était ouvert un calepin de cuir rouge sang. Il fut soigneusement rangé dans une pochette en plastique et emporté avec la poupée et quelques autres objets, afin d'être examiné dans les moindres détails au labo.

Raoul Cigliano ayant terminé les premières constatations, les pompes funèbres emportèrent le corps lacéré de l'illustre Jean Bertini à l'institut médico-légal, pendant que la foule qui commençait de s'agglutiner sur le trottoir lui faisait une ultime fois une haie d'honneur.

Les semaines suivantes virent l'inspecteur Godfine travailler d'arrache-pied. Cigliano avait confirmé ses premières constatations. Jean Bertini avait bien été étranglé ; il n'y avait pas eu de véritable lutte. La victime s'était sans doute débattue d'instinct, avec des gestes réflexes, puis l'anoxie cérébrale avait fait son œuvre, l'amenant en quelques secondes de la perte de conscience à la mort. Ce n'est qu'ensuite qu'on avait tailladé le torse du virtuose.

Un examen plus précis avait permis de conclure que le tueur avait voulu découper un rectangle sur le torse, commençant d'une épaule à l'autre, descendant ensuite parallèlement sur les flancs pour fermer le rectangle effrayant juste au-dessus du nombril. La lame acérée avait incisé sans peine, mais le décollage des chairs avait été beaucoup plus ardu, et finalement l'assassin semblait avoir renoncé à son projet.

Sous les ordres du commissaire Vanelli, Godfine avait interrogé des dizaines de personnes, sans que jamais le plus petit indice ne vienne éclairer sa lanterne.

Il avait alors commencé à fréquenter l'Opéra autrement qu'en spectateur, constatant qu'il s'agissait d'une entreprise comme tant d'autres, où l'on rencontrait dans la journée des tas de personnes affairées courant dans tous les sens pour veiller à la sécurité de l'énorme bâtiment ou au montage des décors. Il interrogea des employés, des musiciens, afin de cerner davantage la personnalité de Bertini. Tous lui parlèrent d'un violoniste talentueux, aimable malgré ses exigences professionnelles.

Longuement reçu par le directeur, Godfine apprit une multitude de détails sur la bonne marche de l'Opéra. Mais rien qui puisse faire avancer l'enquête.

— Avez-vous remarqué, monsieur le directeur, quelque chose de particulier concernant la vie privée de Jean Bertini ?

— Je m'en doutais !

— Je vous demande pardon ?

— Vous allez commencer à fouiner, à salir ce grand artiste parce qu'il était homosexuel ! (Le directeur s'agita, bizarrement énervé.) Qu'attendez-vous de moi ? Je ne connaissais Bertini que professionnellement ; tout le monde vous le confirmera. Et il avait le droit d'être ce qu'il voulait être, un point c'est tout !

— Et qui vous dit le contraire ?

Godfine s'était promis d'essayer de comprendre une réaction aussi vive, mais cela ne l'avait pas mené loin. Francesco Franco vivait constamment sur les nerfs et dans la crainte de mal faire. On l'avait parfois vu malade d'angoisse pour une annonce mal amenée, un costume trop petit, l'air préoccupé d'un chanteur... La direction de l'Opéra semblait le régir comme si sa vie même en dépendait.

Pour les besoins de l'enquête, Godfine se mit à fréquenter les lieux où on aurait pensé trouver Jean Bertini, étant donné sa réputation établie de Don Juan. Toutes les boîtes de nuit gays de la région furent visitées, leurs propriétaires interrogés, leurs employés longuement questionnés. Godfine débarqua dans un monde de strass, de paillettes, d'imitations folles ou insolentes, un monde où les remarques acides fusaient, où l'on parlait vif et haut. Travestis, hormonés ou non hormonés, tous ou presque connaissaient Bertini, et nul ne semblait avoir menti sur ses relations avec lui. Toutes les adresses, tous les numéros de téléphone inscrits sur le précieux carnet de cuir rouge avaient été vérifiés. En vain. Bertini consommait et payait largement. Personne ne savait où il conservait l'argent liquide dont il était prodigue, mais en tout cas, certains curieux ayant essayé de le savoir pouvaient affirmer que ce n'était pas dans son appartement. D'ailleurs, qui aurait songé à tuer la poule aux œufs d'or ?

En outre, Bertini n'était ni vicieux ni pervers. Sortir avec lui promettait une soirée inédite, intéressante, sans heurts ni vulgarité.

L'inspecteur passa en revue la dizaine d'élèves assidus qui fréquentaient l'immeuble, tous enfants de familles riches poussés vers le violon comme ils le seraient plus tard vers le bridge ou les safaris africains. Sauf deux d'entre eux, deux lycéens passionnés de musique, mais qui n'avaient pas rencontré le professeur ce jour-là. L'un était couché à cause d'une féroce sinusite, l'autre livrait des pizzas pour le fameux Joe's Fast, qui procurait à peu près tout ce qu'on lui commandait en moins d'une demi-heure, dessert offert, et pistait ses livreurs avec rigueur. Impossible à l'un d'entre eux de s'échapper dix minutes sans mettre en péril sa distribution et son job.

Là où il s'était attendu à de croustillantes révélations, il n'y avait somme toute qu'une vie banale.

Nathan Godfine n'en démordait pas. Il trouverait l'assassin, quel que soit le temps qu'il passerait à chercher, à recouper les pistes, à vérifier les témoignages.

Cependant, le temps courait et les affaires s'accumulaient. Une vieille femme vietnamienne avait été assassinée dans son minuscule appartement du quartier de la Gare ; deux corps démembrés avaient été trouvés dans une décharge de l'arrière-pays ; un adolescent fasciné par Hannibal Lecter, le personnage du *Silence des agneaux*, avait torturé un enfant de six ans... On ne chômait pas, à la PJ niçoise.

Mais toujours revenait à l'esprit de Nathan le regard vidé de Jean Bertini. Son « premier mort ». L'inspecteur ne supportait pas l'idée d'échouer. Puisqu'un esprit humain avait trouvé le moyen d'éliminer le violoniste, il y avait forcément une faille quelque part. Et cette faille, Godfine la chercherait, la dégagerait, jusqu'à coffrer le meurtrier.

3

« QUANT À VOTRE VIOLON, vendez-le, offrez-le, mais cessez de rêver d'une carrière de soliste ! »

En fait, il avait eu raison, ce vieux schnock ! Ce violon était une vraie merde !

Il regarda l'instrument d'un air dégoûté. C'est à cause de lui qu'il n'avait pas progressé !

Il sentait pourtant, au bout de ses doigts, au fond de son cœur, un talent qui ne demandait qu'à fuser.

Un talent séraphique.

Il était même certain qu'il n'aurait pas eu besoin de leçons si seulement l'instrument avait été digne de son génie. Toutefois, il ne réussirait jamais rien avec cette boîte sans âme que son père lui avait achetée pour ses treize ans, prétendant que c'était un vrai Vuillaume[1].

Rien d'étonnant de la part de son père ; on lui aurait montré un manche à balai en lui affirmant que c'était un Stradivarius, il l'aurait immédiatement cru. Son père était un minable qui ne savait pas réfléchir et prétendait aimer son fils en répondant à tous ses désirs. À ce jeu-là, il perdrait vite, car on n'était pas à la fin de la liste !

---

1. *Jean-Baptiste Vuillaume (1798-1875), fut l'un des meilleurs luthiers français du XIXe siècle.*

En attendant, il n'était même pas question de donner ce violon imbécile à qui que ce soit. Il allait le détruire, le faire disparaître à jamais de sa vie, trop longtemps trahie par cet instrument cacochyme.

Puis il fabriquerait lui-même son instrument, y consacrant le temps nécessaire, quinze, vingt ans, la durée requise pour obtenir un bois splendide à la résonance parfaite. Il savait tout de la fabrication de ces instruments précieux et fragiles, très difficiles à réaliser.

Ensuite, pour le reste, il avait son Idée, cette Idée magique que lui avait révélée le vieux Bertini en mourant.

Son violon, celui que nul n'aurait fait frémir avant lui, celui qui serait à la fois un instrument et l'organe de sa vie, celui qui ferait vibrer la planète subjuguée...

Il savait comment se procurer le bois, et surtout quel bois il lui faudrait choisir. Il accompagnerait son ami luthier, Arthur Mallat, dont la boutique dans le vieux Nice fleurait la colle et le vernis chaud. Mallat ne serait pas étonné. Il connaissait l'engouement de son jeune copain pour le violon. Depuis l'âge de treize ans, le jeune homme travaillait à la lutherie pendant les vacances scolaires. Arthur savait qu'il n'avait pas le droit d'employer quelqu'un qui n'avait pas encore atteint ses seize ans, mais la passion du garçon était tellement intense qu'il n'avait pas voulu refuser sa demande.

Certes, depuis, il l'avait vu utiliser un archet, caresser un violon précieux confié au luthier, et il avait compris, avec du chagrin pour le jeune homme, qu'il ne serait jamais un nouveau Menuhin. La vie était parfois cruelle, superficielle. Ce garçon respirait la musique, connaissait chaque morceau des œuvres pour violon composées depuis des siècles. De Dall'Abaco à Max Bruch, de Jean-Marie Leclair à Dvorak, il avait tout écouté, tout étudié, tout essayé sur les violons de la boutique. Hélas, l'archet touchait à peine les cordes qu'on sentait sourdre une grande déception et s'installer, comme une sorcière triomphante, une promesse non tenue. Et quoi qu'il prétende, ce n'était jamais un défaut de l'instrument joué qui massacrait l'attente du son harmonieux.

Non. Le jeune homme n'avait pas de talent. Nul ne l'ignorait, sauf lui. Il était mû par la volonté farouche de devenir ce qu'il n'était pas. Il aimait les violons comme on aime une étoile, mais ses mains ne savaient pas leur parler. Aujourd'hui cependant, et grâce au professeur Bertini, il connaissait la raison de cet échec. Il ne possédait pas encore « son » violon.

Il accompagnerait Arthur Mallat dans les forêts de Suisse ou du Tyrol afin de se procurer le bois adéquat, et ne laisserait personne le choisir à sa place. Il préférait le Tyrol.

Déjà, il avait décidé d'élire un sapin plutôt qu'un érable. De nos jours, les luthiers achetaient trop souvent de l'érable américain, joli bois bon marché dont ne sortaient que des instruments médiocres. Il ne s'y laisserait pas prendre. Bien que les forêts tyroliennes aient été presque épuisées, il trouverait là-bas le bois soyeux qui chantait déjà dans sa tête obsédée.

Il marcherait, attentif à l'extrême, ne se laissant distraire ni par le discours amical d'Arthur Mallat ni par les explications du forestier qui les accompagnerait.

Il se détournerait des sapins rouges, des pins sylvestres, trop résineux, et des sapins des Vosges, qui ne le sont pas assez. Il suffisait de subir un violon français ou hollandais du XVIII*e siècle pour le comprendre. Lui, il choisirait l'espèce de sapin qui avait fait le succès incontestable de la lutherie italienne : le pin de Linné, l'épicéa tout simple* *qui reproduit les sons à la perfection. « Son » arbre serait vieux, sans nœud, sans tache.*

Lorsqu'il aurait choisi cet arbre, il le ferait abattre en arrière-saison et, pour faire bonne mesure, à la lune descendante, comme le lui avait conseillé un paysan du plateau de Caussols.

Il pratiquerait alors le test si simple, et pourtant magique, connu de tous les luthiers. À l'extrémité de la bille de sapin, il enfoncerait une épingle, puis s'en retournerait à l'autre extrémité de l'arbre, pendant qu'Arthur Mallat ferait vibrer l'épingle en pizzicato. *S'il parvenait à identifier la note émise, alors sans hésiter il ferait débiter la bille en tronçons, veillant à toute l'opération de très près.*

Il faudrait travailler à la hache afin que les morceaux soient de fil et toujours sur maille. Pas question de scie à ruban, qui mord sans discernement et blesse irrémédiablement le bois.

Pour le manche et la tête de sa merveille, il parcourrait le monde à la recherche d'un noyer rouge parfait, dense et ferme, brillant sous l'outil qui le travaillerait.

Ces arbres étaient devenus rares, mais il en trouverait un et, quel que soit le prix, il l'achèterait. Son père était assez riche pour cela, et ne savait calmer sa culpabilité de parent démissionnaire qu'à l'aide de grosses liasses de billets neufs.

4

15 ans plus tard.

LE TÉLÉPHONE SONNE si fort que le commissaire Nathan Godfine avale son caramel de travers. Pas question de répondre en crachotant dans le combiné. Nathan tousse, s'agite, regarde énervé son copain Baptiste Del Chiappo s'étrangler à son tour, mais de rire ! Lorsqu'il décroche, son correspondant n'est plus là.

— Voilà des années que je te répète d'abandonner ces fichues sucreries ! Tu vas finir par en mourir, ou rater l'affaire de ta vie, ce qui sera peut-être pire !

— C'est ça, fiche-toi de moi. Et surtout ne me tape pas dans le dos, je finirai bien par déglutir sans ton aide !

Baptiste riait de bon cœur. Le lieutenant Louis Caniel entra dans le bureau du commissaire, encombré de bouquins entassés plutôt que rangés.

— Tiens, patron, vous êtes là ?

— Ça t'étonne ?

— Ben, on vient d'essayer de vous joindre, mais vous n'avez pas décroché, alors...

— Pas grave, j'étais juste en train de mourir devant cet abruti hilare. Qu'est-ce qui se passe ?

— Un appel de l'Opéra. Il paraît qu'il y avait ce soir la dernière représentation de... Attendez, je l'ai noté ; ah, voilà : *Don Giovanni*, de Mozart. Ça vous dit quelque chose ?

— C'est toi qui dois me dire quelque chose, Caniel, et ça ne sort pas facilement...

— Oui, alors voilà. Le chanteur des chanteurs, celui qui faisait accourir la foule ce soir, il vient de se faire dégommer à une heure de son entrée en scène.

— Quoi, Isaac Van Jong !?

— Vous savez qui c'est ?

— J'y allais tout à l'heure, moi, à l'Opéra ! J'y allais avec cet olibrius qui doit faire un papier sur le spectacle.

Godfine désignait Del Chiappo, encore abasourdi par la nouvelle. Le journaliste avait souvent écouté son ami raconter d'ahurissantes histoires de meurtres, mais c'était la première fois, en tant d'années de critique musicale, qu'il entendait pareille annonce ! Dans le milieu du chant lyrique, les drames venaient plus souvent des épouses légitimes tardivement quittées pour une secrétaire avisée, que de chanteurs assassinés à quelques instants de l'entrée en scène !

— On y va ! lança Godfine. Tu viens avec moi, Baptiste ?

— Mais enfin, patron... Vous lui faites confiance ? C'est quand même un journaliste ! Et d'habitude...

— D'autant que, ajouta Baptiste, je ne suis pas seul. Mon pote Ludo nous attend en bas.

— T'en fais pas, Caniel, il ne publiera rien sans mon accord, sois-en certain. De toute façon, on y allait ensemble, à ce spectacle. Et puis, Del Chiappo, c'est mon pote ; ce n'est pas parce qu'il lui arrive de me taxer mes nanas qu'il est tout mauvais...

— Encore cette histoire ! On était bourrés toi et moi, il faisait chaud à mourir dans cette boîte, et ta nana, c'était un travesti non opéré !

— On se demande comment tu t'en es aperçu, s'esclaffa Nathan. Allez, viens !

Dans l'escalier, Godfine interrogea :

— C'est qui, ce pote, Ludo ?

— Ludovic Parra. Un journaliste, un mec d'ici, mais qui a longtemps travaillé à Paris pour un magazine religieux. Ils viennent de dégraisser, donc de le virer, et le patron l'a pris chez nous. Je le forme. À vrai dire, il n'a guère besoin de moi : il connaît parfaitement le métier. Mais il connaît moins la musique, c'est plutôt là que j'interviens. Tiens, le voilà, c'est le gars qui fume près de la Peugeot, tu vois ?

— Baraqué, le mec ! Je le verrais plutôt joueur de rugby !

— Bien vu ! Il en fait régulièrement.

L'Opéra, récemment restauré, dressait sa superbe façade dans la rue Saint-François-de-Paule. Les pierres aux couleurs chaudes ondoyaient sous les rayons soyeux du soleil couchant. La foule élégante attendue pour l'événement n'était pas encore arrivée. La rue était calme, le trottoir devant l'Opéra dégagé, ne laissant rien filtrer de l'affolement intérieur. Mais sitôt la porte franchie, le brouhaha le disputait à la consternation.

Pour ne pas provoquer d'attroupement intempestif, les policiers étaient passés par l'entrée des artistes, rue de la Terrasse. Les pompiers, déjà en place en vue de la soirée, les guidèrent dans les couloirs étroits et les étages jusqu'au quatrième, où une loge fraîchement repeinte en jaune coquille d'œuf était grande ouverte. Le nom de l'artiste figurait sur la porte : « Monsieur Isaac Van Jong ».

Godfine fut surpris par l'étroitesse des lieux, qui contrastait avec le volume monumental de la salle de spectacle. On ne pouvait circuler à deux de front dans les couloirs. Ou bien le meurtrier devait être un familier des lieux, ou tout au contraire il était venu ici pour la première fois aujourd'hui, sans connaître particulièrement la configuration des loges, et la chance l'avait servi. Raoul Cigliano était déjà là, évidemment, s'affairant autour de la victime recroquevillée sur le sol.

Amateur de chant lyrique, le commissaire Godfine avait déjà apprécié Van Jong sur scène et l'imaginait plus grand qu'il n'était en réalité. Sans doute les costumes, les éclairages, lui avaient-ils conféré une allure imposante, une silhouette olympienne que la mort, dans son indifférence absolue, lui avait rapidement retirée. N'eussent été les yeux, qui ne fixaient rien et que nul n'avait encore osé fermer, on aurait pu croire, de loin, que le baryton venait de faire une chute malencontreuse. De loin seulement, car en s'approchant, on découvrait que le devant de son pourpoint, déboutonné, s'ouvrait sur une poitrine mutilée, chairs dénudées et découpées au scalpel. Des épaules au nombril, la peau avait disparu, enlevée avec une petite épaisseur d'épiderme sanglant, et tranchée par un objet de toute évidence particulièrement acéré.

Godfine ressentit comme un choc électrique qui descendit jusqu'à ses talons. Il regarda Cigliano sans prononcer un mot. Celui-ci opina silencieusement. Les deux hommes venaient d'être brutalement tirés quinze ans en arrière, devant le corps tailladé du virtuose Jean Bertini. D'un accord tacite, ils n'en dirent rien, la loge étant trop encombrée, les couloirs embouteillés. Ils prendraient le temps de parler plus tard. Godfine revint au moment présent.

La loge du chanteur n'était pas en désordre. Isaac Van Jong avait revêtu une partie de son costume de Commandeur, afin sans doute de ne pas la salir plus tard avec le maquillage prononcé qu'il était en train de s'appliquer lorsque son meurtrier avait rendu ces préparatifs à tout jamais inutiles.

— Alors ?

Cigliano le regarda tranquillement.

— Il est mort depuis environ deux heures, peut-être un peu moins. Strangulation. Le reste a été accompli juste après le décès.

— Deux heures ? Juste avant un spectacle ? Et on s'en aperçoit pratiquement à l'entrée en scène ?

— L'un de tes gars a posé la question. Il paraît que c'est normal, déclara Cigliano en se tournant vers un homme aux cheveux blancs dont la taille avoisinait les deux mètres. Il s'agissait de Paul Novicet, régisseur du théâtre.

— On ne risquait pas de s'en apercevoir avant, monsieur le commissaire, intervint le régisseur. Lorsqu'il chante – enfin, lorsqu'il chantait –, c'était de notoriété publique qu'Isaac Van Jong arrivait dans sa loge deux ou trois heures avant la représentation. Et nul n'avait le droit de le déranger.

— Trois heures ? Dans cet espace restreint ? Il n'aurait pas été plus à l'aise sur scène, ou ailleurs, pour répéter ?

— Mais il ne répétait plus. Il se taisait totalement. Et il dormait. Il disait que ses meilleures siestes, il les faisait dans sa loge, avant d'entrer en scène. Il « déconnectait son cerveau », et se réveillait complètement dans son personnage.

— Pour être déconnecté, cette fois, il l'est, commenta Godfine.

— Regarde son cou, intervint Cigliano. Tu vois ce sillon ? Il a été étranglé.

— Par quoi ?

— Difficile à déterminer avec précision, tu t'en doutes. Cependant, vu la finesse du sillon, j'opterais pour une corde de nylon, un fil à pêche, un truc comme ça. Mais n'en tire aucune conclusion, il faut d'abord qu'on le travaille à l'IML. Ici, j'ai fini. Si tu veux, on l'emmène. Et comme d'hab, tu...

— Je t'appelle demain matin. D'accord. (Le commissaire se tourna vers le lieutenant Caniel.) Qui a trouvé le corps ?

— Mireille Lamias. Je n'ai pas compris quel est exactement son emploi ici, mais c'est toujours elle qui annonce aux interprètes le moment où il faut s'activer, avant que le régisseur ne les appelle au micro.

La jeune femme était là, silencieuse, attentive. Elle s'avança.

— Vous allez m'accuser du meurtre ?

— Quelle idée ! Qu'est-ce qui vous fait penser cela ?

— Je ne sais pas... J'ai trouvé Isaac... D'habitude, je frappe à la porte sans entrer dans les loges. Mais là, il ne m'a pas répondu et, je ne sais pas pourquoi, j'ai entendu un silence particulier, si je puis dire. Alors j'ai ouvert la porte, et je l'ai trouvé comme ça...

— Avez-vous touché à quelque chose ?

— Non, j'ai eu comme un haut-le-cœur, et j'ai couru avertir le régisseur. Je ne l'ai pas trouvé, alors j'ai frappé à toutes les portes, sans savoir vraiment qui j'alerterais en premier.

— Quelle est votre fonction dans ce théâtre ?

— J'y suis entrée il y a cinq ans, dans le cadre d'un contrat à durée déterminée. J'y ai rencontré mon mari, et je suis restée. Officiellement, je suis assistante. Bref, un factotum en jupons, si vous voulez.

— Vous connaissiez bien la victime ?

— Je n'étais pas de ses intimes, mais je peux dire que c'était un homme adorable, et un chanteur remarquable. Aucun baryton ne lui arrivait à la cheville.

Chaque membre du personnel présent dans la loge acquiesça.

Godfine tournait autour du corps. Il interrogea Raoul Cigliano au sujet du terrifiant découpage. Celui-ci tenta d'alléger un peu l'atmosphère électrique, tendue et angoissée qui régnait dans la loge encombrée en répliquant :

— Si tu veux une explication concernant l'instrument avec lequel a été pratiquée cette horreur, il te faudra attendre les conclusions de mon rapport au procureur. Quant au pourquoi, je te laisse faire ton boulot. Ce que je peux seulement te dire en l'état actuel de mes constatations, c'est qu'on lui a fait ça alors qu'il venait de mourir.

— Comment peux-tu en être si sûr ?

Cigliano regarda le commissaire, l'air de dire : « N'en fais pas trop ; je sais, il y a du monde ici, mais toi et moi connaissons déjà bien les circonstances de la mort. »

— Parce qu'une telle blessure sur un être vivant aurait saigné beaucoup plus abondamment. Là, ce n'est déjà pas si mal, mais on voit tout de suite que la victime était déjà morte. Heureusement pour elle.

Ses premières observations terminées, Cigliano rabattit le vêtement. Godfine ne put s'empêcher de faire une grimace. Le derme saignant apparaissait dans toute la crudité des couleurs et des matières, et, soudain frappé par l'absurdité d'un tel prélèvement, le commissaire s'écria :

— Mais enfin, on a affaire à un cinglé ! Qu'est-ce qu'il peut bien vouloir faire de ce découpage effarant ? Et d'ailleurs, veut-il en faire quelque chose, ou bien noie-t-il le poisson ? Pas d'indices ? Pas de cheveux, ou de parcelles de peau sous les ongles du mort ?

— Là, il va te falloir être plus patient et attendre que je l'aie « interrogé » pendant l'autopsie.

Godfine se tourna vers Baptiste, l'air préoccupé. Rédacteur en chef du *News Opéra* depuis une dizaine d'années, simple journaliste musical auparavant, Del Chiappo connaissait tout des potins, des légendes, des secrets des chanteurs lyriques et de ceux qui les entourent. Rarement, il permettait qu'on s'en gausse dans ses colonnes. Il aimait trop la musique pour la troubler et l'amoindrir par des commentaires ou des révélations hors de propos. L'homme resterait l'homme, qu'il soit chanteur ou conducteur de bus, mais dans le *News Opéra*, le génie de la musique ne serait pas dévalorisé par des exposés rasant les pâquerettes ! C'est pourquoi Baptiste était aimé et respecté, invité à Bayreuth comme à Barcelone, à New York comme à Jérusalem, pour une première, un concert exceptionnel, un concours inédit, une rencontre nouvelle qui allait enrichir le patrimoine musical de l'humanité.

Godfine aimait accompagner Del Chiappo à l'opéra lorsque son travail le lui permettait. Ce qui, somme toute, était beaucoup trop rare, mais donnait lieu à des soirées magiques.

Baptiste répondit à l'interrogation muette de son copain, car elle était de son ressort :

— Oui, c'est vrai. Isaac est connu pour son apparente décontraction, ce détachement qui faisait des jaloux parmi les traqueux. En réalité, il avait aussi peur que les autres, c'est pourquoi il fuyait dans le sommeil les derniers instants avant le spectacle.

— Chaque fois ?

— Chaque fois. Il me l'a raconté il y a déjà bien longtemps. Je me souviens qu'à Rome, il y a deux ans, je m'étais trompé de loge et j'étais entré dans la sienne, croyant pénétrer dans celle de Jacob Touiliti, l'illustrissime basse avec lequel je venais partager sa traditionnelle tasse de thé de Chine avant le spectacle. J'avais trouvé Isaac ronflant comme un bienheureux, et je m'étais demandé comment un homme à la voix si puissante, forte et docile, pouvait produire un grognement aussi moche en dormant !

Des sanglots se firent entendre au fond de la loge, près du portant sur lequel pendaient des vêtements de scène, une redingote et des pantalons d'une belle couleur brun moiré. Après l'évanouissement spectaculaire de la cantatrice et la crise de nerfs du metteur en scène auxquels nul n'avait pu échapper, ces sanglots légers semblaient une pluie fine et reposante.

Godfine se tourna vers Novicet, le régisseur, qui le renseigna :

— Serena, officiellement son attachée de presse, mais en fait, la nouvelle femme de sa vie.

Comme une enfant rencognée dans son chagrin, une jeune femme blonde, appuyée au mur, pleurait doucement.

Alexia, l'habilleuse, celle qui recueillait les secrets en détendant un tissu ou raccommodant un ourlet, se pencha vers Serena et lui caressa la nuque en murmurant :

— Pauvre petite...

— Ce n'est pas juste, Alexia ! Pas juste ! Ce sang, cette horreur...

— La mort n'est jamais juste, mademoiselle, commenta le commissaire, qui remarqua l'accent étranger de la jeune fille. Puis-je connaître votre identité ?

Mais elle sembla ne pas comprendre. Elle regardait les ambulanciers poser le corps sur un brancard. Son visage passa de l'expression d'une détresse intense à celle, surprenante, d'une colère rageuse. Nathan ne s'y trompa pas ; la jeune femme savait quelque chose. Il se tourna vers Alexia, qu'il questionna du regard. Celle-ci expliqua :

— Elle est serbe. Elle n'ose pas trop l'avouer, ce n'est pas de bon ton depuis la guerre dans son pays, même tant d'années après. De plus, je ne suis pas certain qu'elle soit en situation régulière en France. Je crois que son installation avec Isaac Van Jong ne s'est pas faite aisément. Quand je pense à l'autre infâme et à sa bande...

Nathan Godfine allait s'intéresser à ces dernières paroles, qui promettaient d'être révélatrices, lorsque force lui fut de remarquer le directeur de l'Opéra qui, encore en costume de ville, s'impatientait et gesticulait comme un pantin monté sur pile. Les spectateurs commençaient à arriver, les portes étaient toujours fermées ; il fallait prendre une décision !

Godfine l'interrogea :

— N'avez-vous pas, comme au cinéma, la possibilité de faire appel à une doublure ?

— Certes, mais que dire au public ? Il est venu en grande partie pour Isaac.

— Prétexter un malaise, peut-être ? proposa Baptiste. L'ambulance est devant la porte. Faites aussi passer les ambulanciers par la rue de la Terrasse.

— On va essayer. Souhaitons que les figurants ne paniquent pas en croisant le brancard. Mais il est préférable de dire la vérité ; elle sera dans tous les journaux demain matin !

Conscient des difficultés de l'instant, Godfine décida de laisser place au spectacle et s'adressa à Caniel, lui demandant de convoquer toutes les personnes présentes dès le lendemain matin au poste, rue du Maréchal-Foch.

Les officiers de la PJ remballaient pinceaux et outils sophistiqués lorsque Cigliano s'éloigna en entraînant Godfine.

— Bon, Nathan, d'abord cette mutilation qu'on a déjà vue, et maintenant ça... Regarde, vieux, ça te rappelle la même chose qu'à moi, hein ? Les gars l'ont trouvée dans la main de la victime. On n'a pas eu le temps de lui dire de ne pas y toucher que le régisseur l'avait déjà empoignée. Il prétend qu'il a fait ça sans y penser, pour aider l'équipe à mieux photographier le corps.

Cigliano tenait entre ses doigts boudinés un sachet plastique renfermant une très jolie poupée aux grands yeux étonnés, vêtue d'un ravissant costume de soie rouge et or. Le corps mou, pas plus grand qu'un petit Saxe, fait de terre ou de chiffons tassés, était surmonté d'un visage en porcelaine au regard tendre, comme surpris, partiellement masqué par la pointe d'un capuchon de satin marron glacé qui oscillait à chaque mouvement. Chose curieuse, deux doigts manquaient à l'enfant de terre.

Godfine ferma les yeux et de nouveau, le temps fit un écart brutal de quinze ans, le ramenant à sa première enquête et à l'échec cuisant infligé à sa ferveur de néophyte.

Jean Bertini. Le vieux professeur de violon assassiné boulevard Victor-Hugo sans qu'on n'ait jamais pu élucider ce mystère. La poupée amputée d'un doigt, retrouvée non loin du corps du musicien. Le virtuose au torse saignant, dépecé, déchiré... La mutilation pratiquée sur Isaac Van Jong était plus nette, moins « ratée », mais tout aussi repoussante.

Jamais on n'avait pu remonter une filière quelconque, trouver la moindre piste. Godfine avait longtemps travaillé sur l'affaire, soucieux d'amorcer positivement sa carrière, mais aussi de rendre au vieil homosexuel la dignité que les journaleux n'avaient pas craint d'égratigner lors de sa disparition. Les commentaires n'auraient pas été les mêmes aujourd'hui. Quoique... Puis les affaires avaient succédé aux affaires, toujours pires, toujours inventives dans l'horreur et la violence.

— Bertini, murmura-t-il. Le virtuose étranglé. Étranglé et découpé, comme le baryton ce soir. Quinze ans après, qu'est-ce que ça veut dire ?

— Dis-moi, cette poupée étrange au doigt coupé... Tu n'avais pas cherché à savoir d'où elle venait ?

— Tu te fous de moi ? J'étais peut-être débutant, j'ai peut-être loupé l'affaire, mais je connaissais quand même mon boulot. Évidemment, que j'ai vérifié !

— Et alors ?

Godfine regarda autour de lui, comme pour chercher de l'aide. Il se concentra : il y avait eu tant d'affaires depuis, un tel lot d'horreurs, de monstruosités, tant de gens détraqués, malheureux, pervers ou paumés... À présent, Cigliano et lui étaient les plus âgés de la troupe : nul ne saurait les renseigner. Qu'importe, Nathan n'eut pas à chercher longtemps pour se rappeler d'où était venue cette poupée insolite au chevet d'un cadavre.

— Charvet !

— Quoi, Charvet ?

— Souviens-toi, les établissements Charvet, à Carros. Ils fabriquaient des poupées, des milliers, des millions de poupées de toutes sortes. J'y étais allé. C'était incroyable ! Des bébés plus vrais que vrais qui pignaient dans tous les coins. Je me souviens être arrivé au moment des tests ; il y avait une quinzaine de petites filles, et des petits garçons aussi, d'ailleurs, qui jouaient dans une pièce avec des tas de bébés en celluloïd : des équipes de techniciens les surveillaient et les enregistraient derrière une glace sans tain, notant chaque geste et chaque commentaire. Les parents étaient là, mais tout de même, c'était une étrange sensation. Le directeur m'avait expliqué que les gosses étaient des « testeurs » de prototypes ! Et le prototype de notre poupée, personne n'avait voulu jouer avec : elle était trop petite, elle avait l'air trop gentil, trop ailleurs. Elle avait un regard particulier, tendre, triste ou étrange selon les avis, mais en partie caché par le capuchon de satin qui retombait. Bref, les enfants s'en étaient désintéressés, et le directeur avait conclu qu'ils ne pouvaient ni comprendre cette poupée ni établir un échange avec elle. Aussi, si je me souviens bien, Charvet avait cédé le stock – oh, pas grand-chose selon eux – au vieux magasin de jouets de l'avenue Notre-Dame. Tu t'en souviens ?

— Lompezzo ?

— Tout juste. Et lorsque j'y suis allé, il leur restait presque tout ce qu'ils avaient reçu. Le vieux Lompezzo ne se trompait pas souvent, mais là, c'était l'échec. Ils n'en avaient vendu qu'une dizaine, et à la même personne, tu te rends compte ? Ils étaient d'ailleurs incapables de donner l'identité de celui qui les avait achetées. Il avait payé cash, il ressemblait à monsieur Tout-le-monde. Je leur ai montré les photos des élèves de Bertini, mais ils n'ont pas reconnu l'acheteur. Ils ont pensé que c'était quelqu'un qui voulait décorer sa voiture.

— Avec dix poupées ? Je n'ai jamais compris qu'on puisse aimer accrocher des babioles à son rétroviseur, au risque de se choper une migraine d'enfer ou un strabisme définitif !

— En tout cas, je me suis longtemps demandé la raison de la présence de cette poupée chez Jean Bertini... et pourquoi ce doigt coupé. L'artiste n'était pas du genre à attirer les petits garçons avec des bonbons ou des jouets de ce style. Lui, c'était plutôt les chemises de soie, les week-ends à Londres... D'ailleurs, s'il appréciait la compagnie des adolescents pubères, il ne s'intéressait pas aux mineurs plus jeunes...

— Messieurs, excusez-moi...

Le directeur de l'Opéra, Francesco Franco, ne surmontait visiblement pas son émotion. Il semblait attendre qu'on lui dise que faire dans cette épouvantable situation. Il avait, sur son visage un peu empâté, une cicatrice coupant en deux son sourcil droit, lui conférant d'emblée un air inquiet ou surpris. Godfine décida de ne pas lui imposer davantage d'angoisse par sa présence. À quelques instants de la représentation, il devait être tendu comme une laisse de rottweiler enragé.

Les officiers de la PJ venaient de partir. Malgré l'heure tardive, Cigliano allait sûrement activer sa « tronçonneuse » dès ce soir, en présence de Caniel, toujours morbidement fasciné par les autopsies.

Alexia distribuait de l'eau citronnée à tous les employés de l'Opéra, qui s'agitaient dans chaque recoin.

Blême, les yeux humides, ayant totalement oublié la présence de son « stagiaire », Baptiste Del Chiappo demanda :

— Que comptes-tu faire maintenant, Nathan ?

— Je me tâte... Et toi ?

— Je dois m'installer et apprécier. Que veux-tu que je fasse d'autre ? J'ai un article à sortir demain. Tous les lecteurs attendent le compte rendu de la dernière : je devrai prendre un ton nostalgique, présenter la soirée comme une magie qui s'efface, une perfection qui ne reviendra plus mais sera remplacée par une autre, meilleure, toujours meilleure... Je vais avoir du mal, cette fois... Les gens aiment que ce soient les autres qui accomplissent les prouesses dont ils prennent connaissance avant la camomille vespérale...

— D'où le succès des bandes dessinées ! Allez, je t'accompagne. Avant de les avoir devant moi sans décor ni maquillage, je veux regarder les artistes travailler. Tu crois que cet événement va affecter leur prestation ?

— Tu en as de bonnes, toi ! Ils ont répété avec Van Jong depuis un mois, ils ont pris leurs marques, pris sur eux quelquefois, travaillé comme des esclaves pour faire mieux, toujours mieux, ils ont donné cinq merveilleuses représentations, et ce soir la vedette leur claque entre les mains, pratiquement sous leur nez, et assassinée qui plus est ! Tu ne crois pas que ça puisse les bouleverser ? Cela dit, ce sont de grands professionnels, et j'espère qu'une fois sur scène, ils donneront leur pleine mesure. Ce sont tous des as, crois-moi. Non, ce qui est étrange, c'est que le directeur n'annule pas la représentation.

— Appelle ton pote, on y va.

Mais Ludovic Parra n'était ni dans les loges ni dans les couloirs.

— Il a dû aller prier dans un coin : quinze ans de journalisme religieux, ça laisse sûrement des traces ! Pas grave, il nous retrouvera. Viens, Nathan.

Installés dans des fauteuils de velours grenat inconfortables, Baptiste et Nathan laissèrent leurs regards courir sur l'assistance. Tous deux connaissaient beaucoup de monde et rendaient de nombreux saluts. La salle était pleine. Là-haut, au paradis[1], des jeunes gens enthousiastes se bousculaient pour trouver une place qui leur permettrait d'apercevoir, avec un peu de chance, une infime partie de la scène. Il faisait déjà très chaud, et les habituées agitaient mollement de petits éventails précieux, quand d'autres se contentaient de secouer le programme devant leurs yeux. Le hasard des places numérotées faisait se côtoyer des femmes en robes soyeuses et d'autres en jeans et chaussures de tennis, des hommes en nœud papillon et des passionnés en polo et pataugas.

— La nouvelle société, fit remarquer Del Chiappo. Tu prends l'un de ces mecs à cheveux en catogan et pull bouffé par les mites, tu lui demandes l'heure, et il te fait le plus extraordinaire exposé sur *Die Entführung aus dem Serail !*

— Hein ?

— *L'Enlèvement au Sérail.* Mozart. Da Ponte. Ça te dit quelque chose ?

---

1. *Le paradis est aussi appelé le poulailler. C'est le dernier étage d'une salle de théâtre ou d'opéra, au-dessus des loges et des balcons. C'est là que sont proposées les places les moins chères.*

— T'as appris l'allemand quelque part, toi ?

— Non.

— Tu me rassures, parce que côté accent, ça pêche !

Les lumières du lustre immense accroché au plafond doré fondirent, et la représentation commença. Très vite, l'*allegro* qui amenait Don Juan sur scène succéda à l'*andante* d'ouverture. Ainsi Godfine put-il apprécier à loisir la voix pleine et profonde de Russell Willer, le remplaçant de Van Jong. Il en fut surpris, s'attendant davantage à une interprétation hésitante et craintive qu'à cette maestria installée. Il se laissa prendre à l'intrigue, aux inquiétudes de Leporello, le valet de Don Juan, aux protestations mélodieuses de Donna Anna, la fille du Commandeur, à la magnificence de la musique de Mozart.

Le premier entracte permit aux deux hommes d'aller se rafraîchir au *Caffé des Loges*, juste à l'angle de la rue. Ludovic y était déjà, debout au bar, en grande discussion avec un serveur. Il leur fit un signe de la main et poursuivit sa conversation.

— Superbe ! commenta Del Chiappo. Vraiment beau !

— Ouais...

— Ce n'est pas ton avis ?

— Mais si, bien sûr, répondit Godfine. Seulement, pendant qu'on prend notre pied ici, Cigliano découpe Van Jong en rondelles, et moi, je cherche... Ce remplaçant, dis-moi, tu le connais ?

— Russell Willer ? Oui. Un très bon chanteur. Il a obtenu la Médaille d'or d'Art lyrique à Annecy ; il est entré ensuite à l'École d'art lyrique de l'Opéra national de Paris. Il a obtenu de nombreux prix un peu partout, et commence à s'imposer sur scène.

— Tu le connais personnellement ?

— Je le connais, sans plus.

— Qu'est-ce que tu pourrais me dire de son caractère, de ses ambitions ?

— Mon vieux, tu ne tiens pas trois heures sur une scène, face à un public connaisseur et exigeant, sans avoir une ambition à la mesure de cette démesure. Non seulement il chante, mais il a même participé à la production d'une ou deux œuvres. Il ira loin...

— Aux dépens des autres ?

— Mais qu'est-ce que tu imagines ? qu'il est entré dans la loge de Van Jong pour lui demander de le laisser chanter ce soir, que l'autre a refusé, et que Willer l'a assassiné ? D'ailleurs, à sa place, j'aurais plutôt fait ça pour la Première ! Franchement, tu ne crois pas que c'est un peu simple ?

— On a vu plus simple...

— En tout cas, ça, c'est de ton ressort. Viens, on entend d'ici la sonnerie de reprise ; ils vont fermer les portes, et moi, mon boulot est là-bas.

Del Chiappo ramassa son porte-clés, en plastique transparent rempli de billes multicolores flottant dans de l'huile, que des vendeurs sourds et muets proposaient contre quelques euros, puis se leva prestement. Godfine et lui, en collectionneurs assidus, en possédaient une ribambelle qui commençait à devenir encombrante et qu'ils cédaient souvent à un copain ou à un gosse. Tous les flics de Foch et les journalistes du *News Opéra* se baladaient ainsi avec leur ridicule porte-clés multicolore, contents d'avoir participé à une bonne action.

Willer fut magnifique. Soit il l'avait prévu, soit l'aubaine à laquelle il ne s'attendait pas décuplait la beauté de sa voix et la justesse de son jeu. Le Commandeur fit sa dernière apparition dans un jeu de lasers inondant la scène d'un camaïeu de bleus. Don Juan fut entraîné vers l'enfer sur une musique poignante, soutenue par les trombones en geysers vrombissants.

5

LA MONTÉE D'ADRÉNALINE décuplait ses forces. Son beau regard avait dangereusement noirci pendant qu'il serrait le cou de Van Jong.

Aucun baryton n'avait jamais égalé le chanteur agonisant. Sa voix magnifiquement placée, voluptueuse et intense, avait semé l'extase dans toutes les salles de spectacle du monde, depuis des années.

Il n'aurait pu mieux choisir. Au sein de la même tessiture, c'était le timbre à la couleur la plus sublime, qui pouvait passer aisément du baryton-basse de Don Giovanni aux aigus éclatants des barytons de Verdi, sans oublier Martin de Pelléas, une voix caractéristique, extraordinaire de précision.

Cette puissance, cette souplesse de la voix chez Van Jong, c'était la perfection. Le dernier soupir du chanteur avait été une jouissance sans pareille. La même révélation éblouissante qu'à l'époque de Bertini. Une séraphique délectation !

Le prélèvement obligatoire s'était effectué sans difficulté. Plus tranchante encore qu'un cutter, la lame qu'il avait utilisée semblait animée d'une volonté propre de participer au destin exceptionnel du futur virtuose.

Son projet avançait enfin. Son violon était terminé. Ou presque. Quinze ans de précautions, d'attention extrême, de joies renouvelées. Le temps n'avait pas paru long. Un violon exige qu'on lui consacre sa vie, et c'est ce qu'il faisait, avec bonheur. Il lui avait tout sacrifié : pas de femme, pas d'amis, pas d'enfants. Il vivait une solitude d'onyx, froide, noire et brillante.

Ensuite, une fois réalisée l'Idée divine que lui avait donnée Bertini en mourant, il jouerait sur toutes les scènes du monde, sans frontières. Il soumettrait les foules par son jeu prodigieux, sa maîtrise exceptionnelle de l'instrument. Il le savait. Il lui fallait d'abord achever totalement son violon.

Il avait attendu presque quinze ans que le bois sèche, puis il avait commencé son travail. Le plus important était la forme, qui l'aiderait à réaliser précisément l'instrument. Il lui avait accordé tous ses soins, l'avait fabriquée en noyer. Puis il avait monté les tasseaux, les avait sculptés. Lorsque parfois il sentait la fatigue crisper ses muscles, il se délassait en pliant les éclisses, ces bandes d'érable souples qu'il fixerait ensuite en les collant.

Il avait dégrossi le fond de l'instrument, d'abord avec une gouge, puis avec de petits rabots, pour affiner son ouvrage, qu'il avait ensuite fignolé grâce à la noisette, le plus petit de ces rabots, volé chez un luthier parisien deux ans auparavant pour noyer les soupçons éventuels.

Chaque épisode de son travail lui avait procuré du plaisir : chantourner, fileter, jointer les pièces, évider la mortaise pour loger le filet. La réussite des onglets et la superbe pointe qu'il avait réalisée l'avaient rempli de bonheur.

Il avait lui-même fabriqué sa colle avec de la vessie d'esturgeon, malgré le prix exorbitant de la matière première. Quant au vernis, il l'avait travaillé pendant des mois, accumulant les connaissances afin de trouver la nuance de cuivré qui lui plairait le plus et qui répondrait parfaitement à la sonorité sensuelle de l'instrument. Auparavant, il avait essayé les teintes les plus belles, de l'or des Amati au rouge des Stradivarius. Les nuances magnifiques, les chatoiements de ces bruns profonds ou de ces jaunes chantants ravissaient son cœur et ses yeux.

Il avait finalement choisi un vernis gras d'une teinte douce et chaude, à l'ambre de la Baltique, dont il avait surveillé la tenue sur des échantillons de bois. Il y avait ajouté un mélange de sang-dragon, de santal et de gomme gutte pour obtenir des nuances d'une extrême finesse.

Il ne laissait rien au hasard. Il savait combien un vernis pouvait nuire, par son épaisseur, à la vibration que communique l'action de la corde. Il avait fait des milliers d'essais. Il était habile, fort et patient. Il avait un but : il l'atteindrait.

Le vernis avait lentement séché, conférant au violon magnifique un aspect onctueux et soyeux.

Il avait réalisé la première partie du projet qui lui était apparu comme une révélation magique le jour de la mort de Bertini.

Maintenant, il était enfin à la veille d'être reconnu comme le plus talentueux interprète de tous les temps.

Et ces abrutis qui n'avaient même pas compris pourquoi il manquait deux doigts à la poupée de porcelaine ! Pourtant, il leur mâchait le travail ! Mais cela n'était pas important. L'essentiel avait eu lieu comme il l'avait souhaité, préparé. Van Jong avait magnifiquement servi son projet.

Sa voix était tellement parfaite !

6

DÈS HUIT HEURES le lendemain matin, Nathan Godfine travaillait dans son bureau au commissariat, véritable annexe de son appartement pourtant déjà vaste. Peinte en beige clair, tapissée des livres qu'il lisait volontiers à ses rares moments de liberté, cette pièce comportait une immense table de conférence des années cinquante. Godfine appréciait de travailler installé à une extrémité de cette interminable table plutôt que sur un bureau exigu. Les livres empilés donnaient une impression de désordre permanent, mais rendaient cependant le bureau de Godfine accueillant, malgré les interrogatoires et autres discussions ardues qui s'y tenaient souvent. Près de la fenêtre, un ordinateur constamment allumé permettait d'obtenir les renseignements indispensables.

Godfine travaillait selon une méthode toute personnelle : sur un vieux cahier d'écolier, il avait ouvert une double page. À gauche se lisait au stylo rouge : « Ce que je ne sais pas. » À droite, en noir : « Ce que je sais. »

Tout au long de ses enquêtes, il remplissait les deux pages au fur et à mesure de la progression de son travail et de celui de son équipe. Parfois, cela lui permettait de retrouver un détail qui s'était noyé dans d'autres déclarations, et qui s'avérait le point de départ de la résolution de son enquête. Hier déjà, après une longue conversation avec Cigliano concernant l'affaire Bertini, il avait commencé à fixer quelques remarques sur le papier.

Ce matin, il savait qu'il allait encore noircir quelques lignes. L'enquête serait terminée lorsqu'il n'aurait absolument plus rien à inscrire sur la page de gauche.

Il appela Cigliano chez lui, mais sa femme l'informa qu'il était parti depuis une demi-heure. Il essaya l'institut médico-légal.

— Allô ? Salut, Raoul, c'est moi.

— Et qui d'autre, à cette heure-ci ? Je suppose que tu as réveillé ma femme ?

— Elle avait l'air très lucide, ou alors elle trompe bien son monde !

— Je préférerais la première hypothèse. Bon, tu attends des nouvelles de ton baryton ? Tu veux venir prendre le petit déj' avec moi, pour que je t'explique tout en long, en large et en travers ?

— Impossible. À 9 heures c'est réunion générale, ici. Tu l'as travaillé cette nuit, le chanteur ?

— Affirmatif. J'ai procédé à l'autopsie complète. Caniel s'est régalé !

— Le vieux malade ! Bon, raconte.

— Le rapport partira cet après-midi. Grosso merdo, je peux te dire qu'il avait mangé vers 13 heures : de la viande blanche, des gombos frais et de l'ananas. Pas de vin. Ah oui, et une quantité assez importante de caviar. Du vrai. D'autre part, les clichés n'ont montré aucune fracture. D'ailleurs, à part les traces d'appendicectomie, et bien sûr le découpage bizarre, rien à signaler. Il a été tué par un objet fin et solide. Je pensais à une corde de nylon, mais après examen, il s'agit d'un fil d'acier.

— Un fil d'acier ?

— Oui, de l'acier filé. Mais ce n'est pas tout. J'ai retrouvé dans ce sillon que je t'ai montré hier des particules d'un métal qui s'avère être de l'or...

— De l'or ? C'est quoi, ce délire ? On tue les gens avec des fils d'or, maintenant ?

— Je n'ai pas dit ça. On l'a tué avec un fil d'acier recouvert d'or. Pas de traces de lutte entre les deux hommes. Car tu seras d'accord avec moi pour dire qu'une femme n'aurait pas pu serrer aussi fort, et pendant au moins deux minutes, pour parvenir à l'anoxie cérébrale...

— Dis-moi, un fil d'acier, ça te coupe les mains, normalement.

— Sauf si tu portes des gants, mon ami. Les siens étaient en cuir. Et je te précise que les empreintes prises sur les lieux ne sont guère révélatrices. Tu pourras sans doute reconstituer la distribution de l'opéra d'après elles, mais rien d'autre.

— Tu as une idée de la nature de ce fil d'acier ?

— Pas encore. Tu découvriras peut-être ça dans tes interrogatoires de ce matin.

— Et le « découpage » ?

— Là, ça se complique un peu. Il était déjà mort, comme je te l'ai dit, et comme Bertini en son temps. C'est une lame minuscule qui a pratiqué cette découpe. Une sorte de canif qui aurait une lame de trois centimètres de long, pas plus, emmanchée dans un morceau de bois. De l'érable, pour être précis. J'en ai retrouvé d'infimes particules. Il s'est servi d'un outil, mais je ne sais pas lequel. Et c'est dommage, car ce doit être assez particulier pour nous donner une idée plus précise de l'assassin.

— Ça te donne une idée de ses objectifs ?

— Pas la moindre. Je préfère penser que ce n'est pas un fétichiste.

— Quoi d'autre ?

— Je t'ai gardé le meilleur pour la fin, comme il se doit. On a retrouvé un cheveu sur le cadavre. Sur la plaie, très exactement. Ce n'est pas le sien. Dès hier, je l'ai donné à analyser. Si ce cheveu a conservé sa racine, les tests ADN vont nous en apprendre plus, et très vite. Et pour la question qui va suivre, je te l'épargne en te disant que j'aurais sans doute les résultats en fin de matinée. Mais si je ne peux les comparer à rien d'autre que nous ayons déjà, ça ne nous mènera pas loin...

— Attends vieux ; laisse-moi faire mon boulot de mon côté ! Y a-t-il encore autre chose à m'apprendre ?

— Isaac Van Jong n'est pas parti dans la tristesse, si je puis dire. Il avait eu un rapport sexuel peu avant sa mort.

— Tu parles d'une vie de chien, cette vie d'artiste ! Ça se fiance à tour de bras avec des filles style couverture de magazines, ça déguste grand classe, ça dort en vêtements de satin, et nous, pendant ce temps, on respire le cadavre pas frais, on avale en cinq minutes un pan bagnat rassis et on dort en planque !

— Tu nous fais quoi ce matin, Nathan ? Une déprime ?

— Franchement, Raoul, tu n'en as pas marre, parfois, de bosser dans un frigo sur de la viande pourrie ?

— Mon vieux, quand j'enfile mon scaphandre, il n'y a qu'une chose qui compte, une seule : faire bien mon boulot. Ne pas me tromper. Sinon, tout le monde derrière moi va se planter. Après, quand je rentre chez moi, j'ai besoin de silence, d'un bon verre et d'une connerie profonde à la télé. Ensuite, l'odeur de ma femme, sa tranquillité et sa constance font le reste. Ça te va ?

— Pourquoi n'as-tu pas d'enfant, Raoul ?

— Mais tu es bizarre, ce matin ! Je te retourne ta question.

— Fastoche ! Parce que je n'ai pas trouvé la mère !

— Et Bella ?

— Franchement, tu la vois pouponner entre deux cancéreux à opérer ?

— Bon. Moi, c'est justement parce que je suis médecin légiste.

— Je crois que je comprends. Rien d'autre sur le chanteur ?

— Pas pour l'instant. Tu auras mon rapport dès que j'en aurai fini avec une ou deux vérifications.

— OK. À plus tard...

Déjà, Caniel, l'air fatigué, annonçait les premiers arrivants.

— Vous allez les interroger tous ensemble, patron ?

— Non, pourquoi ?

— Parce que vous les avez tous convoqués à la même heure. Je sais que c'est plus pratique, mais y'en a déjà un ou deux qui râlent à cause de l'heure.

— Pas grave. À tout seigneur, tout honneur ; le directeur de l'Opéra est-il arrivé ?

— Le premier ! S'il n'a jamais eu d'ulcère à l'estomac, celui-là, il va s'en fabriquer un mégamaousse ici, aujourd'hui. Il est dans un état !

— Allez, mon vieux, on s'y met. Retrousse tes manches et envoie la musique ; c'est le cas de le dire...

Francesco Franco était un homme d'une cinquantaine d'années, grand, brun, à l'embonpoint menaçant. La petite cicatrice qui barrait son sourcil en deux semblait plus claire que la veille, et Godfine soupçonna une couche de fond de teint d'avoir matifié la marque. Ça alors, quelle coquetterie bizarre ! pensa le commissaire.

Tombé enfant dans la musique, entre une mère cantatrice et un père chef d'orchestre, Francesco Franco n'avait eu d'autre choix que de suivre ces deux exemples, et s'en était plutôt bien tiré. Depuis qu'il présidait aux destinées de l'Opéra de Nice, celui-ci affichait des spectacles éblouissants et attirait de nombreux artistes.

Franco faisait bien son travail. Il savait écouter, reconnaître, derrière une plainte ou un mouvement de mauvaise humeur, la peur de l'artiste, la solitude devant la prouesse à réaliser. Et plus que tout, il avait une phénoménale connaissance musicale, un sens aigu de la beauté.

Mais une inquiétude perpétuelle le rendait fatigant, agaçant. Il avait trimballé toute sa vie l'impression de devoir faire toujours plus, toujours mieux, pour mériter la considération de ses pairs. Jamais satisfait, jamais rassuré, il voyait souvent une catastrophe là où il n'y avait au plus qu'un grand embarras. Avec la mort d'Isaac Van Jong, il filait assurément vers le grand drame de sa vie ! Ce meurtre semblait l'avoir terrassé, alors que Van Jong ne faisait pas partie de ses intimes et que, grâce à Russell Willer, le spectacle s'était poursuivi sans dommage notable pour l'Opéra.

L'homme intriguait Godfine. Il le regardait, personnage au pouvoir certain, à l'élégance cossue, se posant, faussement calme, sur la chaise métallique. Une fois les premières questions amorcées, Nathan ne douta plus. Francesco Franco savait quelque chose qu'il ne disait pas. Un petit signe cabalistique sur la page gauche de son cahier lui rappellerait de creuser cette piste, au cas où Franco serait rétif ce matin.

À tout hasard, ne sachant comment il convenait de qualifier un directeur d'Opéra, il lui donna du « maître », comme pour lui accorder officiellement un statut à part. Le tranquilliser était son but.

— Maître, quel caractère diriez-vous qu'avait Van Jong ?

— Il en avait un, certain, lorsqu'il s'agissait de l'interprétation de son rôle. J'ai rarement vu quelqu'un argumenter autant avec le metteur en scène ! Mais dès lors qu'il enlevait son costume, il redevenait charmant et facile, même si depuis quelque temps...

— Oui ? Continuez : il avait changé, ces derniers temps... ?

— Je veux dire... Enfin, vous avez vu sa nouvelle fiancée ? Je ne me permettrai pas de juger, mais tout de même, une fille ramassée sur la Promenade des Anglais une nuit, et pour laquelle il a subi toutes sortes de menaces... Depuis qu'elle partage sa vie, nous avons vu défiler de drôles de gens à l'Opéra. Et notre baryton devenait irascible, ces derniers jours.

— Pourriez-vous être plus précis ?

— Pas vraiment. Je crois que Serena Misniuc avait un... comment dites-vous, un protecteur ? Et que ce dernier n'a guère apprécié la défection de sa belle.

— Comment le savez-vous ? Van Jong était-il si bavard ?

— Pas avec moi, mais Alexia est l'âme de notre opéra, et sa vocation de mère consolatrice canalise toutes les confidences. Et puis, je dois ajouter que ce type bizarre est venu provoquer des esclandres et menacer Van Jong jusque dans sa loge, malgré la surveillance à l'entrée. Parfois, il était accompagné ; des hommes silencieux et menaçants.

— Comment réagissait votre chanteur ?

— Je crois qu'il donnait de l'argent. Beaucoup.

— Avez-vous été témoin de l'un de ces esclandres ?

— Oui, hier, à l'arrivée de Van Jong à l'Opéra, vers 16 heures. Il venait toujours plus tôt que les autres, car il aimait se reposer. Après sa sieste, il revêtait le haut de son costume et...

— Oui, on m'en a parlé. Alors ?

— Cette fois, l'autre semblait l'attendre. J'ai entendu des cris pendant quelques secondes, puis plus rien. Alexia m'a rapporté que le Yougoslave s'était calmé et qu'elle l'avait vu ressortir de la loge quelques instants plus tard, en bougonnant.

— Comment savez-vous que c'est un Yougoslave ?

— Eh bien... Je ne sais pas. C'est quelqu'un de l'Est... Petit, trapu, aussi brun que je les imaginais blonds. Tout le monde l'appelle le Yougoslave.

— Connaissez-vous son nom ?

— Ça ne risque pas. Van Jong ne parlait que de « l'autre abruti ». Alexia le sait peut-être ? Serena Misniuc oui, en tout cas.

— Avez-vous vu Isaac Van Jong ensuite ?

— Non. Je l'avais salué à son arrivée, mais il ne m'avait même pas aperçu tant il était énervé par les hurlements de ce type. J'ai attendu pour voir ce qu'il y avait lieu de faire, puis, les choses se calmant, je suis monté au sixième, dans mon bureau. Je n'ai plus revu Isaac. Enfin, je veux dire, vivant...

— Vous avez vu, comme tout le monde, la poupée à proximité du chanteur. L'aviez-vous déjà remarquée, celle-ci ou une semblable ?

— Pas du tout. Je n'ai jamais vu ce jouet.

— Comment comptez-vous faire, maintenant que l'une de vos vedettes ne peut plus assurer le spectacle ?

— Je vous avouerai qu'hier j'étais dans un désarroi total. Mais depuis la prestation de Willer, je pense que nous y parviendrons, et heureusement, car il fera aussi partie de la distribution de *La Traviata*, que nous donnerons dès vendredi. Pour des raisons de coproduction, nous avions commencé à la Diacosmie[1] la préparation de ce spectacle, alors que *Don Giovanni* tournait encore. Vous savez

1. *Centre de production de l'Opéra de Nice, qui regroupe dans le même bâtiment les fonctions d'étude, de construction, de création, de stockage et de répétition nécessaires à la vie de l'Opéra.*

peut-être qu'hier, c'était la dernière de *Don Giovanni*? Je déplore le côté voyeur des gens, cependant je suis persuadé que la mort de Van Jong aurait pu nous permettre de prolonger le spectacle, tant le public aurait voulu assister à ces représentations particulières. Mais ce n'est pas possible: *La Traviata* est donnée en coproduction, et les chanteurs qui font partie de la distribution devront tous partir dix jours plus tard; tant pis... En tout cas, pour le moment, il est question de s'interrompre une soirée en hommage à Van Jong. Nous débattrons de cela aujourd'hui, car il y a tout de même des questions financières à régler, vous l'imaginez bien. Que de soucis en perspective !

— Une question encore, maître: vous vous souvenez sans doute de Jean Bertini ?

— Oui, oui...

Franco regarda Godfine avec une appréhension mal dissimulée.

— À brûle-pourpoint, verriez-vous une corrélation entre ces deux meurtres, qui semblent s'unir dans la musique au-delà du temps ?

— Que voulez-vous dire ?

— Je ne sais pas, justement, je cherche en parlant.

— Mais je n'en sais rien, moi ! Je ne suis pas concerné ! Il n'y a pas que moi à travailler dans la musique ! Cherchez ailleurs ! Pourquoi moi ?

— Mais je ne vous accuse de rien, maître. Je cherche, voilà tout.

Francesco Franco éveillait chez Nathan une sorte d'agacement apitoyé. Parfaitement à l'aise dans toutes les musiques, dans tous les répertoires qu'il savait citer sans erreur, le directeur semblait hésitant dans la vie quotidienne, uniquement habité des projets qu'une solide équipe l'aidait à réaliser. À moins qu'il ne soit un très habile dissimulateur.

Franco quitta le bureau encombré de Godfine sur une poignée de main incertaine, pour laisser la place au régisseur.

Arrogant, sûr de lui comme savent l'être les complexés, Paul Novicet s'assit sans y être invité et attendit, l'air hautain, les premières questions. Il n'y en eut pas, ce qui le surprit beaucoup. À la place, le commissaire Godfine se lança dans une diatribe totalement inintéressante sur les conditions climatiques de cette journée de printemps. Novicet s'agita.

Lorsque Nathan jugea qu'il avait suffisamment désarçonné son interlocuteur pour s'éviter d'inutiles préliminaires, il attaqua :

— Vous connaissez le Yougoslave ?

— Moi ? Pourquoi moi ? Je l'ai vu, comme tout le monde, c'est tout. D'ailleurs, il aurait fallu être aveugle pour ne pas le voir. Même aux répétitions, il lui arrivait de se pointer quelques instants, le temps de le flanquer dehors.

— Savez-vous qu'entraver une enquête est passible de prison ?

— Pardon ?

Novicet était livide ; il semblait avoir perdu dix kilos en quelques secondes.

— Dès que vous avez vu Isaac Van Jong par terre, vous avez ôté de sa main gauche une petite poupée. Aujourd'hui, grâce au grand carnaval audiovisuel, tout le monde sait qu'on ne touche jamais à rien sur les lieux d'un crime ou d'un accident avant l'arrivée des autorités. Vous ne pouvez pas ignorer cela, et pourtant vous avez saisi cette poupée, que vous auriez peut-être fait disparaître si l'habilleuse ne vous avait vu opérer. Expliquez-moi ça ?

— Je ne sais pas, je vous assure. C'était comme un réflexe. Isaac avait l'air tellement ridicule, répandu comme un poivrot bien imbibé ! J'essayais juste de lui donner un peu de dignité, je crois.

— C'est tout ce que vous avez trouvé pour me convaincre, monsieur Novicet ? Autre chose : vous vous souvenez certainement du violoniste Jean Bertini ; l'avez-vous bien connu ?

L'incompréhension la plus totale se lut dans le regard de Novicet. Mais il répondit sans hésiter :

— Bien sûr que je le connaissais, mais pas bien du tout. À l'époque, j'avais de gros soucis familiaux : ma femme malade... Je travaillais puis je rentrais aussitôt chez moi. Jamais de sorties, jamais de fêtes avec les collègues, pas de réveillons ni de feux d'artifice sur la mer. Mais quel rapport avec la mort d'Isaac ?

— Je vous le dirai lorsque j'aurai éclairci cette histoire de poupée subtilisée dans la main du ténor.

— Mais puisque je vous dis que c'était un réflexe !

Novicet ne parlerait pas davantage aujourd'hui, et Nathan le savait. Mais il allait s'inquiéter, cela suffirait pour l'instant.

Il fallait, pendant ce temps, que le commissaire engrange le plus d'informations possible, afin de découvrir un peu plus tard vers quel point convergeraient les manques de tous les témoignages.

Il continua à poser des questions toute la matinée.

Russell Willer fut très rapidement mis hors de cause. Il s'était entiché d'une aide maquilleuse avec laquelle il faisait le joli cœur au moment du meurtre, dans la loge réservée au maquillage des chanteurs ; et leur satisfaction commune avait eu des témoins auditifs...

Personne ne semblait avoir approché Isaac Van Jong après son altercation avec le « protecteur » de Serena, et tout le monde pouvait le prouver aisément. Dans l'effervescence qui précède un spectacle, tous se retrouvaient à chaque coin de couloir, embouteillant parfois les coulisses.

Godfine s'était réservé pour la fin la truculente Alexia, qui ne semblait aucunement excédée d'avoir à patienter dans la pièce à côté. Elle s'était déjà fait quelques amis, et l'on entendait des rires inhabituels dans ces lieux. Elle entra dans le bureau de Nathan. La cinquantaine grassouillette, Alexia Madratini ressemblait à une tulipe bien plantée sur sa tige. Un faux air de Marilyn qui aurait bien vieilli, une Marilyn aux yeux foncés et à la peau mate, au regard direct et sans ambages.

— On s'y met, commissaire?

Nathan rit franchement. Et c'était bon, après ces heures de tension à tenter d'apprivoiser un mort.

Alexia savait effectivement bien des choses. Serena était étudiante dans son pays et avait voulu fuir la démence des hommes, l'horreur au nom inconcevable d'épuration ethnique qui orchestrait des massacres de part et d'autre. La jeune fille avait accepté sans aucune hésitation un mariage blanc, préparé en France, moyennant une somme qu'elle avait mis longtemps à épargner. On lui avait promis que compte tenu de sa culture et de ses possibilités, elle serait particulièrement gâtée, puisqu'elle vivrait sur la Côte d'Azur, lieu mythique. Elle avait effectivement abouti à Nice, dans un meublé du centre-ville où elle habitait avec cinq autres filles, toutes surveillées et mises au tapin. De monumentales raclées avaient eu raison de leur résistance; depuis, Serena s'était comme dédoublée, afin de pouvoir résister.

Sa copine de trottoir était une Lituanienne du nom de Wanda. Elles s'épaulaient les jours de grand cafard, relevaient scrupuleusement le numéro de la plaque d'immatriculation des voitures des clients, en cas de pépin, et recueillaient mutuellement leurs rares confidences.

Un soir de mars dernier, Wanda avait obtenu de rester couchée à cause d'une forte crise d'asthme. Une voiture s'était arrêtée au niveau de Serena. La jeune fille avait un peu hésité, car, Wanda absente, personne n'aurait pu la voir monter dans la Mercedes. S'il lui était arrivé malheur, nul ne l'aurait jamais su. Et si elle se sauvait? Oui, mais où, comment, sans papiers? Elle ne pouvait que saisir l'occasion de rapporter de l'argent à son proxénète, encore et toujours plus d'argent à ce Marco qui dévastait sa vie. Elle avait donc grimpé dans la voiture.

— Voilà en gros comment ça s'est passé, commissaire, poursuivait Alexia. Isaac a gardé Serena avec lui toute la nuit, par flemme de la raccompagner, m'a-t-elle raconté, et en lui promettant beaucoup d'argent. Puis ils ont bavardé, au grand étonnement d'Isaac, qui la croyait inculte. Serena lui a raconté non pas sa vie, mais sa passion pour la littérature française, pour la musique classique. Il prétendait qu'elle aurait pu être critique musicale dans un grand journal. Il l'a ramenée dans la journée. Il paraît qu'elle a reçu une sacrée trempe parce que le Yougoslave ne savait pas où elle était allée! Entre parenthèses, je crois qu'elle m'avait vaguement expliqué que le Yougoslave n'est pas yougoslave; mais je ne me rappelle plus vraiment. En tout cas, pendant une semaine, tous les soirs, Isaac est allé la chercher. Il y a deux mois, elle n'est pas retournée sur son bout de trottoir. Entre-temps, Isaac était parti chanter *Rigoletto* à Montpellier, et il n'a pas attendu la fin de son contrat pour venir chercher la petite et l'emmener avec lui à Montpellier.

— Comment se fait-il qu'il soit allé à Montpellier? On peut être sur deux spectacles en même temps?

— Ce n'est pas ça. En fait, Isaac possède une villa ici, au Mont-Boron. C'est d'ailleurs pourquoi je le connaissais mieux que d'autres chanteurs. S'il ne chantait pas très loin de Nice, il revenait toujours chez lui les jours de relâche. Même quand il ne travaillait pas, il venait à l'Opéra rencontrer ses amis, les écouter... En fait, il n'y a qu'avec le directeur qu'il ne semblait pas très copain.

— Ah? (Godfine nota quelque chose sur son cahier.) Et, dites-moi, la jeune femme n'a pas prévenu Van Jong de ce qu'il risquait en l'emmenant à Montpellier? Lui l'ignorait sûrement, mais elle pas.

— Je ne sais pas. Ils sont revenus heureux, il y a quelque temps. Je croyais leurs malheurs terminés, mais le Yougoslave et ses amis sont également revenus.

— C'est lui que vous appeliez « l'autre infâme », hier soir?

— Exactement. Il y a de quoi, non? Hier après-midi, nous avons eu droit à un beau scandale! D'abord ce sale type les a apostrophés à leur arrivée, vers 16 heures, puis il est reparti. Ses acolytes l'attendaient dehors et, croyez-moi, ils avaient tous de sales tronches! Serena tremblait tellement qu'elle est venue se réfugier auprès de moi pour laisser son grand homme se reprendre et se reposer avant le spectacle.

— Que vous a-t-elle dit alors?

— Vous savez, elle avait plus de larmes dans les yeux que de paroles sur la langue. La pauvre fille était moins optimiste qu'Isaac. Il venait d'accepter de payer une fois encore, pour la racheter, comme ils disent, mais Serena était persuadée qu'ils reviendraient. Elle m'a même parlé de quitter Isaac, de se suicider, bref, tout et n'importe quoi. Je l'ai calmée un peu, elle a fini par s'assoupir sur le divan, et nous avons été alertées par le remue-ménage autour de la loge d'Isaac. Nous sommes sorties voir ce qui se passait, et voilà...

— Avez-vous bien connu Jean Bertini?

Surprise, Alexia lança un vibrant « Quel rapport? » qui amusa Nathan plutôt que de l'agacer.

— Oui, je connaissais bien Jean Bertini. J'allais souvent chez lui quand Hervé était très malade. Je leur cuisinais deux ou trois trucs, je passais du temps avec eux. J'étais jeune, j'aimais leur tendresse pour moi. J'ai beaucoup appris de la vie avec eux.

— Vous avez une idée du motif du meurtre du violoniste ?

— Pas la moindre. Je l'ai dit à l'époque à un jeune inspecteur. Ça a eu l'air de suffire, car on ne m'a jamais plus interrogée. Mais aujourd'hui encore je suis en colère de ce qu'on a fait à M. Bertini.

Alexia Madratini fournit encore à Nathan de précieux renseignements sur la vie de l'Opéra, ses habitudes, ses horaires, ses employés. Puis vint l'instant de faire entrer Serena dans son bureau surchargé de livres et de documents.

Godfine avait pris quelques minutes pour souffler et réfléchir. Les deux pages de son vieux cahier d'écolier ouvertes devant lui, il cherchait à comprendre certains détails : la poupée étrange, trouvée quinze ans auparavant au chevet d'un professeur de violon assassiné, et qui était restée muette ; sa réplique aujourd'hui, exactement la même, aux vêtements brillants et à l'air ingénu ; l'embarras d'un régisseur énervé, les hésitations d'un directeur en manque de psychothérapie, le culot vorace d'un proxénète qui ne craignait pas de se montrer au grand jour... un peu trop, d'ailleurs, comme si une protection, invisible mais efficace, l'entourait.

Nathan se leva pour faire entrer Serena. Longue, blonde, fluide, vêtue de voiles légers et de sandales à la mode spartiate, la jeune fille le salua, les yeux dans les yeux. Elle semblait très calme, comme si elle venait de prendre une décision importante pour la suite de son existence. Son affolement de la veille avait disparu. Ses yeux bleu liquide se fixèrent sur Godfine. Elle déclina son identité, résignée à l'idée d'être bientôt obligée de retourner vers la misère et les violences sporadiques. Elle confirma les déclarations d'Alexia, précisant toutefois, avec un accent où les « r » semblaient de lourdes vagues portées par le ressac :

— Alexia est la grande sœur que nous rêvons tous d'avoir. Elle veut le meilleur pour nous et ressent du bonheur pour chaque bonne chose qui nous arrive. Mais tout n'est pas aussi réussi que ça...

— Que voulez-vous dire ?

— Eh bien, je préfère que vous le sachiez immédiatement. Je n'étais pas amoureuse d'Isaac. C'était un homme au talent incontestable, et si l'on m'avait dit, dans mon pays, que je serais sa compagne, sa femme si nous en avions eu le temps, j'aurais crié au fou. C'était aussi impossible que de croire en Dieu sous les bombes ou les poignards des tueurs. Et pourtant... Tous ces soirs passés en sa compagnie, à pouvoir enfin parler à un être sensible, équilibré, cultivé... Comme j'ai été heureuse... Et cette voix séraphique ! Isaac avait besoin de moi chaque jour un peu plus. Certes, je n'avais pas de plaisir à...

Serena s'interrompit, comme surprise par ses propres paroles.

— Oui ?

— C'est-à-dire... C'est difficile, et sans intérêt d'ailleurs.

— Dites toujours.

— Eh bien, j'étais heureuse, bien que ne pouvant éviter les relations sexuelles. Mais c'était peu de chose au regard du bonheur qu'il m'offrait sans compter.

— Excusez-moi, mais je ne saisis pas. Un amour qui vous rendait si heureuse, et que vous auriez cependant préféré platonique ? C'est étrange !

— Pourquoi, parce que je suis une pute ?

— Vous l'êtes sans doute si peu, mademoiselle Misniuc, que ce mot auquel je suis habitué claque dans votre bouche comme une incongruité.

— Merci, déclara Serena sans baisser les yeux. Ce que je voulais dire, commissaire, c'est que depuis le premier soir où je me suis retrouvée sur le trottoir de la Promenade, j'ai senti comme une déchirure très violente en moi. Jusque-là, j'étais comme les autres jeunes filles. J'avais un fiancé, là-bas ; ils l'ont emmené : je ne sais pas ce qu'ils lui ont fait. Je sais ce qu'ils m'ont fait, à moi... J'aimais être avec lui et... Mais dès le premier instant sur le trottoir, je suis devenue un morceau de bois dense et mort. Je ne voulais rien ressentir, ni plaisir ni dégoût ; j'y suis parvenue. J'ai tué Serena Misniuc.

— Et Isaac Van Jong ?

— Une histoire magique, comme dans les contes.

— Non, je veux dire : vous l'avez tué, lui aussi ?

Serena eut une étrange réplique :

— Je vous pardonne, commissaire. Et je répète : une histoire magique, comme dans les contes. Il m'a ramassée un soir : je ne jurerais pas qu'il n'avait pas bu, même si depuis je ne l'ai jamais vu ivre. Il m'a ramenée chez lui. Une maison de contes de fées, comme celle qu'on me promettait là-bas. Je ne l'ai pas reconnu lorsqu'il s'est arrêté à ma hauteur ; pourtant, dans mon pays, j'avais vu des photos de lui, longtemps auparavant. Après, il m'a traitée comme une femme. J'avais oublié que je pouvais encore en être une. Je n'avais cependant pas trop confiance, et puis, je pensais à Marco...

— Marco ?

— Celui que tous appellent le Yougoslave, et qui en réalité est italien. Il est apparu dans ma vie ici. Jusque-là, ceux qui me promettaient monts et merveilles étaient des gens de mon pays.

— Comment une jeune femme telle que vous, qui semble posée et réfléchie, a-t-elle pu leur faire confiance d'emblée ?

— Je n'ai pas eu vraiment confiance, mais de toute façon je n'aurais jamais pu imaginer la réalité. Vous savez, dans la tourmente, vous acceptez plus facilement les promesses. Et ça rassurait tellement ma famille... Marco, c'est la caricature du proxénète : argent facile et abondant, bijoux, vêtements, filles amoureuses... Et surtout, une violence terrible ! Il ne craint pas de...

— De ?

— De torturer...

Serena baissa les paupières sur des larmes de peur.

— Prenez un chocolat, lui proposa Nathan.

Elle s'attendait si peu à cette offre qu'elle releva le regard et rit. Sa bouche sensuelle, finement dessinée, aurait pu faire oublier à Nathan le motif de sa présence. Il se reprit :

— Je sais, un policier qui offre des douceurs, c'est suspect. Et si je vous raconte d'où je tiens cette habitude, vous allez franchement vous moquer !

Serena souriait toujours, intriguée. Les rôles s'inversèrent pour quelques instants, et Nathan se confia :

— Au tout début de ma carrière, l'un de mes supérieurs, connu pour la dure « efficacité » de ses interrogatoires, était en train de « s'occuper » d'un jeune voleur de scooter, dans les douze, treize ans, lorsque ma mère est arrivée dans mon bureau, guidée par les hurlements de mon supérieur. Elle était scandalisée ! Sans rien dire, elle s'est approchée du questionneur déchaîné, auquel elle a tendu le paquet de caramels qu'elle me destinait. À lui d'abord, pas au gosse. Je n'oublierai jamais l'air abruti qu'il a soudain affiché, le sifflet coupé par le geste inattendu de ma mère. Et tout le monde s'est instantanément calmé dans la pièce. Tout s'est achevé sans éclats de voix. Depuis, j'ai toujours devant moi des friandises à partager.

— Sympathique, comme idée. Et puis, bon outil de travail ! Ça ne coûtera pas cher à l'État !

Décidément, cette jeune femme ne manquait ni d'intelligence ni d'humour. Godfine reprit l'interrogatoire :

— Pourquoi avoir tenu autant à nier que vous étiez amoureuse d'Isaac ?

— Par honnêteté. Le premier soir, je lui ai parlé de la thèse que je souhaitais écrire sur Henryck Wieniawski[1]. Il a été très surpris d'apprendre que j'avais des connaissances musicales, et ne s'est pas privé de me tester immédiatement. J'ai dû le satisfaire, là encore. Peu à peu, il venait me chercher, me donnait pas mal d'argent pour Marco. Puis, il a voulu le rencontrer, pour me racheter, comme il disait naïvement. Seulement, Marco, c'est un fou dangereux aux exigences insensées. J'ai d'abord pensé à quitter Isaac pour ne pas lui attirer de graves ennuis, puis les choses ont eu l'air de s'arranger. J'en ai conclu que Marco avait reçu un autre contingent de filles, en plus des sommes colossales qu'Isaac lui avait versées.

— Comment vous sentiez-vous auprès d'Isaac Van Jong ?

— De mieux en mieux. Et plus que ça encore. Il m'aimait, je le respectais de tout mon cœur. D'une certaine manière, je l'aimais aussi. En tout cas, je ne pouvais aimer davantage. Il m'offrait une vie protégée, dans le domaine qui m'est le plus cher au monde. J'allais l'épouser, et je peux vous certifier, commissaire, qu'aucune femme n'aurait jamais été plus fidèle que moi, plus à l'écoute de son mari, plus empressée à le seconder. Et voilà, on me l'a tué...

— Marco ?

---

1. *Henryk Wienawski, 1835-1880, est un enfant prodige, musicien juif polonais, issu d'une famille très cultivée. Violoniste, compositeur et pédagogue, il a marqué son époque.*

— Je ne sais pas. Mais hier, il est venu réclamer de l'argent à nouveau, et Isaac s'est vraiment mis très en colère. Je craignais qu'il soit trop énervé pour la représentation, mais dès qu'il s'agissait de chant, Isaac avait des ressources insoupçonnées. J'ai pensé que le mieux était de le laisser se reposer ; j'étais trop bouleversée pour que ma présence lui soit bénéfique. Je suis restée avec Alexia.

— Mademoiselle Misniuc, je ne voudrais pas vous blesser, mais je suis obligé de poser des questions parfois désagréables. Étiez-vous certaine de la fidélité d'Isaac Van Jong ?

— Je ne me suis jamais posé la question. J'étais presque toujours avec lui. Il me demandait de l'aider à éviter les groupies trop empressées. De toute façon, s'il avait passé une heure ou deux ailleurs avec d'autres filles, cela ne m'aurait pas blessée. Mais, comment vous dire ? S'il est vrai que faire l'amour ne me plaisait pas, Isaac était un homme délicat et attentif, et je me comportais comme bien des femmes aimantes.

— C'est-à-dire ?

Serena n'hésita pas une seconde :

— Je simulais. Je lui devais bien ça. Et croyez-moi, personne ne peut s'en rendre compte.

« Charmant ! » pensa Nathan, puis il reprit :

— Pourrais-je vous demander quand vous avez eu pour la dernière fois une relation intime avec Isaac Van Jong ?

— Hier, juste avant de partir pour le théâtre. Pourquoi ?

— Une simple vérification pour le médecin légiste. Dans l'état actuel de nos réflexions et de nos recherches, il nous faut tout vérifier, tout exploiter. Une maîtresse négligée qui se venge, un rival qui prend sa revanche...

Pardonnez-moi, mais c'était sans doute la dernière question indiscrète.

Pourtant, il lui en venait, à l'esprit, des questions ! Cette femme était belle et digne ; difficile de l'imaginer en putain patentée !

L'entretien se termina sur quelques autres vérifications, après quoi Nathan raccompagna Serena à travers les couloirs encombrés jusqu'au seuil de l'hôtel de police, passant avec elle la porte vitrée encadrée de bleu qui s'ouvrait sur une volée de marches usées en leur milieu. Cette déférence ne manqua pas de faire lever interrogativement quelques sourcils.

— Un mot encore, mademoiselle. Qui est Henryck Wieniawski ?

Serena, interloquée, fixa Godfine un instant, comme si elle doutait de sa raison, puis elle lui sourit en expliquant :

— Un virtuose du XIXe siècle, commissaire. Un passionné de violon. D'ailleurs, il a composé presque uniquement pour cet instrument merveilleux. Je crois que les Français l'aiment assez, quand ils le connaissent. Ses œuvres distillent la fameuse âme slave...

— Je ne le connais pas.

— Je vous ferai écouter ses mazurkas, ou l'une de ses polonaises. Vous verrez, c'est beau...

Et elle s'en alla, longue sirène aux yeux sidéraux.

Godfine passa le reste de la journée à vérifier, réfléchir, gribouiller des notes, en attendant qu'on lui amène le fameux Marco, si on le trouvait rapidement.

Marco Campozzani était un dur à cuire que les flics n'impressionnaient guère. Mais cette fois, il se sentait dans ses petits souliers. Depuis plusieurs semaines, il s'amusait à effrayer ce cantor imbécile qui s'était fait harponner par une pute retorse, une fille dont de toute façon Marco ne voulait plus depuis longtemps. Un on-ne-savait-quoi de trop élégant retenait souvent les clients au moment d'embarquer Serena : une sorte de timidité inattendue. Et c'était une perte d'argent inacceptable.

Ce Van Jong était arrivé à point nommé, et les négociations avaient été très largement à l'avantage de Marco. Même, il avait grappillé quelques milliers d'euros supplémentaires grâce à ses menaces répétées. Le coup du scandale devant le théâtre, ou même dans la loge de ce pauvre type naïf, ça marchait à chaque fois. Tant qu'il y avait de l'argent à prendre, Marco ne craignait pas d'en réclamer. Et s'il fallait pour cela étrangler un peu, ma foi... Mais là, ça tombait mal ! Cet après-midi, Marco avait fermement secoué Wanda, qui tentait d'obtenir un sursis grâce à une prétendue crise d'asthme. Encore une ! Certes, elle toussait. Mais était-ce une raison suffisante pour refuser d'aller au turbin ? Marco avait voulu corriger chez elle cette fâcheuse propension à la paresse. Quelques claques magistrales, et Wanda avait brusquement perdu le souffle ; elle s'était effondrée.

Marco la secouait encore lorsque les policiers avaient sonné à sa porte. Il avait poussé la fille inconsciente sous le lit, comme un imbécile qu'il était, au lieu de profiter de la situation pour prendre les flics à témoin du malencontreux malaise de sa fiancée ! La fille aurait été soignée sans parler ; de cela, il était certain. Elle savait qu'autrement, elle était virtuellement morte. Au lieu de quoi, à l'heure qu'il était, les flics avaient dû la découvrir et lui, Marco l'invincible, attendait comme un vulgaire braqueur le bon vouloir du commissaire, dans ce couloir plâtreux et sans aération.

Godfine regarda le bellâtre pénétrer dans son bureau avec ce sentiment de colère qui l'envahissait chaque fois qu'il se trouvait en présence d'un voyou brutal et dénué d'humanité. Il se rappelait encore comment, bien des années plus tôt, ce comptable particulièrement violent qu'il interrogeait dans son bureau avait terrorisé sa famille et fini par tuer son fils de dix ans à coups de ceinture griffée, parce que l'enfant avait détourné quelques euros de la liste des commissions pour s'acheter des bonbons. Les experts en psychiatrie s'étaient jetés sur ce cas comme une colonie de mouches sur un étron, pour le soustraire à la justice. Mais ils avaient eu beau chercher, étudier, l'homme était lucide, responsable, conscient, et revendiquait le droit d'agir comme bon lui semblait avec chaque membre terrifié de sa famille. Toutefois, pour s'épargner quelques années de prison, il avait fini par se montrer veule, soumis devant le commissaire, jusqu'à essayer de le persuader que les lois sont mal faites, qui empêchent un père de jouer son rôle d'éducateur. Les photos consternantes de l'enfant blessé à mort avaient bouleversé le jury.

Aujourd'hui, ce Marco, après une mimique étonnée en découvrant les piles de livres jonchant les étagères du bureau du commissaire, avait exactement le même regard que le comptable sauvage. Une veulerie gluante, dissimulant une sorte de rage cruelle qui pouvait frapper n'importe qui, n'importe quand, n'importe où.

Nathan commença son interrogatoire d'une manière désarçonnante, comme à son habitude.

— Vous avez le coin des yeux sales. Nettoyez-vous avant que nous parlions.

Éberlué, Marco esquissa un geste. C'est alors que Godfine commença de donner sa pleine mesure. Précis, patient, rigoureux, il acculait le proxénète à des réponses que celui-ci ne pouvait donner sans se condamner lui-même gravement. Les enquêteurs avaient bien fait leur travail, et en très peu de temps. Marco Campozzani appartenait vraisemblablement à un réseau qui achetait à très bas prix des filles venues de l'Est. Cela restait tout de même un pactole pour leurs fournisseurs, des rabatteurs vivant sur place, dont certains étaient d'ailleurs des femmes. Celles-ci inspiraient confiance aux familles appauvries et désespérées ; elles recrutaient facilement des filles que le mirage de l'Europe occidentale fascinait. Marco Campozzani ne voulait pas que « ses femmes » prennent de mauvaises habitudes ; elles n'avaient pas d'argent là-bas, elles n'en auraient pas davantage ici. À quoi cela leur servirait-il ? En revanche, elles étaient assurées de manger à leur faim, d'être logées et vêtues.

— Et battues à mort en cas de rébellion ?

Ça se gâtait ! Campozzani accusa le coup. Godfine, lancé comme une artillerie lourde, matraquait ses questions. Le pire attendait Campozzani pour sa sauvagerie envers Wanda, mais d'abord il fallait savoir. Qu'avait-il fait hier après avoir quitté le théâtre de l'Opéra, vers 16 h 30 ?

Marco n'avait pas de réponse satisfaisante. Il était allé se calmer les nerfs chez Wanda, qui savait si bien pratiquer son métier. Puis il lui avait ordonné de se préparer à rejoindre son emplacement sur le trottoir de la Promenade des Anglais, devant le monument d'acier bleu et gris érigé à la mémoire des passagers de la caravelle *Ajaccio-Nice,* celle qui avait explosé en plein vol le 11 septembre 1968 et s'était ensuite abîmée corps et biens en Méditerranée. Pendant que Wanda travaillerait, lui, Marco, irait dîner avec ses associés pour discuter affaires. La jeune femme avait alors osé protester, arguant de sa fatigue extrême et de ses difficultés à respirer. Une seule gifle bien assénée l'avait convaincue de se taire et d'enfiler sa « tenue de travail ».

— Ça, c'était hier. Ses copines l'ont vue tousser jusqu'à s'étouffer, et aujourd'hui, vous l'achevez à coups de poing. Vous êtes mal barré pour votre alibi, sans compter le reste !

Godfine fit emmener Campozzani et alla se servir un café qu'il dégusta, un morceau de chocolat noir entre les dents, tout en réfléchissant. Son beau visage de prince du désert était fermé, presque douloureux. Les années avaient beau passer, il se sentait animé de la même révolte que lorsqu'il était un jeune inspecteur.

La veille, Campozzani avait pu, malgré ses dénégations, pénétrer dans la loge d'Isaac Van Jong et l'étrangler avant que le baryton ait pu pousser le moindre cri, dans le but de récupérer Serena. Car une fois son fiancé mort, que pouvait-elle espérer ? Il ne lui restait plus, dans le meilleur des cas, qu'à retourner sur le trottoir. Ainsi Campozzani récupérait le beurre et l'argent du beurre !

Cependant, pour l'instant, le labo n'avait rien trouvé. Pas un cil, pas une fibre de tissu qui eût appartenu à Campozzani. Juste un élément étrange : on avait volontairement scié deux doigts de la poupée. Pourquoi ? Et pourquoi ce découpage qui ressemblait à un étrange et sauvage rituel ?

Le soir venu, Nathan Godfine décida de faire un léger détour par l'Opéra en rentrant chez lui. Il occupait un grand appartement dans le quartier des Antiquaires, rue Catherine-Ségurane. Pour se rendre chez lui, il descendait souvent jusqu'au quai Rauba-Capeu, longeait la mer et remontait devant les baraques du Marché aux Puces.

Cette fois, il s'attarda devant l'Opéra. La façade impeccable semblait ronronner au soleil couchant. Un magasin de produits typiquement niçois jouxtait le bâtiment, proposant tissus, colifichets et cartes postales. Le *Caffé des Loges* était encore désert : sur le seuil, un serveur regardait passer les touristes. Il ne restait évidemment aucune trace du drame d'hier, des attroupements excités, des sirènes hurlantes. Isaac Van Jong n'était même plus un nom sur une affiche ; il n'était déjà plus qu'un souvenir, à peine une pensée...

Godfine emprunta la rue de la Terrasse jusqu'au quai des États-Unis. La mer opaline n'avait pas le moindre frisson. Tout en cristal bleuté, elle semblait une extraordinaire patinoire de conte de fées. Au large, un immense bateau d'un blanc éblouissant paraissait concentrer sur lui tous les rayons de soleil encore dardés. Nathan, pourtant habitué à admirer la mer sous toutes ses couleurs, s'arrêta quelques instants pour trouver sa place dans cette immensité. Des jeunes en rollers le dépassaient à toute allure, des chiens cherchaient un endroit qui n'existait pas pour se soulager... La vie... La vie sublime, indifférente, féroce, blasée...

Passant devant l'imposant monument aux morts niché dans un creux impressionnant du rocher du Château, Nathan remonta la rue de Foresta pour enfin atteindre la rue Ségurane et son spacieux appartement. Au quatrième étage d'un bâtiment ancien, celui-ci s'ouvrait sur la colline du château d'où, chaque jour à midi précisément, un coup de canon avertissait les Niçois qu'il était temps de penser à leur déjeuner.

Dans son salon encore plein de soleil, la faible lumière du répondeur indiqua à Nathan qu'on ne l'oubliait pas. Un copain lui demandait de ses nouvelles : « Je ne t'ai pas appelé à Foch, j'avais trop de boulot. On dîne demain ? » Ses parents lui proposaient de profiter du studio à La Colmiane pendant qu'ils rendraient visite à leurs amis angevins : « Tu pourrais enfin te reposer un peu, mon fils. Nous t'avons trouvé bien pâlichon la semaine dernière ! » Nathan songea que le moment ne se prêtait plus au repos. Un meurtre vieux de quinze ans demandait à être dépoussiéré, un autre réclamait d'être élucidé. Quel était le rapport entre les deux ? Y en avait-il seulement un ? Les lacérations ? Après tout, Bertini n'avait pas été mutilé de la même manière que Van Jong. Godfine avait passé une bonne partie de l'après-midi à s'interroger. Sans succès.

Un dernier message ramena le sourire sur ses lèvres : « *Ola hidalgo, ¿qué* tal ? Trois jours sans nouvelles, et sans... le reste ! Tu fais baisser ta moyenne, Nat ! »

Godfine hésita. Il éprouvait une grande tendresse pour Bella, qu'il connaissait depuis vingt ans. Tous deux s'entendaient bien, vivaient LAT – *Leaving Apart Together* – et avaient surtout consacré leurs forces et leur temps à se construire une carrière. Bella était devenue chirurgien, un chirurgien connu et respecté, dans cette ville où le nombre de médecins au kilomètre carré le disputait à celui des bistrots.

Issue d'une modeste famille espagnole, Bella Vargas avait tout subi dans l'objectif acharné de réussir sa vie professionnelle : l'argent rare, les crocs-en-jambe, les propositions peu voilées de certains mandarins... Comment s'en était-elle sortie ? Elle seule le savait, et le cachait derrière ce front lisse et mat que Nathan aimait caresser.

Petite, parfaitement proportionnée, des yeux de maharani dans un visage de princesse perse, Bella ne manquait pas de courtisans, qu'elle n'avait pas toujours le temps de consommer. Nathan était sa sécurité, sa récréation.

Godfine hésita, puis décida de rester chez lui. Prendre sa moto pour filer retrouver Bella dans sa splendide villa sur les hauteurs de Pessicart était tentant. Mais il connaissait les ardeurs réitérées de sa belle, et il devait absolument être au bureau demain dès 8 heures. Il lui téléphonerait dans la matinée pour l'inviter à déjeuner.

Nathan se régala de quelques poivrons grillés à l'huile d'olive étalés sur des michettes aillées de chez Multari, le boulanger niçois le plus prisé des amateurs de bon pain. Il était déjà trop tard pour écouter son vieux copain Jean-Pascal Martinero aux actualités régionales de France 3. Nathan le déplora, car c'était presque la seule occasion d'écouter son ami parler. Les deux hommes étaient tellement pris par leurs fonctions qu'ils avaient rarement l'opportunité de passer un moment ensemble. Aussi Nathan suivait-il le parcours de Jean-Marie par écran interposé. Ils avaient vécu ensemble une adolescence savoureuse, cavalcadant dans les ruelles du vieux Grasse où était né Jean-Marie et où Nathan montait passer ses vacances.

« C'est ma soirée souvenirs, ce soir ! Ça doit être ce vieux Bertini qui titille ma mémoire... Quelle honte j'ai ressentie à avoir échoué sur son cas ! Le commissaire Vanelli radotait : "Alors petit, on piétine sur ses propres traces en se mordant la queue ?" Il riait comme un cinglé à ces paroles cent fois mastiquées... Pourtant, mon premier meurtre a été mon seul échec ; somme toute, j'ai eu du bol dans ma carrière... »

Après une douche délassante et un programme télé soporifique, Nathan éteignit sa lampe de chevet et s'endormit sur un drôle de regard sidéral, qui l'avait ému bien plus qu'il n'y paraissait...

7

ILS N'ONT RIEN TROUVÉ, rien compris. Ils ne voient pas que la fatalité mélodieuse rampe vers eux, pour sa gloire suprême.

Ils croient vivre ; ce ne sont que des larves que j'écraserai sans un regard.

Seul mon violon chantera, séraphique, dans l'immensité du silence. Je me prépare.

Merci Bertini. Merci Van Jong.

8

LE LENDEMAIN, réveillé par les rires des mouettes, Nathan sentit un malaise bizarre, inquiétant, comme une présence à la fois connue et pourtant non identifiable. Il fallait faire vite. Il fallait trouver ce meurtrier.

La veille, il avait laissé sa moto au commissariat. Il se rendit donc à pied à son bureau, saluant au passage l'épicière du coin et jetant de vagues regards aux devantures des antiquaires, qu'il connaissait par cœur. Déjà les motos pétaradaient dans les rues encombrées, pendant que les ménagères secouaient au balcon leur chiffon de poussière. Nice trépidait, réclamant sa provende quotidienne d'événements, d'incidents, d'accidents.

Installé à sa table de travail, Nathan se mit à griffonner dans son cahier d'écolier, remplissant un peu trop à son goût la colonne des « Ce que je ne sais pas ».

Il appela ensuite Bella, qui, bien qu'au début de la matinée, venait de quitter le bloc opératoire après sa seconde intervention.

— Bonjour, mon Ibérique. J'ai de la chance, de tomber sur toi aussi facilement aujourd'hui ! En fait, je ne pensais pas te trouver si tôt à la clinique. J'allais juste te laisser un message.

— Nat ! Tu es exactement celui qu'il me faut, j'ai un coup de cafard terrible.

— *¿ Qué sé passa, mi amor ?*

— Je viens d'ouvrir et de refermer aussitôt le ventre d'une patiente. Un cancer qui file à une allure démentielle. Une jeune femme, mère de famille. J'ai eu beau essayer de me bloquer l'affectif pendant que j'opérais, je n'y suis pas parvenue. Elle a mon âge. Dans quelques semaines elle meurt. Et avant, elle souffrira le martyre. Je ne peux rien faire, hormis brancher la pompe à morphine. Et encore... Je n'ai pas le droit de l'aider à partir dignement... Je ne m'y habituerai jamais...

— Mon pauvre bébé... Toutes tes commissions d'éthique ne semblent pas faire le poids face à la pesanteur pachydermique de l'être humain. Veux-tu te changer les idées en brunchant ?

— Pas le temps, je commence mes consultations maintenant. Je vais être submergée. Ce soir chez moi ?

— J'y suis déjà !

À peine raccroché, le téléphone sonna. La voix enjouée et amicale de Del Chiappo lui fit du bien.

— Salut Nat, ça va comment, ce matin ?

— Comme quelqu'un qui patauge lamentablement.

Les deux hommes convinrent de déjeuner à la *Flambée,* un restaurant discret à proximité de l'avenue Malausséna, où ils pourraient discuter tranquillement entre une anchoïade savoureuse et une énorme assiette de *penne alla parmiggiana.*

La matinée passa en briefing approfondi avec son équipe. Nathan distribua les rôles : avant de retrouver les personnes qu'il voulait interroger à nouveau, il désirait obtenir en un très court laps de temps le maximum d'informations les concernant. Les coups de fil se succédèrent à une allure impressionnante jusqu'à l'heure du déjeuner.

Lorsque Nathan arriva au restaurant, Del Chiappo était déjà là, corrigeant un article qui annonçait les cinq représentations exceptionnelles de la *Traviata* à partir du vendredi suivant. Nathan s'installa devant un pastis en déclarant :

— Moi, quand on me parle de la *Traviata,* je vois immédiatement se dessiner la silhouette extraordinaire de la Callas.

— Le contraire m'aurait étonné. Mais la soprano Jenny Lieberson est une chanteuse exceptionnelle, tu verras.

— Qu'est-ce que tu racontes dans ton article ?

— Je rappelle la genèse de l'œuvre, qui a été créée à la Fenice, à Venise, le 6 mars 1853, et qui fit un bide terrible. Je parle du librettiste, Francesco Maria Piave, et je résume la pièce de Dumas.

— *La Dame aux Camélias ?*

— Tout juste ! Mais dis donc, ça te réussit de te coltiner un meurtre à l'Opéra !

— Et je n'ai pas fini de t'étonner ! Tu dis que ce fut un fiasco ?

— Eh bien oui. Peut-être parce que l'œuvre fut donnée dans des décors et des costumes contemporains, ce dont le public n'avait pas l'habitude. Ou plus vraisemblablement parce que les chanteurs n'étaient pas à la hauteur. L'interprète de Germont était enroué, et Salvini Donatelli, qui mourrait sur scène tuberculeuse, diaphane et éthérée, était à l'époque si corpulente que tout le monde s'est mis à rigoler. Bref, un bide grave ! Mais rassure-toi, un an plus tard, ç'a été le triomphe. Et tu sais pourquoi ? On avait modifié l'époque et les costumes. Tout se passait maintenant sous Louis XIV. Ça a suffi.

Le restaurant était bondé. De nombreux employés alentour venaient s'y détendre pendant un bref instant. Les murs crépis de blanc, les poutres apparentes lustrées par les années, les photos de sportifs célèbres entourant le patron donnaient à la pièce, toujours trop petite, l'allure d'une salle à manger de famille où se pressent des enfants indociles. Le four, bourré de bois sec, avalait les pizzas à un rythme accéléré pour les restituer dorées et craquantes.

Les deux amis conversaient tranquillement, Nathan ayant décidé de penser à autre chose qu'au meurtre de Van Jong. Ce n'était pas par lassitude, mais parce qu'un élément le tracassait, qu'il ne parvenait pas à identifier. Le mieux était donc d'attendre en faisant mine de penser ailleurs.

Pendant que Baptiste décrivait à Nathan l'ambiance électrique qui précède une Première, la porte du restaurant s'ouvrit sur un autre de leurs vieux copains, Louis Ravana, le modèle du professeur post-soixante-huitard par excellence. Louis avait l'âge de Nathan, et quelque cinq ans de plus que Baptiste. Il enseignait l'art théâtral au lycée Bristol à Cannes. C'est au cours d'une représentation au théâtre de la Cité, rue Paganini, que Baptiste et lui avaient lié connaissance, se devinant mutuellement grands amateurs de théâtre classique, au milieu de jeunes critiques entichés de textes incompréhensibles ; textes à clés, disait-on. Clés tordues, bouffées d'usure et de snobisme avarié, affirmait Louis.

Louis Ravana savourait une délicieuse salade de foies de volailles tout en bavardant avec ses compères. La conversation tournait maintenant autour des derniers modèles de moto sortis, Louis et Nathan étant des fondus de deux-roues.

Comme dans la plupart des restaurants niçois, un homme, brun, moustachu, entra alors, déposant sur chaque table un objet accompagné d'une notice où l'on pouvait lire: « Je suis sourd et muet. Une aide de votre part permettra à notre association de vivre et de continuer à nous aider. » Puis il repassait pour encaisser les quelques euros de ceux qui s'étaient laissé attendrir. De loin, le mouvement de l'homme, piochant dans sa sacoche, ressemblait au geste du semeur dans son champ. Mais la métaphore ne pouvait être filée, car une tristesse presque désespérée se lisait sur le visage de l'infirme. Lorsqu'il parvint à la table des trois amis, Nathan sentit une contraction immense paralyser son esprit. Devant lui, sur la nappe souillée de sauce tomate, l'homme venait de déposer une petite poupée au doux visage sérieux, vêtue d'un habit de soie étincelante, rouge et or, et coiffée d'un capuchon de satin marron glacé tombant sur sa joue de porcelaine. Sidéré, Baptiste regarda son ami, pendant que Ravana commentait :

— Vé, elles vous rattrapent, nos poupées cannoises !

— Tu connais ces objets ?

— Tiens, pardi ! Avant, tu te tapais tous les nounours ou les cœurs en plastique de la création, remplis d'huile et de billes multicolores qui nageaient là-dedans ; comme ton porte-clés, tiens ! Et gare à toi si tu les faisais tomber ! L'huile, elle te pastissait les vêtements de haut en bas... quand tu ne te cassais pas la gueule en mettant le pied dessus ! Depuis quelques semaines, ils proposent ces drôles de personnages dans tous les restaurants de Cannes. Il faut avouer que c'est plus joli.

Nathan n'avait pas attendu la fin de l'histoire. Par la porte vitrée du restaurant, Baptiste et Louis l'observaient qui avait déjà rattrapé le vendeur et tâchait de se faire comprendre à grand renfort de gestes explicatifs. L'homme tapotait sa fine moustache brune, comme s'il s'agissait d'un talisman. Louis, qui en avait vu d'autres, ne fit aucun commentaire sur l'attitude de Godfine. Encore un réflexe de flic ! Godfine avait beau être un copain plutôt sympathique et bon vivant, il n'en restait pas moins un policier dans l'âme, toujours à l'affût du mauvais pas à sanctionner. Excité comme une pipelette, Baptiste informa Louis de la nature de l'intérêt de Nathan, ce qui éveilla son attention.

— Ça alors ! Mais quel rapport peut-il y avoir entre ce meurtre et ce pauvre type ?

— Je ne sais pas, mais fais confiance à Nathan pour trouver !

L'homme qui faisait face à Godfine semblait terrorisé. Il ne paraissait pas comprendre ce que lui demandait le commissaire, qui appela, de son portable, deux lieutenants de service à Foch. Ils embarquèrent l'inconnu, qui n'opposa aucune résistance mais se mit à pleurer silencieusement, comme s'il abandonnait une lutte inconnue, dure et menaçante.

Godfine revint vers ses copains pour récupérer ses clés de moto sur la table et payer son écot.

— Laisse tomber, vieux, le rassura Baptiste. Le trésorier du journal se fera un devoir d'inviter le célèbre commissaire Godfine à la veille de coincer un assassin ! Pourquoi pleurait-il, ce type ?

— Je n'en sais rien. Je file voir ça, justement.

— Mais... les poupées ? questionna Louis, sans que ni Nathan ni Baptiste ne comprennent vraiment ce qu'il voulait savoir.

— Nous verrons, nous verrons... lança Godfine, qui, de toute façon, n'avait pas l'habitude de raconter par le menu une enquête en cours.

L'homme à la moustache ne pleurait plus. Les yeux dans un absolu néant, il attendait.

En entrant dans le bureau où patientait Caniel en compagnie des deux lieutenants qui avaient pris l'homme en charge, Godfine remarqua des cicatrices fraîches sur ses mains recroquevillées sur sa besace. Il se souvint alors qu'une demi-heure plus tôt, l'homme se tenait debout sur le trottoir, face à lui, les mains obstinément enfoncées dans ses poches. Les deux policiers présents tentèrent brièvement de l'interroger, sans succès. Godfine comprit le premier :

— Ça suffit, les gars, ce type ne nous comprend pas. Non seulement il est vraiment muet, mais il ne connaît pas notre langue.

— Patron, vous m'étonnez. Ces mecs-là ne savent que nous enquiquiner à tous les coins de rue. Du reste, je me demande pourquoi on ne s'en est pas occupés avant.

— Ne t'échauffe pas tout seul, Caniel. Réfléchis une minute : ce type ne peut ou ne veut pas parler. Il vend des poupées comme celle qu'on a trouvée dans la main de Van Jong. Or, que s'est-il passé d'étrange concernant cette poupée ?

Bon policier, Caniel n'hésita pas longtemps :

— Mais bien sûr ! Le régisseur ! Comment s'appelle-t-il, déjà ? Novicet, oui, c'est ça, Novicet !

— Voilà. Tu les auras, tes galons de capitaine, mon vieux ! En attendant, tu fonces ventre à terre et tu me le ramènes. Il y en aura bien un des deux qui se mettra à parler.

Mais lorsque, très inquiet, Novicet pénétra dans le bureau de Godfine, l'homme n'eut pas la moindre réaction. Juste un regard, comme un réflexe, puis il retomba dans une sorte de léthargie résignée. De toute évidence, il n'avait jamais rencontré Novicet auparavant. En revanche, apercevant l'homme et sa besace encore remplie de poupées, le régisseur blêmit, ce qui n'échappa pas à un Godfine aux sens totalement en alerte.

— Je crois que cette fois, monsieur Novicet, il va falloir vous expliquer très en détail.

— Je n'ai rien à dire sur quoi que ce soit.

— Alors je vais vous aider à vous souvenir. Alerté par l'agitation provoquée par la découverte du corps de Van Jong, vous avez essayé, alors que vous n'étiez pas seul – ce qui prouve à quel point c'était important pour vous – de substituer une poupée que la victime tenait dans sa main, ou qu'on avait déposée là. Une poupée parfaitement identique à toutes celles qui vous ont fait pâlir lorsque vous êtes entré dans ce bureau, à l'instant.

— Pâlir ! Vous prenez la tension artérielle des gens par le regard, maintenant, dans la police ?

Novicet se croyait un résistant admirable face à l'oppression policière, mais son arrogance était inutile. Fidèle à sa méthode de déstabilisation d'un suspect, Godfine n'alla pas plus avant dans ce bref interrogatoire. Il savait comment casser en deux mots le régisseur rétif ; il ne s'en priva pas.

— Enfermez-le !

Une fois signifiée à Novicet sa garde à vue, Godfine lança Caniel sur une enquête approfondie concernant le régisseur mal embouché.

Pendant ce temps, il s'occupa de découvrir qui était l'homme silencieux qui lui faisait face. Il le regarda longtemps, convaincu d'être en face d'une belle arnaque. De prime abord, on pouvait penser que cet homme n'était ni sourd ni muet, et qu'il profitait de la compassion des autres pour s'enrichir. Mais s'enrichissait-on à proposer des babioles pour quatre ou cinq euros ? Qu'y avait-il derrière tout cela ?

Godfine téléphona lui-même à la préfecture afin de vérifier quelles étaient les associations de sourds habilitées à pratiquer la quête de fonds de cette manière. Quelque chose dans le regard désespéré de l'homme lui disait que la partie visible de cet iceberg n'était qu'un monticule qui allait brutalement s'élever jusqu'aux nuages, révélant Dieu sait encore quelle calamité humaine !

En attendant des réponses satisfaisantes, Godfine regardait l'homme immobile. Soudain, il lui présenta, sans dire un mot, un stylo et une feuille, sur laquelle cette fois il n'avait rien écrit, rien demandé. L'homme le regarda longuement. Qu'échangeaient ces regards muets ? Puis l'étrange vendeur baissa les yeux et griffonna quelques mots sur le papier. Du moins Godfine pensa-t-il qu'il s'agissait d'une phrase. Il reconnut une écriture cyrillique. L'homme cessa un instant d'écrire pour réfléchir, puis continua, soulageant peut-être ainsi sa solitude et sa tristesse.

Qui appeler pour servir d'interprète ? Il n'y avait ni ambassade ni consulat de Russie à Nice. Il n'eut pas besoin de chercher longtemps. Un coup de fil intérieur lui fit savoir que Serena Misniuc demandait à le rencontrer.

Dans un premier temps, peut-être pourrait-elle l'aider ; il vérifierait ensuite. Il décida de la recevoir devant l'homme, qui avait cessé d'écrire et semblait s'être totalement désintéressé du papier qu'il venait de remplir. Serena entra, souple et légère comme le bonheur. Son regard astral glissa sur l'homme, étonné de sa présence, pour poser une question muette à Godfine. Quant à « l'écrivain russe », il n'eut pas un tressaillement en voyant Serena entrer. De toute évidence, ces deux-là ne se connaissaient pas.

Godfine confia l'homme muet à Caniel, qui hurlait dans deux combinés téléphoniques en même temps, et entraîna Serena dans un bureau voisin. Il s'enquit de l'objet de sa visite. Serena semblait embarrassée, mal à l'aise au moment de confier à Godfine ce qu'elle était pourtant venue lui raconter de son plein gré. Enfin elle se décida :

— Ce matin, je ne vous ai pas tout dit. Je ne veux pas être responsable d'une injustice ; mais je ne veux pas davantage être complice d'un meurtre.

— Je vous écoute, mademoiselle Misniuc.

— Voilà... Depuis que je connais Isaac – enfin, depuis qu'il m'a introduite dans son milieu, je me suis heurtée à l'empressement constant et envahissant d'un homme de son entourage. J'ai eu beau lui signifier un refus définitif, il n'en tenait aucun compte, me rappelant même parfois qu'il m'avait connue pute, et que mes refus étaient déplacés et ridicules. Il me lançait en ricanant qu'il ne fallait pas que je joue les amoureuses éperdues, car il avait remarqué que je n'étais pas ce qu'on appelle amoureuse d'Isaac.

— Et... ?

Nathan la laissait venir. Elle était troublée et hésitante. Elle ressemblait à une fée oubliée sur terre ; elle semblait l'incarnation même de la solitude.

— Je n'avais guère de difficultés à le repousser. Jusqu'à hier. Il m'a alors menacée. Si je ne lui cédais pas, il affirmerait à Isaac que nous étions amants. Dans le cas contraire, il me promettait un silence total. Il était hors de question pour moi de céder à ce chantage, néanmoins je ne savais plus ce qu'il fallait faire. Parler la première à Isaac ? Mais il était à quelques heures d'une prestation exigeante, et il venait d'entrer dans une rage folle à cause de Marco. Comment aurais-je pu ajouter à son trouble avec cette histoire supplémentaire ?

— Je comprends. Mais dites-moi, qui est cet homme, et que lui avez-vous répondu ?

— Rien, je n'en ai pas eu le temps. Isaac avait tout entendu. Je le croyais dans sa loge, endormi, mais sans doute avait-il eu du mal à se calmer après l'altercation avec Marco. Lorsque, par extraordinaire, Isaac ne dormait pas, il arpentait les coulisses et les couloirs jusqu'à évacuer son stress, puis il retournait s'allonger. C'est ce qui a dû se produire. En tout cas, il se tenait dans l'ombre du couloir, dans notre dos, sans que nous l'ayons entendu.

— Vous ne m'avez pas dit qui était votre courtisan indélicat ?

— Hé bien... Francesco Franco.

— Tiens donc !

Godfine veilla à ne montrer aucune surprise, mais il biffa sur son vieux cahier rafistolé le signe cabalistique qu'il avait griffonné la veille, pendant l'interrogatoire de Franco, lorsqu'il avait remarqué un certain embarras. C'était donc cela... Il reprit :

— Que s'est-il passé alors ?

— Il y a eu une terrible dispute entre les deux hommes. J'étais désespérée, même si je pouvais me réjouir de ce qu'Isaac ait été témoin de ma fidélité. Alexia m'a entraînée. Nous les avons laissés à deux pas de la loge d'Isaac.

— Tiens, tiens, votre amie Alexia nous a donc menti...

— Je vous en prie, commissaire ! Alexia est une brave fille, un cœur d'or. Elle n'a personne au monde que nous, et c'est pourtant elle qui donne du courage à chacun. Son travail est sa seule source de revenus. Franco est arrivé dans l'atelier une demi-heure plus tard en la menaçant du pire si elle parlait. Qu'auriez-vous fait à sa place ?

— Cette question n'est pas à l'ordre du jour, mademoiselle Misniuc. Nous verrons cela avec elle.

— Vous m'arrêtez ? (Serena paraissait exténuée.) Vous m'arrêtez forcément, puisque je suis étrangère.

Elle retenait ses larmes, à moins qu'elle n'en eût plus, tant la vie s'était montrée féroce à son égard. Nathan faillit ne pas répondre. Entre cette femme et lui s'était installée une relation étrange, faite d'attirance et de rejet simultanés.

Il sentait ses mains s'impatienter en regardant la taille fine, le visage délicat et sublime de la jeune femme, mais le commissaire qu'il était avant tout freinait des deux pieds devant cette tentation interdite.

— Non, je ne vous arrête pas. Nous allons faire venir Alexia Madratini et Francesco Franco.

— Commissaire, si je n'ai pas parlé hier, c'est parce que cela ressemble fortement à de la délation, et c'est une notion qui m'écœure à un point que vous ne pouvez imaginer, vous qui ne vivez pas dans la peur qu'on assassine l'un des vôtres à tout instant au nom d'idéologies fumeuses et dangereuses. Mais si Franco a tué Isaac...

— Mademoiselle Misniuc, puis-je vous demander un service ?

— Oui ?

— Venez avec moi... Connaissez-vous cet homme ?

— Je ne l'ai jamais vu.

— Pouvez-vous déchiffrer ce qui est écrit sur cette feuille de papier ?

— Voyons... Oui, c'est du russe. Cela dit : « Je m'appelle Yossi Blechervici. Je suis vraiment sourd et muet. Je n'ai pas de papiers, et à cause de vous je vais mourir ce soir. Mais ce n'est pas grave. Je devrais peut-être même vous remercier. » Mon Dieu, mais de quoi s'agit-il ?

— Demandez-lui d'être plus précis.

Serena, tout entière concentrée sur l'importance de sa tâche, écrivit quelques mots qu'elle fit lire à l'homme étonné. Il répondit assez longuement, puis tendit sa feuille à Serena, un très lointain sourire esquissé sur ses lèvres. La jeune femme déchiffra :

— « Je viens de la province de Suceava, en Moldavie roumaine. Je suis juif. Pendant la guerre, les fascistes d'Antonescu ont dénoncé et tué ma famille. J'avais six ans.

Je me souviens qu'ils ont projeté sur moi mon grand frère de dix ans en tirant sur lui pour s'amuser. C'est ce qui m'a sauvé. Ils ont cru m'avoir tué aussi. Je savais qu'il fallait me taire et ne plus bouger. Je le savais depuis longtemps. J'étais couvert du sang de mon frère. Ils ont violé et assassiné mes sœurs et ma mère. Je n'ai plus jamais parlé, plus rien entendu depuis.

« J'ai appris à lire et à écrire en russe avec un vieux Juif ukrainien rescapé des camps. En fait, il n'avait que trente-cinq ans, mais ils l'avaient tellement esquinté ! Un jour, je l'ai retrouvé pendu... Et puis il y a quelques mois, on m'a recruté pour venir travailler en France.

« La France ! Mon père et mes oncles en parlaient sans cesse. Ils disaient souvent que si nous pouvions parvenir en France, nous serions définitivement sauvés. Je me suis souvenu de leurs paroles. C'est ainsi que je me suis retrouvé enfermé avec d'autres sourds-muets, dans des caravanes, à Villeneuve-Loubet. On nous a expliqué qu'il nous faudrait vendre d'abord des porte-clés en plastique remplis d'huile et de billes multicolores, dans les gares, les restaurants, partout. Ensuite, on nous a livré ces poupées pour les vendre.

« Seulement, nous devons leur verser au moins deux mille euros par mois, sinon ils nous battent. À mort, parfois. »

Serena semblait effondrée. Ses yeux remplis de larmes montraient mieux qu'aucun discours combien elle comprenait la souffrance de l'homme silencieux. Elle dévisagea Godfine, dont le regard bleu éblouissant fonçait sous l'effet de la colère.

— Demandez-lui d'où viennent les marques qu'il porte sur ses mains ?

— « La semaine dernière, je n'ai pu leur donner que mille deux cents euros, traduisit alors Serena. Ils m'ont corrigé. J'ai essayé de me protéger, d'éviter le rasoir, voilà... »

La jeune femme pleurait doucement. Godfine s'approcha d'elle, ému et révolté. Pas un instant il ne douta de la véracité des dires de Yossi Blechervici. Son instinct ne l'avait jamais trahi.

Godfine demanda à ce qu'on s'occupe du vieil homme ; qu'on le nourrisse, et qu'on lui amène un médecin et un interprète. Qu'on téléphone également rue Voltaire, au Consistoire israélite, afin d'inviter un rabbin à venir soutenir le pauvre homme épuisé. Déjà, une équipe de policiers était partie vers Villeneuve-Loubet, munie d'indications qui allaient permettre de ramener au poste les deux hommes que Yossi n'avait cessé de mentionner. Godfine avait fait ce qu'il fallait : maintenant, il devait revenir à cette affaire qui l'obsédait.

Caniel, un bloc de feuillets à la main, accompagna Paul Novicet jusqu'au bureau du commissaire. Ce dernier prit connaissance des notes contenues sur le bloc. Elles concernaient l'enquête préliminaire faite sur le régisseur au cours de l'après-midi. Les policiers avaient bien travaillé.

Sans préambule, le commissaire attaqua, d'une voix tranquille mais péremptoire :

— Monsieur Novicet, nous savons maintenant pas mal de choses vous concernant, lesquelles, pour la plupart, montrent d'ailleurs un homme honorable, soucieux de son métier, fidèle malgré un caractère de cochon. Vous gagnez bien votre vie et vous n'avez pas de dettes, hormis une mensualité pour l'achat de votre maison à Villefranche-sur-Mer. Vos comptes bancaires sont transparents, du moins en France et à ce moment de nos recherches. Votre femme est morte il y a cinq ans. Défenestrée. Vous n'étiez pas là, puisque vous aviez accompagné Francesco Franco à Rome. Elle avait laissé quelques lignes : « *Je ne peux plus aller plus loin. Toi, continue.* » On pouvait comprendre qu'elle n'avait plus la force de trouver des raisons de vivre, mais qu'elle vous enjoignait de continuer, pour elle et pour vous. Vous aviez expliqué qu'elle avait toujours été dépressive et son médecin l'avait confirmé. Vous n'aviez pas d'enfant. Ces informations sont-elles exactes ?

— Heu...

Novicet avait abandonné sa morgue. Il était mal à l'aise, le regard à l'affût.

— Je comprends que vous hésitiez, monsieur Novicet. Voulez-vous un chocolat ? (Devant le silence du régisseur, Godfine poursuivit :) Tout est rigoureusement exact, sauf un détail, et de taille ! Vous avez un enfant, un fils de vingt-huit ans, Bernard. C'est à cause de lui que vous avez quitté Paris, où une belle carrière aurait pourtant pu vous échoir. Mais très tôt, Bernard s'est cru plus fort que tout le monde, police et éducateurs compris. Drogue, fausse monnaie, racket, il s'est d'emblée montré éclectique !

— Commissaire !

Novicet s'effondrait, comme fauché par la douleur.

— Je vous écoute, monsieur Novicet.

Un regard vers Caniel rassura Godfine : le lieutenant prenait consciencieusement des notes.

— Commissaire, ma femme a effectivement toujours été fragile. Au début de notre mariage, j'ai même renoncé à avoir des enfants car je la croyais incapable de les élever. Mais un oubli de pilule, et j'ai malheureusement pu me rendre compte que je ne m'étais pas trompé. Ma femme n'a pas guéri, bien au contraire. La venue de notre enfant l'a rendue hystérique. Elle voulait être une bonne mère et pensait que pour cela, il fallait donner à Bernard une enfance où rien ne lui serait refusé. Très vite, tous deux m'ont exclu de leur relation. Je ne m'en suis pas aperçu tout de suite, sinon, peut-être aurais-je pu éviter les drames... Mais je travaillais beaucoup, j'étais souvent absent... Alors Bernard a grandi convaincu que le monde lui devait tout pour l'insigne chance de l'avoir sur terre. Il riait de ses mensonges, de ses violences envers ses camarades. Au début, ma femme riait avec lui. Il a volé, trafiqué, menacé... Il s'est fait arrêter à de multiples reprises. Nous devenions les parias de notre quartier. Les flics – enfin, je veux dire la police – finissait presque par camper chez nous ! Bernard a trempé dans des affaires de faux billets, de dealers, de recels de preuves, etc. Plus les délits s'aggravaient, plus sa mère, totalement délirante, s'ingéniait à vouloir les justifier. Jamais elle ne remit en question son éducation. Finalement, après des années de ce régime infernal qui nous a fait visiter contre notre gré bien des parloirs de maisons d'arrêt, Bernard a disparu. D'un coup. Et je me souviens même avoir pensé : « Tant mieux ! » Nous étions épuisés, laminés. Mais ma femme souffrait de l'absence et du silence de notre fils, à un point inimaginable. Nous n'avons jamais su où il était. Ça a duré des années. Ma femme n'a plus supporté d'avoir perdu son fils. J'ai interdit qu'on parle de lui, qu'on mentionne son existence à qui que ce soit. Nous sommes venus nous installer à Nice parce que c'est la ville d'origine de ma femme, et qu'elle s'était persuadée que cela serait un point de ralliement entre Bernard et elle. Et puis, j'avais cette opportunité de travail à l'Opéra qui m'enchantait. Mon épouse a attendu Bernard jour après jour, année après année. Puis elle a craqué.

— Ensuite ?

— Eh bien, comment Bernard a-t-il su que sa mère était morte, je n'en sais rien. Mais il est réapparu. Peut-être d'ailleurs n'était-il pas au courant. Maintenant que j'y pense, il n'en a pas parlé du tout. Un soir, très tard en rentrant de l'Opéra, je l'ai trouvé installé chez moi, comme s'il avait eu les clés pour entrer. Ce n'était naturellement pas le cas : il avait forcé la serrure. Toujours les bonnes habitudes... Depuis, il m'a damné... Il...

Novicet hésita à continuer. Il avait conscience de charger son fils, cet enfant qu'il avait tant aimé et auquel il avait cru pouvoir transmettre les valeurs qui lui importaient, malgré les incohérences de sa femme.

— Monsieur Novicet, à ce moment de votre histoire, vous devez bien savoir que nous apprendrons tout le reste très vite. Il est préférable que ce soit par vous. N'oubliez pas qu'un homme est mort.

— Ce n'est pas Bernard l'assassin ! J'en suis sûr !

— Vous devez pourtant en douter, sinon, pourquoi avoir tenté de dissimuler la poupée en habit de soie ?

— Oui... Bernard s'est servi de mon appartement lorsque j'étais absent, j'en suis certain. Peu à peu, j'ai compris qu'il trempait carrément dans des affaires de grand banditisme, et je me suis mis à avoir très peur. Pour lui surtout, mais aussi pour moi. Et un jour, il est arrivé à la maison avec un grand sac rempli de poupées comme celle-ci. C'était tellement incongru... J'ai naïvement cru qu'il allait les vendre, les reproduire, commencer un vrai négoce – enfin, quelque chose d'honnête, quoi ! Vous savez, commissaire, l'espoir, c'est finalement une sacrée saloperie. En fait, il voulait que je les garde quelque temps ; il prétendait les vendre, mais en avoir trop dans son stock, qu'il avait racheté à un vieux commerçant à la retraite depuis plus de dix ans pour un prix dérisoire. Ça sonnait faux. J'ai espionné mon fils. J'ai compris qu'il exploitait de pauvres gens, qu'il les menaçait, et peut-être plus. La semaine dernière, j'ai décidé de lui parler, de rompre de nouveau avec lui, et définitivement, s'il refusait d'arrêter ses malversations. Il a semblé touché, ce qui m'a vraiment surpris, et il n'est plus venu à l'appartement depuis quelques jours. Je suis donc allé le rejoindre dans ce camping de mobil-homes qu'il avait vaguement mentionné un jour où j'essayais de le faire dessaouler. J'ai erré un moment, et puis je l'ai trouvé...

Novicet se tasse encore un peu plus sur son siège. Il a mal, honte, et mal encore.

— Il était comme fou ! Dissimulé derrière un tas de branchages abandonné, je l'ai vu cogner comme un forcené sur un pauvre type en sang, pendant qu'un autre homme tenait fermement le malheureux. J'ai cru voir un couteau, une arme quelconque. La victime se protégeait avec ses mains, ses avant-bras, mais ça paraissait dérisoire devant tant de violence. J'ai eu tellement peur qu'au lieu d'intervenir et de stopper la crise de démence de mon fils, je me suis sauvé. Cette lâcheté me poursuit nuit et jour. Hier, lorsque j'ai reconnu la poupée dans la main d'Isaac Van Jong, j'ai eu l'impression d'être aspiré dans un gouffre épouvantable. Par un réflexe de père, j'ai voulu protéger mon fils. Je n'ai pas réfléchi. J'ai saisi la poupée, mais l'un de vos lieutenants m'a vu et ne m'a plus lâché une seconde ensuite, jusqu'à votre arrivée.

— Vous pourriez reconnaître l'homme que votre fils maltraitait ?

— Je n'en suis pas certain. Il avait une moustache, je crois ; il était brun, pas très grand...

— Caniel... (Le regard de Nathan désignait la porte.)

Caniel revint avec Blechervici. Brutalement, Novicet se leva et se recroquevilla dans le fond de la pièce, comme écrasé par la fatalité.

— C'est l'homme que Bernard frappait... Que s'est-il encore passé ? Commissaire, mon fils est-il l'assassin de Van Jong ? Est-il arrivé à ce degré d'abjection ?

— Nous allons bientôt le savoir, monsieur Novicet.

Ainsi le fameux puzzle des policiers commençait à s'ordonner. Godfine n'entrevoyait pas encore le rapport avec l'assassinat de Van Jong, mais il savait qu'il tenait là une affaire d'importance. Il laissa à regret partir Serena. Où allait-elle ? Il confia Novicet à une femme lieutenant. Puis, Caniel et le commissaire s'installèrent dans le bureau de ce dernier, où Godfine recommença à gribouiller et à biffer des points d'interrogation sur son vieux cahier.

— Ça commence quand même à prendre forme, patron.

— Tu plaisantes ? On a un meurtre ancien, un autre récent, et deux suspects, si ce n'est trois, en cherchant bien. Le tout sans mobile évident. C'est trop !

— Pourquoi êtes-vous tellement persuadé que les deux meurtres sont liés ?

— Les poupées, Caniel, les poupées... N'oublie pas qu'il en existe relativement peu, et qu'elles ont été fabriquées avant la mort du professeur Bertini, il y a quinze ans. Bref, c'est peut-être encore léger, mais il faut en tenir compte. Et puis, tu oublies les mutilations ! Enfin, si nous n'avons pas le meurtrier ce soir, nous aurons au moins les salopards qui ont esquinté Blechervici. Et Bernard Novicet devra s'expliquer : il exploite de pauvres types « importés » de l'Est en leur faisant vendre des poupées, dont l'une se retrouve dans la main d'un baryton assassiné à l'endroit même où travaille son père. Ça demande des explications, non ?

— Vous allez l'inculper pour meurtre ?

— Je me pose la question... À moins qu'il soit malade – ce qui peut aussi être le cas, je dois le reconnaître –, pourquoi Bernard Novicet signerait-il son crime d'une manière aussi ostentatoire ?

Le reste de la journée s'échevela tous azimuts. Les policiers réussirent à appréhender Bernard Novicet, mais son complice s'était évaporé. Curieusement, le jeune homme ne joua pas les matamores. Son air las et traqué le faisait ressembler à son père, pour lequel il ne paraissait pas avoir une grande tendresse. En revanche, il s'amollit considérablement en évoquant le chagrin jamais consolé d'avoir perdu sa mère. Godfine ne lui accorda aucun crédit. Une lueur fugace mais régulière, dans le regard aigu de Bernard Novicet, le maintenait en alerte.

— Ne le lâche pas, Caniel. Ce type-là nous prend pour des idiots dont il croit ne faire qu'une bouchée. Il veut endormir notre méfiance. Je te le laisse. Il faut encore que je voie le directeur de l'Opéra.

— Il attend à côté.

— File-moi les chocolats, j'y vais.

Francesco Franco triturait un kleenex en se mordant les lèvres. Il avait peur, et il avait raison.

9

ILS ONT TOUS RAISON d'avoir peur. Tous.

Il lui fallait maintenant le cuivre du sang, la douleur de la mort, le dernier cri de vie.

Ce crescendo *était le préalable à une existence de virtuose adulé, hissé au pinacle par les foules émerveillées, transportées de joie, soumises à l'artiste au point de mourir pour lui, et de lui en être reconnaissantes.*

Son violon brillait dans l'ombre, tentateur, chatoyant, exigeant l'ultime ajustement.

Le commissaire était intelligent et obstiné, mais qu'était-ce, en comparaison du Génie en action ?

« Que peut comprendre ce type obtus à la beauté séraphique du monde que je vais révéler ? Il est là, sûr de lui, à ratiociner sur le pourquoi du comment pour tâcher de m'épingler et de m'envoyer en prison ! Pauvre imbécile ! Même Van Jong, de là où il se trouve maintenant, lui enjoindrait de ne pas entraver mon action primordiale ! Mais non, il s'obstine ! Seulement, l'Ombre qui me protège se déplace vers lui aussi, doucement, inexorablement. J'arrive, dans le secret le plus total, avec une force invincible, destructrice, exceptionnelle ! Je dois tuer pour faire naître la beauté. Je vais tuer. »

Staccato

La mort était sa compagne et sa servante. Elle se faisait douce ou cinglante, furieuse ou lente, mais elle frappait, frappait, frappait encore, et c'était si bon...

10

FRANCESCO FRANCO réalisait parfaitement qu'il allait sans doute coucher en cellule. Sa cicatrice bougeait au rythme saccadé des contractions de son visage. C'était pire qu'un cauchemar. C'était comme d'être attaché à des rails et de voir arriver un train à toute allure, ou d'être poussé du haut d'un immeuble sans aspérités auxquelles tenter de se rattraper pour vivre encore, pour vivre un peu...

Godfine assénait ses questions sans ralentir son allure. Franco était le coupable idéal. Rivalités de géants, affrontements de mâles à l'égocentrisme exacerbé, meurtre passionnel...

— Votre bureau se trouve au sixième étage, mais vous êtes descendu au quatrième dans l'idée de rencontrer Mlle Misniuc une fois encore. Pourquoi un tel acharnement ?

— Acharnement ? Je ne suis pas vraiment descendu pour elle, même si je pensais à elle. J'avais à faire un peu partout dans le théâtre. Alors, n'exagérez pas.

— Cependant, vous semblez l'avoir poursuivie à maintes reprises de vos assiduités. Ténacité surprenante, puisque vous saviez qu'elle était fiancée à Isaac Van Jong.

— Je ne sais pas vraiment ce que je ressens pour elle. Mais c'est fort, très fort. Elle m'attire, me trouble et me fait peur en même temps. De toute façon, tout me fait peur...

Je reconnais que la pensée de Serena m'obsède. Je voulais avoir une relation avec elle, ne serait-ce que pour me délivrer de mes impatiences à son égard.

— Racontez-moi ce qui s'est passé.

— Rien de bien particulier. J'ai entendu les menaces du Yougoslave, les cris des uns et des autres, et je m'interrogeais sur l'opportunité de téléphoner à la police, ce que Van Jong avait totalement refusé jusqu'alors. Mais cette histoire devenait trop gênante, inquiétante. Seulement, nous étions très proches de la représentation. Les choses se calmant, j'ai vu Van Jong pénétrer dans sa loge et Serena suivre Alexia vers la loge des costumes. Mais Alexia s'est arrêtée pour demander quelque chose à la maquilleuse, et Serena a continué de marcher seule. Je n'ai pas vraiment réfléchi, ni au lieu ni aux circonstances. C'est vrai, je lui ai fait valoir les avantages qu'elle trouverait à mes côtés ; elle m'a brutalement repoussé. Cela m'a fait sortir de mes gonds.

— Vous l'avez alors menacée de mentir à Van Jong si elle ne vous cédait pas. Drôle de manière d'aimer !

— Je vous ai déjà dit que je ne peux pas appeler ça de l'amour. Je ne sais pas ce qui m'arrive avec elle. Je pense à elle sans arrêt, quoi que je fasse. C'est une obsession bienfaisante et agaçante à la fois. Oui, je l'ai menacée de mentir à Van Jong, mais c'était une bravade. Je ne l'aurais jamais fait.

— Facile à déclarer aujourd'hui, reconnaissez-le. Dommage pour vous que votre baryton ait eu l'idée de quitter sa loge quelques instants.

— Je reconnais que c'était idiot. La scène fut très pénible. Alexia, revenue entre-temps, a entraîné Serena, et je me suis retrouvé seul face à un homme démonté !

— Il y avait de quoi ! Deux voleurs de fiancée en une demi-heure, ça vous énerve un homme ! Ensuite ?

— Nous avons discuté dans sa loge. Je ne voulais pas que les employés du théâtre et les chanteurs qui commençaient à arriver s'attroupent dans le couloir.

— Et vous vous êtes battus...

— Mais non! J'ai choisi de lui expliquer mon coup de folie, de lui demander de m'excuser... Mais il a refusé! Il était furieux. Je ne parvenais pas à le calmer.

— Le calmer? Alors que vous étiez sous l'emprise de votre propre folie?

— Je n'avais pas le choix, il le fallait absolument, et très vite. Van Jong faisait également partie de la distribution de la *Traviata,* qui se donne à partir de vendredi prochain. Or il était en train de menacer de quitter le rôle, de faire un scandale, de me faire éjecter de mon poste, d'alerter la presse, que sais-je encore! Il était fou, je vous dis! Alors je me suis humilié, j'ai essayé de le raisonner. Finalement, à bout d'arguments, je suis sorti en claquant la porte.

— Qui avez-vous rencontré dans le couloir?

— Personne. Ça m'a d'ailleurs étonné, et rassuré. Mais tout le monde se préparait, chacun selon son rituel.

— Vous rendez-vous compte que vous êtes vraisemblablement la dernière personne à avoir vu Isaac Van Jong vivant?

— Et alors? Cela signifie-t-il que je l'ai tué?

— Prouvez-moi le contraire!

— Mais enfin, c'est dément! Ce n'est pas à moi de faire votre travail! Je suis sorti de sa loge, je suis remonté dans mon bureau, je me suis servi à boire et j'ai essayé de reprendre mon travail, bien qu'étant à bout de nerfs. C'est tout.

Franco ne pouvait absolument pas prouver qu'il était innocent du meurtre d'Isaac Van Jong. Il était le dernier à l'avoir vu vivant, et ils s'affrontaient alors en sifflant comme des serpents. Le procureur risquait de marquer fortement sa désapprobation, mais Godfine n'avait pas le choix. C'est alors que le téléphone sonna. Caniel écouta quelques secondes, puis passa le combiné à Godfine :

— Ça va vous intéresser, patron...

— Salut, c'est Raoul. J'ai du nouveau pour toi. Nous avons trouvé des cheveux, bulbes inclus, sur le pourpoint de la victime. Oh, très peu ! Mais suffisamment pour te dire qu'ils appartiennent à deux personnes différentes. Deux hommes. L'un est poivre et sel, l'autre encore plus argenté. L'un est plutôt trapu, l'autre immense. L'un a cinquante-trois ans, l'autre soixante-quatre, et...

— Tu es sûr de ce que tu avances là ?

— Je t'ai déjà raconté des craques dans le boulot ?

— Ça va ! Je suis en audition. Je te rappelle.

Godfine regarda Franco. Cinquante-trois ans, poivre et sel, corpulent...

— Nous allons vous garder cette nuit, monsieur Franco.

— C'est impossible, impossible ! Demain, nous répétons la *Traviata* en continu, en costumes, dans les décors et la lumière. Vous savez ce que ça veut dire ?

— Je l'imagine. Mais nous allons vous garder quand même.

— Je vous en prie, commissaire ! Comment pouvez-vous croire un seul instant que j'aie assassiné un grand artiste pour une petite pute ? Ça va être un massacre ! La Lieberson va me tuer ! Vous ne la connaissez pas ! Jamais je n'ai eu à m'occuper d'une chanteuse aussi difficile, elle nous épuise tous en deux heures !

— Calmez-vous, monsieur Franco. Si vous n'avez pas tué Van Jong, vous serez chez vous très vite ; sinon... Donnez-moi l'un de vos cheveux, voulez-vous ?

— Quoi ? Mais je ne l'ai pas tué, je vous le jure !

Caniel entra, l'air excité et impatient. Godfine fit emmener un Franco scandalisé, tremblant et terriblement inquiet, pendant que Caniel le congratulait :

— Vous avez le coupable, patron, j'en suis sûr ! Tout colle. D'abord, ce que Cigliano vient de nous apprendre. C'est vrai que cette histoire de mutilations n'est pas claire ; mais tout de même, tout tourne autour de la musique, n'est-ce pas ?

— Oui, en tout cas il me semble.

— C'est pour ça. Franco connaissait déjà le grand Bertini. Si ça se trouve, il a voulu lui piquer son compagnon – comment s'appelait-il, déjà ? Ah oui, Hervé. Hervé Caffarelli. Fichtre, quelle mémoire j'ai ! En tout cas, il n'est pas idiot de penser que Franco a recommencé avec Van Jong ce qu'il avait déjà fait avec Bertini. Ou alors, une autre raison ; il ne doit pas en manquer. Ça colle même pour les poupées !

— On ne prête qu'aux riches, Caniel. Et tu vois ça comment, toi, avec les poupées ?

— Écoutez, patron, ces poupées ont été fabriquées à dix kilomètres de Nice, quelque temps avant que Bertini ne soit assassiné. Bertini, que connaissait donc Franco. Elles n'ont pas vraiment été commercialisées et sont restées dans la région, vaguement vendues par un marchand de jouets de l'avenue Notre-Dame. Aujourd'hui, une poupée identique se retrouve sur un second cadavre, comme une signature. Et le fournisseur de ces poupées, il semble bien que ce soit le fils du régisseur du théâtre où est mort le chanteur et que dirige notre ami Franco ! Il n'est pas idiot d'imaginer que pour une raison ou une autre, peut-être même comme accessoires pour une représentation, Franco se soit procuré ces poupées étranges ? Bien sûr, il nous manque des éléments pour comprendre toute l'affaire, mais ça me paraît bien parti.

— Il y a quelque chose qui ne colle pas. Ces torses mutilés juste après la mort de la victime. Ce n'est pas le geste d'un homme qui se laisse aller à une pulsion meurtrière.

— Sauf s'il est suffisamment intelligent pour vouloir donner le change sur le motif du crime, s'il se sent à l'aise parce qu'il est chez lui et qu'il connaît les habitudes de chacun, ce qui lui permet de « travailler » tranquillement son mort !

— Admettons... Ta démonstration se tient, il n'y a pas de doute. Mais tu ne trouves pas que ton hypothèse d'homosexualité ou de bisexualité du directeur est vraiment fragile ? Tu te bases sur quoi ?

— C'est simple : vous connaissez la réputation de Franco ?

— Non.

— Ben justement, il n'en a pas. C'est le silence total, le black-out sur sa vie privée. Pourtant, même en n'allant jamais à l'Opéra, qui n'a pas entendu parler de ce type encore relativement jeune, riche, doué et célibataire ? On ne lui connaît ni maîtresse ni amant. Il est de tous les cocktails, de toutes les réceptions somptueuses, il pourrait sortir avec les filles les plus fabuleuses. Et il se fâche pour une pute qui refuse ?

— Caniel ! s'emporta Godfine. Qu'est-ce que vous avez tous à traiter cette fille de pute ?

— Mais, patron... C'est tout de même ce qu'elle était il y a encore deux mois ! rétorqua le lieutenant, éberlué.

— Je t'ai vu plus humain, et surtout plus fin analyste, malgré les dingues qu'on côtoie à longueur d'année, reprit Godfine, conscient de s'être laissé aller sans raison plausible. Cette fille n'a pas le profil auquel nous sommes habitués. Il s'agit d'autre chose. Seulement, elle avait intégré un réseau dont ni elle ni personne d'autre n'aurait pu sortir sans grand danger. Et tu le sais.

— À propos de réseau, rétorqua Caniel, encore très surpris de la réaction de Godfine, on a mis la main sur un gros, un très gros morceau avec ce Bernard Novicet. Selon moi, aucun rapport avec l'affaire Van Jong, mais c'est énorme quand même.

— Explique.

— Il s'est mis à table sans trop de difficulté. Il a quand même fallu le pousser un peu, mais en dépit de son jeune âge, il a l'air d'en avoir marre de tout. C'est comme si quelque chose venait de se briser dans son cerveau.

— Nous verrons ça avec l'expert. Allez, raconte.

— Ça ressemble furieusement à un réseau mafieux et, croyez-moi, on a du pain sur la planche. Novicet nous a déjà donné deux ou trois noms, tous d'origine slave. On est en train de vérifier au Canonge[1]. Apparemment, il y a des dizaines, peut-être des centaines de sourds-muets ramenés de Russie, d'Ukraine, etc., grâce à des promesses mirifiques. Il y en a sûrement un peu partout en France. On leur fait espérer l'Eldorado grâce à la vente d'objets divers, dans les restaurants ou ailleurs. En réalité, ils sont soumis à des cadences infernales pour verser au réseau de très fortes sommes, mois après mois. Sans papiers, ils n'ont aucun moyen de riposte, et de toute façon, à voir Blechervici, on imagine les représailles sauvages auxquelles ils sont exposés. D'après ce que j'ai pu rapidement calculer, Novicet émarge sur un budget d'environ trois cents à six cent mille euros mensuels !

— Mazette ! Bon, continue à t'occuper de ça et tiens-moi au courant au fur et mesure. Je vais réfléchir au cas de Franco.

1. Le fichier Canonge, également appelé STIC, est un système de traitement des infractions constatées : c'est le fichier de police du ministère de l'Intérieur, qui regroupe les informations concernant les auteurs d'infractions interpellés par les services de police.

Godfine s'étira. Les muscles noués, le dos endolori, il savait ce que cela signifiait. Il serait tout entier tendu et en alerte tant qu'il n'aurait pas découvert l'assassin de Van Jong. C'était ainsi depuis l'époque de son échec dans l'affaire Bertini. Le seul déboire de sa carrière, mais qui l'avait marqué profondément.

À cette période-là, il avait senti qu'il ne cherchait pas dans la bonne direction. Le jeune inspecteur Godfine l'aurait juré, le meurtrier du professeur Jean Bertini n'était ni une petite frappe ni un drogué en manque. Il y avait eu autre chose de pesant, un secret encore douloureux à l'époque, dont aucune trace ne s'était laissé voir ni par lui, ni par le prétentieux Vanelli qui n'avait cessé de dénigrer Godfine. L'homosexualité ? Alors effectivement, comme le suggérait Caniel, pourquoi pas Franco, dont il restait tout de même à définir plus clairement le mobile ? Franco était à l'époque un jeune directeur d'opéra très en vogue, encensé pour le choix des œuvres données dans son théâtre, pour les saisons magnifiques qu'il proposait au public de la région, et dont la qualité n'avait fait que croître au fil des ans. Pourquoi aurait-il tué Bertini ?

Dans l'appartement trop bien rangé du vieux professeur, aucun indice, fut-ce un livre oublié, un courrier ouvert, un fruit mordu et abandonné, n'avait pu fournir une indication de la direction vers laquelle avancer. Seule la poupée, étrange, jolie et menaçante par sa présence incongrue, était importante. C'était certain. Pourtant, à l'époque, on avait fini par penser que le meurtrier n'avait aucun rapport avec elle, que c'était sans doute un objet fétiche, peut-être offert par un admirateur ou par Hervé Caffarelli, que Bertini avait ressorti de son coffre ou d'ailleurs, par nostalgie.

Encore inexpérimenté, Godfine avait fini par opter pour cette explication. Pourtant, il avait senti, dans l'appartement cossu du boulevard Victor-Hugo, comme un souffle monstrueux qui stagnait encore, provocateur et hâbleur à la fois. Il y avait eu quelque chose de terrifiant dans cette affaire, et personne n'y avait rien vu.

11

QUI AURAIT PU Y VOIR quelque chose, de vous tous qui vivez aveugles et sourds ?

J'étais venu dans cet appartement uniquement pour améliorer mon jeu, ma technique, pour donner un terreau à mon talent infini.

Mais ce pauvre frustré de Bertini n'a rien compris, rien saisi.

C'est en mourant qu'il m'a procuré la jouissance la plus intense, la plus immense de toute ma vie.

Jusqu'à la mort de Van Jong.

À cet instant précis, j'ai commencé d'exister en tant qu'artiste, ces artistes de tous les temps que révèrent les foules, de génération en génération.

Bientôt explosera mon triomphe universel !

Il franchira les monts et les océans, faisant ployer les humains devant l'indigence de leur vie !

Mais avant, il me faut du sang, du beau sang profond et âpre, au goût métallique, un peu comme l'or... Et plus que tout, plus encore que le sang, il me faut la mort... La mort séraphique qui générera la perfection ultime...

12

GODFINE QUITTA L'HÔTEL de police, empli de pensées contradictoires. Franco resterait en garde à vue. Il ne pouvait en être autrement pour l'instant. Il avait fait porter le cheveu du suspect à Cigliano, qui devait peut-être travailler dessus en ce moment, comparant les empreintes génétiques. Il enfourcha sa Transalp et décida de se rendre chez Bella par un grand détour qui le ferait rouler sur la Promenade des Anglais, afin de confronter ses tracas au flegme de la mer étale, cristalline et assoupie. La circulation automobile ne le concernait pas. Il slalomait entre les véhicules, descendant le boulevard Carabacel pour allonger encore son parcours sur la Promenade. Il aimait Nice la maltraitée, Nice offerte comme un trésor et reçue comme un dû. Longtemps, il s'était insurgé de l'indifférence avec laquelle les pouvoirs municipaux traitaient les difficultés inhérentes à une grande ville quasi frontalière où l'on déboulait de partout pour chauffer sa misère au soleil. Peu ou pas de mesures destinées à apprendre la vie en commun. Une mosaïque qui menaçait de devenir disharmonieuse, voire dangereuse. Nice commençait à ressembler à un quartier difficile de Paris ou de San Francisco ! Pourtant, comme la ville était belle, élancée de ses collines vers la mer accueillante, blanche de soleil et vibrante d'une lumière exceptionnelle !

Peu à peu, Godfine éloignait toutes les visions d'horreur auxquelles son métier le confrontait. Il roulait tranquillement, sûr de ses cinquante-cinq chevaux, laissant à sa droite le casino Ruhl et ses lumières, le Negresco et ses ors, pour tourner dans le boulevard Gambetta, qui le mènerait vers l'avenue de Pessicart où résidait Bella, là-haut, après tous les virages qui emmaillotaient la colline.

Il faisait chaud, l'air distillait généreusement ses senteurs tressées de daturas somptueux, de freesias lumineux, de roses qui couraient sur les murs des jardins. Nathan se détendait, oubliant au fil de sa grimpette le visage angoissé de Franco, le désespoir insupportable de Blechervici, la nervosité communicative des Novicet père et fils. Seul subsistait, comme greffé à sa mémoire, le beau regard silencieux de Serena Misniuc.

« C'est bien la première fois qu'une fille me perturbe ainsi, pensa-t-il, et sur une enquête qui plus est ! Il faut que je me reprenne. C'est idiot, et dangereux pour la suite des investigations. Et si Bella l'apprend, elle a beau feindre les détachées, ce n'est plus seulement à l'opéra qu'on jouera la grande scène du II ! »

Il quitta l'avenue de Pessicart pour s'engager sur le sentier goudronné menant à la villa de Bella, gara sa moto rutilante au pied d'un figuier, la bâchant par précaution, et poussa le portail gris argent du jardin suspendu à flanc de coteau. La vue était à couper le souffle. Des centaines de jardins coulaient sur la colline de Pessicart dans des profusions de couleurs riantes et des foisonnements de plantes, d'arbres, de végétaux jalousement entretenus par les propriétaires des villas.

Le jardin de Bella offrait des gerbes de surprises : fontaines de pierre, micocouliers protecteurs, néfliers ployant sous des milliers de petits soleils, amandiers croulant sous leurs fruits de velours vert, petites restanques provençales qui embaumaient le thym et la lavande... Le westie de Bella déboula comme un fou pour faire la fête à Nathan. Ce champion du câlin, cet animal plus doué pour la tendresse que bien des gens connus de Godfine, tournicotait en remuant prestement un petit bout de queue dressée. Parfaitement toiletté, blanc comme du tuffeau, l'animal, répondant au nom rugueux de Zonzon, était d'une fidélité à toute épreuve. Nathan se pencha pour le caresser, cherchant du regard sa belle maîtresse. Elle apparut sur le seuil, coulée dans un paréo de soie bleue qui allongeait sa silhouette et flattait sa peau mate et lisse.

— Bonsoir, ma belle Espagnole. Tu es superbe ! Tu ressembles à Pénélope !

— C'est ça ! Et Ulysse arrive en moto plutôt qu'en voilier... Question de progrès ! Cependant, tu as raison dans un certain sens : ta Pénélope n'a pas arrêté de coudre aujourd'hui ! J'en ai la pelote de catgut épuisée !

— Je t'emmène dîner ?

— Non, je n'ai pas envie de te partager, ce soir. Si nous sortons, nous ne pourrons pas échanger deux mots. Tu connais presque tout le monde, et moi les autres ! Ma mère est passée ici aujourd'hui. J'ai trouvé le frigo plein. Tu es d'accord pour des filets de rougets et des tapas au bord de la piscine ?

La magie opérait toujours. Lorsqu'ils étaient ensemble, Nathan et Bella secrétaient un plaisir de vivre infaillible. Tout devenait simple. Il n'y avait ni rivalité ni agacement ; seulement le désir de voir couler la vie dans les plaisirs les plus élémentaires, avec de laconiques échanges. Une brillance énervée dans le regard de Bella, comme une poussée de fièvre, montrait pourtant combien elle avait passé une dure journée, tandis que les gestes encore saccadés de

Nathan disaient pour lui le souci caché de son enquête. Chacun des deux savait, mais aucun des deux ne parlerait. Ils allaient s'installer sur la margelle, comme ils le faisaient enfants, dans les fontaines du vieux Nice, et, les pieds dans l'eau, ils dégusteraient les légumes frits et les salades grillées, flirtant, riant, puis humant en silence les senteurs du soir.

Godfine avait émergé d'une nuit torride. Bella, déchaînée, soucieuse de se venger de la maladie omniprésente tout au long de ses journées encombrées, ne l'avait pas laissé se reposer. Mais deux tasses de café plus tard, Nathan se sentait prêt à dévaler la colline de Pessicart au pas de course pour commencer une journée qu'il espérait fertile en réponses à ses questions. Ce ne fut pas nécessaire : la Transalp l'attendait, sagement appuyée au tronc du figuier.

Il trouva une pile de journaux sur son bureau récemment dépoussiéré, comme cela se produisait parfois lorsque Caniel arrivait avant lui au poste, ainsi que le *News Opéra* au sommet de la pile, ouvert sur un article de Del Chiappo consacré à la représentation, aux événements de la veille et à la *Traviata,* avec les interprètes de ce soir.

Nathan décrocha le téléphone :

— Salut, bonhomme, je te réveille ? Bien écrit, ton article, comme d'habitude. Tu es libre, ce matin ?

— Ça dépend. Je suis avec Ludovic, un confrère. Nous visionnons la cassette de *Rigoletto,* donné dans les arènes d'Orange, en vue d'un numéro spécial sur Verdi.

— Ah oui ? Mais qui ne connaît pas Verdi ?

— Je sais, mais nous voulons sortir des sentiers battus. Pour trouver mon angle d'attaque, j'ai pratiquement appris par cœur le *New Kobbé's Opera Book* !

— C'est quoi, ça ?

— Ignare ! C'est un ouvrage de référence, un dictionnaire des opéras, épais comme une anthologie littéraire ! On bosse dessus comme des fous !

— J'ai moi aussi une foultitude de trucs à faire. Plus les heures passent, plus j'ai le sentiment que quelque chose de particulier m'échappe, qui se trouve pourtant à proximité de mes neurones. Peut-être devrais-je retourner à l'Opéra examiner de plus près comment fonctionne cette entreprise ?

— Alors là, c'est Paul Préboist qu'il te faut !

— Qui ?

— Donati, l'adjoint du responsable de la sécurité. Il ressemble tellement à l'acteur que tous ses collègues l'appellent Préboist, et je ne suis pas certain que tout le monde connaisse son véritable patronyme ! Écoute, je dois rencontrer à l'Opéra Ève Ruggieri qui sera là pour la Première. J'ai rendez-vous à 11 heures. Viens me rejoindre, je te présenterai Préboist. Il te fera faire une visite très intime de la maison. Après ça, nous irons avaler quelque chose quelque part, si tu veux.

— Avec Ève Ruggieri ?

— Ah non, merci bien ! Les déjeuners de travail, je donne suffisamment comme ça ! Elle n'est pas seule, et je n'ai pas envie d'écouter pérorer des pseudo-savants qui sont particulièrement doués dans l'art de ne rien dire en termes choisis.

— OK pour la visite et pour le déjeuner. Que dirais-tu de fruits de mer au café de Turin ?

— Ça me va parfaitement ! Tu auras confirmé la culpabilité de Franco, d'ici là ? C'est pas sympa de m'avoir tenu à l'écart, tu m'avais pourtant promis... Tous les journaux locaux en font leur Une aujourd'hui. Il y a des bavards, chez toi.

— Merde et merde ! Les chiens ! En fait, je n'en sais rien. J'ai encore quelques heures devant moi avant la fin de sa garde à vue. On verra.

— Je retourne bosser, Fab – Ludovic – s'impatiente. Il est bizarre, ce mec. Il fait tout le temps la tronche, il se barre sans avertir et revient te surprendre en marchant comme un cambrioleur, il n'a d'opinion sur rien... À fréquenter les curés, il en est devenu tout feutré ! Il commence à me gonfler ! Bon, à tout', devant l'entrée des artistes.

Godfine réunit les lieutenants chargés des différentes recherches dans l'affaire Van Jong et, après avoir poussé une tonitruante gueulante contre les traîtres qui déversaient les secrets de l'enquête aux oreilles des journalistes en chasse, il se calma et écouta attentivement ses subordonnés, tout entier concentré sur l'idée de percevoir le détail, sans doute infime, qui mènerait à la solution. Il ne cessait de penser : « Ce que le cerveau d'un autre a imaginé et construit, je peux le découvrir, le comprendre, le démonter. Je trouverai ! »

Depuis la veille, les informations concernant le réseau mafieux qui exploitait les sourds-muets s'accumulaient. Il s'agissait bien d'un esclavagisme moderne qui avait enfermé des centaines de malheureux dans une nasse dont ils ne pouvaient sortir que morts. Deux complices de Bernard Novicet avaient été appréhendés dans un hammam de la vieille ville : deux des chefs du réseau, des Russes. Les trois hommes resteraient un bon moment en prison, au vu du dossier qui commençait de se constituer.

Cigliano avait téléphoné :

— Bien dormi la nuit dernière ?

— Sportivement !

— Je vois... Devine ce qui m'amène ?

— Les résultats de la recherche d'ADN ?

— Tout juste ! Tu as bien fait de me faire parvenir également des cheveux de Novicet et de Campozzani : ce ne sont pas les leurs. Les cheveux blancs retrouvés sur Van Jong ne correspondent à personne que nous connaissions pour le moment. Mais les poivre et sel... Franco !

— La vache ! On le tient ! Ils se sont battus, il s'est laissé aller à la rage...

Godfine avait fait galoper Franco dans son bureau. Défait, avachi, fatigué, le directeur de l'Opéra n'ouvrit presque pas la bouche. Son avocat attendait dans le couloir en fulminant. Un médecin était passé pour examiner le suspect, lequel n'avait pas voulu manger. Godfine prenait des risques en faisant durer la situation, même si nul ne pouvait affirmer que Franco était innocent du meurtre de Van Jong. Le commissaire eut beau mettre en avant l'analyse ADN, Franco continua de nier, et Godfine eut la pensée, fulgurante comme un instinct, qu'il vaudrait mieux reprendre l'interrogatoire plus tard, lorsque le suspect serait calmé et séparé de son avocat.

Quant à Marco Campozzani, il répondrait du crime contre Wanda, la compagne de trottoir de Serena.

Caniel interrogea :

— À votre avis, patron, avant qu'on commence sérieusement à s'occuper d'eux, lequel vous paraît le coupable le plus vraisemblable ?

— Je n'en sais rien, Caniel. Franco a pu céder à la colère, peut-être même à la honte d'avoir été surpris par le baryton dans une attitude de maître chanteur peu glorieuse. En tout cas, l'ADN le laisse penser. Quoique... Cependant, j'ai beau réfléchir, cette histoire de peau découpée ne lui correspond pas, pas plus qu'elle ne correspond au profil du meurtre... Mais sait-on jamais ! Si on se reporte aussi au meurtre de

Bertini, il n'est pas exclu de croire que Franco, pour mieux dissimuler sa culpabilité, a pratiqué ces horribles découpes uniquement pour brouiller les pistes. Auquel cas, c'est réussi. Après tout, c'est un homme assez intelligent pour imaginer ce stratagème. Mais en même temps, ce n'est pas un boulot facile, ce découpage. À sa place, j'aurais choisi autre chose pour égarer les flics : quelque chose de plus rapide. Non, ces mutilations sont très importantes. Campozzani, quant à lui, ne fait pas grand cas d'une vie humaine. Son unique moteur, puissant et constant, c'est l'argent. Mais justement, avait-il intérêt à tuer celui qui lui en donnait tant ?

— Sauf si Van Jong s'était mis à refuser énergiquement et à menacer d'en parler à la police.

— Oui. Mais même là... Et puis, toujours ce torse découpé juste après la mort... Quoi qu'il en soit, il faut que dans les heures qui viennent nous en ayons le cœur net, sinon tu vas entendre les coups de fil se succéder : une garde à vue n'est pas éternelle, et Van Jong était citoyen d'honneur de la ville de Nice, ne l'oublie pas ! On a intérêt à faire fissa !

La matinée passa dans un tourbillon d'activités qui se télescopaient. Godfine voulut vérifier au laboratoire de police scientifique qu'aucun indice nouveau n'avait été découvert sur la scène du crime, sachant pourtant parfaitement qu'on l'en aurait aussitôt averti.

Il trouva le responsable du labo, Michel Galliani, dans un état de surexcitation rare pour un type qui avait passé sa vie penché sur des débris de peaux, d'ongles et de tissus variés.

— Bonjour à toi, vaillant soldat du microscope ! Cigliano est-il dans les parages ?

— Non, Cigliano n'est pas là. Il découpe d'autres rondelles quelque part dans l'immeuble. Dis donc, tes appels se font rares depuis que tu es commissaire !

— Ne râle pas. Avoue plutôt qu'avec Caniel, tu n'as pas perdu au change !

— Ça, je dois dire qu'il s'intéresse de près à tout ce qui ressemble à une chute de cadavre ! Il t'a raconté pour notre merveille, le Luminol ?

— Kézaco ?

— Lumière à courant alternatif. Ça l'a enthousiasmé ! Je te fais grâce des descriptions techniques, car je suppose que les nanomètres, ça ne te parle guère. Le Luminol est un appareil qui permet de détecter des tas de choses invisibles à l'œil nu : drogue, fluides corporels, fibres minuscules, traces qu'on a voulu effacer...

— Mais on l'a déjà, ça, non ?

— Ah, là, là, Godfine, tu me désespères ! Tout le monde avait ça, sauf nous ! Tu croyais quoi ?

— Et cet appareil, dis-moi, il vous a permis de découvrir quelque chose de particulier concernant Isaac Van Jong ?

— Ma foi, non. Rien de rien. Ou alors dix, cent coupables ! Tous ceux qui ont approché la victime pendant ses dernières heures dans cette vallée de larmes.

— Ça nous fait une belle jambe... Et la poupée ?

— Elle est bien jolie.

— Et à part de la poésie, elle ne t'inspire rien ?

— Ma foi, pas encore... Je cherche... Nous l'étudions.

— Bon. En attendant, dis à Cigliano qu'il me rappelle pour refaire le point, dès qu'il aura fini de saucissonner !

— *No problemo. Ciao ragazzo*, et bon courage !

Godfine raccrocha, pensif. Pas grand-chose du côté du labo ; il s'en doutait. Ils n'obtiendraient sans doute rien de plus que ces débris de cheveux collés à la plaie de la victime.

Il mâchonnait un bâton d'amadou en compulsant son cahier d'écolier. Pour l'instant, la culpabilité de Francesco Franco ne paraissait pas invraisemblable. Une discussion imbécile, enracinée dans la fatuité, et, la tension montant, une issue fatale et stupide ; pourtant, rien ne collait à rien. Le mode opératoire du tueur ne ressemblait pas à ce qui aurait été un geste non prémédité du directeur de l'Opéra. Et où Franco aurait-il trouvé la corde ? Et quel genre de corde était-ce, d'abord ? Étrangler le chanteur pendant cette échauffourée, en se plaçant derrière lui, n'était pas la première méthode qui venait à l'esprit.

Godfine saisit son casque intégral et sortit de l'immeuble assoupi sous le soleil. Après un court trajet jusqu'à la rue de la Terrasse, il gara sa Transalp à l'angle de la rue et pénétra dans l'Opéra par une petite entrée donnant sur un couloir vitré, d'où une jeune hôtesse lui demanda s'il avait rendez-vous. Il n'eut pas à répondre : le sosie parfait de l'acteur Paul Préboist se tenait devant lui, la même lueur malicieuse dans l'œil, le même sourire large et moqueur.

– Monsieur Donati ?

– C'est moi, bien sûr ! rigola Donati. On ne me loupe jamais ! Vous venez pour une visite, commissaire ?

– C'est exact. J'aimerais me balader un peu partout, si c'est possible, et mieux comprendre comment fonctionne l'Opéra.

– Venez, je vous embarque ! plaisanta Donati, décidément émoustillé par l'idée de prendre en charge un commissaire de police.

Des ouvriers en salopette de travail passaient dans les couloirs étroits, se croisant difficilement. Donati expliqua :

— Il y a toujours des travaux en cours dans cet immeuble, vous savez. Depuis sa réfection en 1885, on n'a jamais arrêté de l'entretenir !

— Vous semblez bien connaître votre sujet.

— Je travaille ici depuis trente-cinq ans, commissaire. Jeunot, j'ai fait le pied de grue devant l'immeuble, prêtant la main ici ou là, jusqu'au jour où on a bien voulu me donner du travail. Une bricole ici, une autre là, et finalement je suis resté.

Donati boitait légèrement. Il avait chaud, sa chemisette en nylon dégageait une odeur de sueur forte et entêtante. Godfine freina un peu son allure, mais « Préboist » se rapprocha de lui, rendant caducs les efforts du commissaire pour respirer plus large ! Les deux hommes commencèrent par grimper au Paradis, ces places dominant la salle immense, d'où la visibilité sur la scène n'était pas garantie partout, alors que le vertige, lui, était assuré !

— Il y a mille cent quatre-vingt-deux places dans ce théâtre, savez-vous ? Et il est pratiquement toujours plein ! s'exclama Préboist, dont Godfine remarqua en souriant qu'il touchait le bois de la balustrade, par superstition !

Vue du paradis, la salle était vertigineuse. La rambarde protectrice n'excédant pas les quatre-vingt-cinq centimètres de hauteur, le vide colossal en était augmenté, jusqu'à la peur irrépressible de chavirer. Godfine sentit qu'il approchait, par cette impression de démesure, de quelque chose qui pouvait être en relation avec un crime vieux de quinze ans, et avec celui d'avant-hier. Il continua d'interroger Préboist :

— Combien de personnes travaillent ici ?

— D'une manière permanente, trois cent cinquante employés. Et il y a cent musiciens, vous savez ! Venez, vous allez voir autre chose par ici.

Passant devant le bureau de Francesco Franco, au sixième étage, les deux hommes atteignirent la passerelle de laquelle le chef des machinistes passait ses ordres, grâce à l'électronique. Plus haut encore, le « grill » masquait les pompes d'arrosage qui, si un incendie se déclarait, éteindraient sûrement les flammes sur scène tout en faisant périr noyés les artistes...

Godfine et Préboist atteignirent le dôme qui recouvrait toute la salle et abritait la machinerie électronique destinée à mouvoir le formidable lustre de cristal. Une construction de dentelle d'acier, issue de l'esprit d'Eiffel, soutenait ces mille sept cents kilos resplendissants de chatoiements et d'éclats iridescents.

— Chaque année, commenta Préboist, on fait descendre le lustre à un mètre cinquante des fauteuils pour le nettoyer. Les gens se glissent à l'intérieur, entre les pampilles de cristal. Ils frottent, astiquent et changent l'intégralité des six cents ampoules. Ça va plus vite que de les vérifier une à une !

Les deux hommes redescendirent dans l'amphithéâtre pour arriver dans la salle du jeu d'orgues. Là se trouvaient installés des écrans d'ordinateurs qui permettaient aux traducteurs de travailler en simultané sur les textes des livrets et d'envoyer, en temps réel, leur traduction sur un bandeau lumineux qui dominait la scène. Un peu plus loin, le salon du maire, tapissé de miroirs immenses et agrémenté de meubles marquetés, attendait une réception officielle, ou simplement le repos du premier magistrat de la ville. Descendant encore, Godfine et Donati arrivèrent dans l'atrium, qui desservait le foyer et le bar du théâtre. Tout au fond du bar, en trompe-l'œil, une porte dérobée dissimulait un monte-plat datant du siècle dernier. Godfine s'émerveilla de l'ingéniosité des concepteurs de l'époque, pour qui le plaisir du public devait rester l'objectif suprême, relayé par un confort discret et omniprésent. Au-dessus du bar trônait un balcon où venaient autrefois se montrer les vedettes de la soirée, encore en costumes de scène, saluées par le public élégant.

Les deux hommes redescendirent des escaliers en ardoise patinée, aux reflets bleu sombre et liquide, pour accéder aux loges des artistes, entourant celle du maquillage et des perruques. La loge qu'avait occupée Van Jong était pour l'instant scellée, restant close sur son mystère.

Godfine se demanda une fois de plus par quelle aberration, ou pulsion sexuelle incoercible, le directeur de l'Opéra avait bien pu descendre de deux étages clamer sa passion à Serena, au mépris de tous les risques que cela incluait. Puis, après avoir étranglé et mutilé Van Jong, où avait-il trouvé l'audace d'aller menacer Alexia de lui faire perdre son emploi si elle mentionnait la querelle ? Comment avait-il pu remonter tranquillement dans son bureau sans éveiller la curiosité de son staff par une attitude à tout le moins inhabituelle ?

Godfine montait et descendait dans l'Opéra comme dans une matrice démesurée, pressentant, à l'origine du crime, un drame immense, une clameur de souffrance. Il voulut comprendre davantage les systèmes de sécurité de l'Opéra et déclencha du même coup la logorrhée verbale de Donati-Préboist :

— Nous vérifions le matériel d'incendie avant chaque représentation. Je vais vous montrer ce qu'on appelle le « grand secours », le système « déluge » des pompiers. La scène serait noyée à la moindre alerte. D'ailleurs, nous disposons de trois cents têtes de détecteurs de fumée, tous connectés à la loge vitrée de l'accueil où nous nous sommes rencontrés. Et je vous fais grâce du ballon d'eau vérifié par le tuyau de reverse, de la soufflerie d'air sous les fauteuils, du rideau pare-flammes sur la scène, des trente robinets d'arrivée d'eau pour éviter les *flash over*, ainsi que des éclairages de sécurité et du balisage ; ça ne doit pas avoir de rapport avec votre meurtrier ?

— Vous savez, Préb... euh, Donati, tant qu'on ne tient pas l'assassin, tout, y compris le plus inattendu, le plus étrange, peut nous mener soudain à lui.

— Dans ce cas... Si vous voulez que nous remontions sur le grill, je vous indiquerai tous les systèmes de moteurs qu'il supporte.

— Dites-moi plutôt ce qu'est un *flash over*.

— Commissaire, l'incendie est notre phobie. Un air chaud à huit cents degrés combiné à la fumée peut démarrer en trombe un nouveau feu. C'est ce que nous appelons le *flash over*. Il peut détruire un grand appartement en seulement huit minutes, c'est vous dire !

— D'où les robinets d'eau partout ?

— Exact. Vous voulez qu'on remonte ?

— Je pense que c'est inutile. Vous m'avez parfaitement guidé, et je vous en remercie.

— Bien, alors nous allons descendre dans la « boîte à sel »... L'entrée du public, si vous préférez. Tiens, maintenant que j'y pense, il faudra que je me renseigne pour savoir pourquoi on l'appelle ainsi...

Dans la boîte à sel se pressaient de nombreux journalistes, dont Del Chiappo, qui se sépara du groupe et vint à la rencontre de Godfine.

— Je t'attendais. On y va ?

— On y va. C'était comment, avec Ève Ruggieri ?

— Comme je m'y attendais. Tout préparé à l'avance. Mais bon, les lecteurs seront contents de savoir qu'elle est à Nice pour plusieurs jours et qu'elle leur adresse quelques mots, que j'ai pieusement notés pour eux.

Malgré l'expérience, Del Chiappo continuait de préférer dans son métier l'inattendu, la spontanéité, le déclic imprévisible qui fait parler l'interviewé comme il ne l'avait encore jamais fait. Avec une « vieille routière » comme Ruggieri, c'était à peu près impossible à obtenir : elle dormait micro, elle pensait caméra !

Le café de Turin, véritable institution parmi les brasseries niçoises de fruits de mer, étalait ses tables de bois sur le trottoir, face à la place Garibaldi. On aurait pu se croire à Cuneo ou à Turin. Même déco, mêmes proportions de la place, même ambiance : voix murmurées à cause de la chaleur, véhicules pétaradant, touristes égarés... Les arcades abritaient des dizaines de petits commerces, boulangers, droguistes et merciers.

Nathan et Baptiste s'installèrent à l'intérieur, dans la salle du fond, vers laquelle se dirigeaient spontanément les habitués. Très vite, eu égard à leurs fonctions respectives, ils furent servis, leur table débordant de plateaux d'huîtres odorantes, d'oursins-corail, de coquillages calés sur un lit de varech remplaçant la glace pilée, que Nathan tenait pour une hérésie. Un petit muscadet bien frais accompagnait leurs agapes. Baptiste ouvrit le bal :

— Et comment va Bella ?

— En grande forme, si on excepte les cancers, les accidents, les corps qu'elle rafistole à longueur de journée. Et toi, la petite Odette ?

— Mon vieux, je crois que je suis cuit ! Elle est formidable !

— Je vais gagner mon pari !

— Rêve ! Odette est super, mais pas question de bague au doigt, je te le dis !

Les deux hommes dévoraient de bon cœur, se laissant aller au plaisir de leur compagnie réciproque. Le patron était venu tailler un brin de causette, et naturellement la discussion avait immédiatement démarré sur le crime de l'avant-veille. Heureusement, Godfine pouvait se retrancher derrière un silence déontologique.

Il ne s'en priva pas, écoutant cependant les deux hommes parler, car au détour d'une phrase peut toujours jaillir un élément intéressant...

— Dans ce milieu-là, affirmait Baptiste, la jalousie peut faire des ravages. À coup sûr elle est la pièce maîtresse de l'histoire.

— Vous avez sûrement raison, monsieur Del Chiappo. Vous devez savoir à quoi ils carburent, tous ces artistes.

— Ils carburent au succès, aux rappels, aux chances qui leur sont parfois offertes, et pour lesquelles ils travaillent dur, très dur, croyez-moi !

Soudain, le portable de Godfine se mit à vibrer. Il reconnut le numéro de son bureau. On le cherchait. Et si on le cherchait, c'est qu'il y avait une raison majeure.

— Oui, Caniel ?

— Patron, il a eu la vedette. Enfin, la Castafiore, si vous préférez.

— Attends, attends, qu'est-ce que tu me racontes, là ? Qui ça, « il » ? Quelle Castafiore ?

Le patron du café de Turin s'était éloigné. Del Chiappo leva les yeux de son oursin charnu, surpris du brutal changement d'humeur de Godfine.

— Je ne sais pas qui, patron. Mais le concubin de la victime vient d'appeler. Jenny Lieberson est morte. Celle qui devait interpréter la Traviata.

— Morte ? Jenny Lieberson ?

Baptiste eut un hoquet :

— Quoi, qu'est-ce que tu dis, Nathan ?

— Chut ! lui intima Godfine avec un geste agacé de la main. Il continua : Explique-moi tout ça plus posément, Louis.

— Ben, je vous ai tout dit. On a reçu un appel du fameux Salomon Malavena, le compagnon de la cantatrice. Il l'a trouvée morte sur l'une de ses terrasses, celle qui domine la mer, a-t-il précisé. Assassinée. Et devinez comment, patron ?

— Étranglée. (Nathan n'attendit pas la confirmation :) Donne-moi l'adresse et rejoins-moi là-bas, Caniel. Je fonce !

— Vous ne voulez pas qu'on passe vous prendre ?

— Non, j'irai plus vite en moto. Mon vieux, dit-il à Baptiste en coupant la communication téléphonique, je suis obligé de te laisser mes fruits de mer, et l'addition ! Tu as bien fait de m'acheter ces nounours ; ça me fera mon dessert !

— Nathan, une seconde, dis-moi que j'ai mal compris ! La Lieberson est morte ?

Devant le silence de Godfine, il ajouta :

— Je t'accompagne !

— Impossible, mon pote. Je ne peux pas le faire tout le temps. Tu me connais, je tiens à distance tous les journalistes de *Nice Matin*, et les quelques autres qui existent encore. Ils vont faire des *nervous break-down* si je me ramène avec toi !

— Tout le monde sait que je suis ton pote.

— Justement, pas de favoritisme... Je te promets de te raconter !

Déçu, Del Chiappo commença une longue bouderie...

13

CETTE FOIS, TU AS RAISON.

Car, de même qu'un ascète touche de près le monde incommensurable de l'au-delà, tu viens de pressentir l'élan immense, la pulsion infinie qui m'ont été offerts, le don divin que je vais encore peaufiner.

Je suis. Et cela est la justification du monde.

Prépare-toi à écouter l'inimaginable !

14

À TRENTE ANS, Jenny Lieberson avait sillonné le monde et procuré aux publics les plus exigeants les longs frissons d'extase qui ponctuent les voix magnifiques.

Née dans les quartiers chics d'Amsterdam, d'un père néerlandais et d'une mère venue du Surinam, elle avait mené la vie aisée d'une fille d'industriel, accompagnant sa mère à Davos ou à New York, les yeux dans les étoiles, lorsqu'ils n'étaient pas plongés dans le déchiffrage exaltant d'une grande œuvre musicale. Son père, Adam Lieberson, avait longtemps vécu à Paramaribo, la capitale du Surinam, où il avait créé une raffinerie de sucre. Il y avait rencontré une jeune femme racée, Shalarka, fille de l'un de ses clients. Conquis, il l'avait épousée très vite et emmenée vivre à Amsterdam quelques années plus tard. Jenny était née dans l'appartement de Kanalstraat, ouvert sur un parc magnifique dont les oiseaux avaient présidé de leurs chants à l'heureux événement. Avaient-ils eu leur part dans la passion de Jenny pour la musique, dans la perfection fabuleuse de sa voix ? Jenny avait été une enfant superbe, elle était devenue une jeune femme splendide. Gracieuse comme un lotus, racée et aérienne, elle avait une peau de velours ambrée et un regard à l'incommensurable profondeur.

Comment était venu le génie du chant à Jenny? Nul ne le savait. Lorsque sa mère se préparait pour une soirée au Concertgebouw[1], la petite Jenny savait que c'était l'occasion pour ses parents de passer un agréable moment en compagnie d'autres couples, les amies bijoutées et élégantes de Shalarka et les associés ou les clients de son père. L'enfant, quant à elle, demeurait en compagnie de la nurse dans le bel appartement jouxtant le Béatrix Park. Là, pendant une longue soirée, elle devenait la petite fille la plus heureuse du monde. Elle allumait la radio ou la télévision, et aussitôt dressait son visage vers le ciel, la gorge pleine de ces sons magnifiques dont elle écoutait religieusement la retransmission.

Comme toutes les petites filles de son âge et de son milieu social, Jenny avait été initiée à l'équitation, à la danse, à la natation synchronisée... Elle pratiquait le tout avec plaisir, mais sans exaltation. Seule la musique l'embrasait.

De leçons de chant en conservatoires, elle avait étonné plus d'un maître, allumé la convoitise de plus d'un impresario. Elle possédait ce qui s'appelle une « voix naturelle », une voix au timbre extraordinaire, qui la faisait progresser très rapidement. Elle avait eu la chance de rencontrer un professeur de chant dont le remarquable talent de pédagogue était à l'origine d'une solide réputation dans le monde clos des chanteurs d'opéra. Déjà âgé, maître Kurt avait écouté l'adolescente au conservatoire de Paris, où elle était venue auditionner. Il n'en avait rien laissé paraître, mais avait été convaincu qu'avec du travail, la jeune fille, maîtrisant déjà une voix exceptionnelle, deviendrait une cantatrice hors norme.

1. *Salle de concerts symphoniques située à Amsterdam. Elle sert également de résidence pour l'orchestre royal du Concertgebouw.*

Il avait rencontré ses parents et leur avait tenu un discours rigoureux: il était maintenant trop âgé pour se déplacer, mais, s'ils acceptaient de laisser leur fille s'installer à Paris, il s'occuperait exclusivement d'elle et, peu à peu, une étoile toute neuve, frémissante et radieuse, resplendirait au firmament des opéras. Pour lors, sa voix se développait trop vite: Jenny risquait d'entrer de plein fouet dans une carrière pour laquelle elle était insuffisamment préparée. Il lui fallait longuement travailler la technique, éviter tous les défauts provoqués par trop de précipitation. Les parents de Jenny avaient accepté. Son père lui avait loué un petit appartement de deux pièces joliment décoré, s'ouvrant sur une cour fleurie, dans le treizième arrondissement de Paris. Là, le ravissant minois exotique de la jeune femme était vite devenu familier aux Chinois du quartier, qui la saluaient largement lorsqu'ils la rencontraient en train de faire son marché à la supérette asiatique.

Jenny aimait Paris, la liberté qu'elle y avait reçue en cadeau, les leçons de chant qui formaient son horizon quotidien et que, pour rien au monde, elle n'aurait manquées. Elle avait alors dix-sept ans, elle nageait dans le bonheur.

Maître Kurt était un gros monsieur souriant, rassurant, d'une précision jamais prise en défaut. Il entraînait chaque jour son élève comme il l'eût fait d'une sportive, protégeant sa voix en lui évitant le surmenage, mettant patiemment au jour ses possibilités physiologiques, veillant à l'état de son appareil phonatoire. Il lui apprenait à ne pas se préoccuper des registres, des classifications réductrices.

— C'est la beauté du timbre qui importe, mon enfant, lui répétait-il. Son homogénéité. Les grandes chanteuses, la Malibran, la Callas, ont fait exploser l'idée d'une classification vocale. Aussi, ne t'interroge pas sur l'étiquette à coller à ta voix. Travaille-la, préserve-la, puis ne crains pas de la laisser jaillir lorsque c'est nécessaire. Le chant est séduction parfaite. Il est bonheur, parfois même guérison : pense au célèbre Farinelli, qui guérit la neurasthénie de Philippe V d'Espagne !

Et Jenny écoutait, apprenait à respirer, à articuler, à chanter.

Peu à peu, maître Kurt avait accepté qu'elle se produise sur différentes scènes. Ç'avait été immédiatement un triomphe européen, puis mondial. Jenny savait chanter en se laissant guider par ses propres sensations, en évitant toute disparité du timbre de sa voix, joignant à son talent un art théâtral qui venait parfaire ses prestations.

Pendant dix ans, maître Kurt avait suivi son élève nuit et jour, devenant son confident, son père, parfois presque son compagnon, tant était grande leur complicité. Jamais Jenny ne s'était départie de l'immense respect qu'elle lui portait. Ils riaient ensemble lorsque Jenny décidait de se montrer capricieuse, à l'instar des plus grandes vedettes. Il faut reconnaître que la jeune fille était douée pour ça. L'habilleuse, la maquilleuse, le régisseur pouvaient s'arracher les cheveux lorsque l'immense Jenny Lieberson leur jouait sa « grande scène », laissant libre court à des exigences inimaginables. Elle boudait à cause d'une loge trop bruyante ou au contraire trop isolée, elle exigeait des nèfles mûres en décembre pour les oublier sur un coin de table après que le directeur du théâtre les avait fait venir en avion... Ses caprices subits et éphémères maintenaient l'Opéra dans un état de surtension électrique où le court-circuit menaçait à chaque instant. Et Jenny riait sous cape, accompagnée de maître Kurt qui rajeunissait à vue d'œil !

Mais, une fois sur scène, seule opérait l'extraordinaire magie de sa voix unique, déployée comme une résonance divine dans le théâtre subjugué. Une soprano inégalée, une âme supplémentaire, un cristal divin ! Chaque fois, la cantatrice semblait créer *ex nihilo* un monde de pureté et d'émotions qui s'entrelaçaient au son de la musique, subjuguant le public ravi jusqu'au silence suprême, celui de l'immense tension de la fin de la représentation, moment précis où la perfection va céder la place à l'habituel. Un silence que nul ne semblait vouloir rompre parce qu'il exprimait encore un peu de ce bonheur frissonnant qui ondoyait dans la salle bouleversée. Cette voix merveilleuse, ce « miroir de l'âme » qu'Aristote localisait entre les poumons et le cœur, laissait paradoxalement des milliers de spectateurs le souffle coupé, des larmes d'émotion sur les joues.

Derrière le décor, maître Kurt écoutait la voix ample et magnifique. Il souriait. Pendant dix ans, il avait recueilli les bravos enthousiastes d'un public en délire comme autant de *satisfecit* pour son travail de dentellière auprès de la fougueuse Jenny. Puis maître Kurt était mort, tranquillement installé sur son divan où il écoutait un disque de son élève interprétant le rôle de Violetta dans *La Traviata*. Il lui avait appris à faire la différence entre la voix enregistrée dans des conditions optimales, et le chant dans une salle, fût-elle merveilleusement sonorisée, lorsqu'il fallait tenir compte des tentures, des costumes, de tout ce qui pouvait feutrer, transformer le son. Jenny savait tout cela et en tenait compte, en grande professionnelle qu'elle était. Sa voix avait ainsi atteint la perfection, et c'était dans ce suave bonheur que maître Kurt s'en était allé rejoindre les musiques sidérales.

Jenny en avait eu un chagrin immense. Elle aimait tant son vieux professeur ! Pour lui d'abord, pour elle ensuite, elle avait continué de chanter, partout dans le monde. Son agenda était rempli des années à l'avance.

Il ne lui restait que peu de temps pour une vie privée, mais Jenny était bon marin et savait naviguer au maximum de ses possibilités. Elle vivait par intermittences avec un merveilleux violoncelliste, Salomon Malavena, qu'elle retrouvait de-ci de-là, au gré de leurs engagements respectifs. Cependant, Salomon était plus jeune de huit ans, et tout le monde pouvait constater que leur relation battait de l'aile. Les « groupies » du violoncelliste s'agglutinaient devant son hôtel, sa voiture, l'entrée des artistes, et le jeune homme recevait parfois l'une ou l'autre... L'apprenant, Jenny avait rugi, cassé des objets précieux, menacé des pires représailles, y compris de faire annuler quelques contrats déjà signés par le jeune homme. Salomon avait souri, les yeux étincelants. Il avait quelque chose du magnifique Solal d'Albert Cohen. Un jeune loup irréductible au rôle d'amant irrégulier. Jenny avait pensé s'attacher davantage l'infidèle en s'arrimant quelque part, plutôt que d'errer d'hôtel en hôtel, fussent-ils luxueux. Elle avait donc fait construire sur la Côte d'Azur un véritable palais, à quelques centaines de mètres de la villa d'Elton John, à Villefranche-sur-Mer. Marbres fins couleur d'or, baignoires encastrées en forme de coquillage, jacuzzi de faïences rares, piscine d'eau de mer et jardin sardanapalesque descendant jusqu'au bord de l'eau, rien ne manquait pour donner un cachet hollywoodien à la somptueuse propriété. Salomon et Jenny venaient s'y reposer chaque fois qu'ils le pouvaient. Salomon aimait sincèrement Jenny, et ses frasques passagères ne se jouaient pas sur le même registre que cet amour exigeant. Mais, après tout, quel homme accepterait de consommer toute sa vie la même nourriture, jour après jour, repas après repas, fût-ce du béluga ? Salomon consommait parfois ailleurs, et s'en revenait aimer sa belle diva au soleil d'un Midi qui en avait vu d'autres... Il la surnommait sa chanterelle, du nom de la corde de violon la plus aiguë, le mi, à laquelle il comparait la voix prodigieuse de Jenny, la soprano du siècle comme il n'hésitait pas à la qualifier. Et il n'était pas le seul !

Depuis trois semaines maintenant, les chanteurs, dirigés par le prestigieux metteur en scène Ludo Lumbroso, tentaient de donner le meilleur d'eux-mêmes dans l'interprétation majestueuse d'une *Traviata* réunissant d'immenses voix. Jenny n'étendait pas ses caprices redoutés aux horaires des répétitions. Elle était ponctuelle, silencieuse avant d'entrer en scène, attentive à chaque indication de Lumbroso. Dès le premier solo de l'acte I, on voyait passer sur le visage concentré du metteur en scène un léger sourire qui disait assez combien il était satisfait du spectacle prenant vie peu à peu sur la scène de la Diacosmie, où s'effectuaient toutes les répétitions de l'opéra de Nice. Ce bâtiment immense, à la sortie de la ville, route de Grenoble, offrait une formidable scène, équivalent en dimensions aux scènes réunies de l'Opéra et de l'Acropolis. La scène de la Diacosmie présentant la même pente légère que celle de l'Opéra, on y plantait quelques décors afin de situer les volumes et de permettre aux artistes de prendre tranquillement leurs repères. Particulièrement vaste, cet immeuble concentrait toutes les terreurs, les tracs monumentaux des interprètes et des musiciens. Néanmoins, une fois les chanteurs sur la scène du magnifique Opéra, qu'elles étaient lointaines et affadies, ces peurs épouvantables...

Jenny incarnait une Violetta délicate et passionnée. Seul son teint d'une matité remarquable empêchait de croire tout à fait à la maladie pulmonaire qui emporterait son personnage dans un spasme. La maquilleuse avait donc concocté un fond de teint quasiment blanc, n'hésitant pas à utiliser la céruse, comme dans les temps anciens.

Les répétitions avaient d'abord eu lieu en costume de ville, ce qui signifiait, pour la plupart des chanteurs, un jean et un

T-shirt. Chacun avait travaillé sa partition avec Lumbroso, écoutant ses indications, apportant sa touche à la construction commune. L'orchestre, de son côté, avait également répété, d'abord seul, puis avec les artistes. Maintenant, tous travaillaient ensemble, dans les costumes que les couturières, sous la houlette d'Alexia Madratini, vérifiaient chaque jour, réparant une broderie ici, consolidant un bouton ailleurs.

Dès le premier acte, Jenny-Violetta, mince et diaphane dans son vêtement de brocart, avait exsudé la joie de vivre dans sa maison de courtisane, perpétuel lieu de rencontres légères et de fêtes. Cependant, apparaissaient déjà les premiers signes de la tuberculose, encore discrets. Puis l'amour infini que Violetta éprouvait soudain pour Alfredo Germont avait éclaté et envahi la scène, comme un miracle mille fois renouvelé, une révélation universelle. La voix de Jenny brillait de plaisir, comme les yeux de Violetta. L'émotion avait atteint des sommets lorsque Jenny avait entamé : « Amami, Alfredo ! » Même Ludo Lumbroso avait alors cessé de s'agiter, sensible, comme tous les artistes présents, à la force et à la beauté incomparables de la voix de Jenny Lieberson. L'émotion, veloutée ou brûlante, portait la voix au summum de son art, transformant Jenny en un être d'ailleurs, un ange, une artiste unique.

La Générale aurait lieu le soir même à l'Opéra, sans public cette fois. Les journalistes avaient protesté, mais, Francesco Franco n'étant pas là, le régisseur, particulièrement distrait, sombre et revêche, avait prétexté les deux spectacles se télescopant pour expliquer cette décision. Il ne s'y trouverait que les photographes chargés de réaliser toutes les photos d'archivage des costumes, lesquels retourneraient ensuite à la Diacosmie, après les spectacles.

Jenny, comme les autres artistes, était heureuse de chanter à Nice. Certes, le prestige qui entourait l'opéra de Nice n'atteignait pas les sommets de la Scala, de la Fenice ou de Covent Garden, mais depuis longtemps les spectacles qui y étaient donnés étaient reconnus parmi les meilleurs. En outre, chanter à Nice ressemblait presque à des vacances. L'hôtel qui hébergeait les chanteurs jouxtait l'Opéra, lequel dominait la mer ! Détente, repos, rien ne manquait aux artistes. Quant à Jenny, elle regagnait sa villa chaque soir dans une limousine louée avec chauffeur. Et depuis deux jours Salomon était là ! Il avait réussi à se libérer une semaine afin d'assister à la Première de *La Traviata,* offrant cette surprise à Jenny, qui l'avait reçue comme un heureux présage.

Même silencieuse, la jeune femme semblait auréolée de musique, d'envolées sublimes, de *crescendos* exceptionnels. Entre deux exigences, oubliées sitôt que proférées, elle ravissait tout le monde par son accent nordique et son minois exotique. Elle vivait la musique et la musique revivait par elle, dans une osmose éclatante dont tous étaient les témoins éblouis.

La Générale de *La Traviata* allait être donnée ce soir. Malgré le meurtre de Van Jong, malgré l'absence mal dissimulée du directeur, malgré l'effervescence régnant dans le théâtre, au milieu de gens auxquels il fallait peu de chose pour tomber dans une extrême nervosité, on sentait sourdre le plaisir d'une découverte, la promesse d'un long bonheur de près de trois heures.

Jenny avait prévu de se rendre au théâtre vers 17 heures. En attendant, elle observait ce matin un silence quasi complet, entrecoupé de rares vocalises qu'elle veillait à ne pas pousser trop fort. Comme à l'accoutumée, elle restait seule. Tous les téléphones de la maison avaient été débranchés et Salomon conservait le portable avec lui. Il devait se baigner dans la piscine, à moins qu'il ne fût descendu jusqu'à la plage privée qui ourlait le jardin en son extrémité.

La femme de ménage avait accepté sans barguigner un jour de congé inattendu. Elle avait l'habitude. Jenny se sentait « vacante », détendue, heureuse. Elle sortit sur l'immense terrasse dominant Villefranche-sur-Mer et laissa son regard s'imprégner de beauté calme, du rocher de Monaco jusqu'à la baie de Cannes. Accoudée à la balustrade magnifiquement ouvragée, elle répétait silencieusement son rôle, se souvenant des moindres gestes indiqués par Ludo, et souriant à l'idée du maquillage blanc qui lui donnerait l'air agonisant, à la fin de l'opéra.

Elle distingua une silhouette sur le sentier qui descendait de la grande corniche et en fut surprise. Drôle d'idée de s'esquinter les jambes dans les ronces lorsqu'il existait un ravissant escalier de pierres chaudes et solides qui caracolait jusqu'à la mer. En déboulant ainsi, l'intrus allait pénétrer dans son jardin par la brèche effectuée deux jours plus tôt par une voiture folle qui n'avait pas su amorcer le virage, et dont la conductrice – Jenny avait aperçu une tête blonde au volant – n'avait pas un instant songé à ralentir. Jenny n'avait pas voulu qu'on vienne réparer avant le spectacle.

Elle se sentit contrariée. Quiconque s'aventurait dans son sillage pendant une période de mutisme était un inconnu ou un inconscient. Cependant, Jenny n'était pas bornée. Après tout, s'il fallait échanger quelques mots avec un promeneur égaré, cela n'altérerait en rien la qualité de sa prestation du soir. De toute façon, ce n'était que la Générale. Lorsque l'intrus fut plus près, elle lui sourit sans prononcer un mot, posant un doigt sur sa gorge pour l'informer du fait qu'elle ne parlerait pas, ou le moins possible. Il s'avança vers elle en souriant aussi, la main tendue. Elle vit qu'il lui offrait un objet, qu'elle ne reconnut pas, et s'approcha :

— Qu'est-ce que c'est ?

15

ELLE N'A PAS RECONNU LA POUPÉE. Pas tout de suite. Elle m'a souri sans parler.

Puis son regard a changé lorsqu'elle a compris ce que je tenais dans le creux de ma main.

— Mais… ?

Elle était sublime, séraphique, prête à donner le meilleur d'elle-même.

C'était exactement ce que je venais chercher.

Je ne la quittais pas du regard, souriant toujours. Elle ne pouvait pas fuir ; elle était comme fascinée, hypnotisée.

J'ai posé la poupée sur la balustrade et sorti la corde.

Il fallait qu'elle se tourne, que son dernier soupir ne soit troublé par aucun visage, fut-ce le mien. C'est alors qu'elle s'est affolée.

Mais je m'y attendais.

16

GODFINE ENFOURCHA SA MOTO et traversa en trombe la place Garibaldi, prenant en enfilade la rue de la République jusqu'à l'avenue des Diables-Bleus, qui l'amènerait sur la Moyenne Corniche. Il fut à la porte de la somptueuse villa en quinze minutes à peine. Ils étaient déjà tous là : l'équipe de la police scientifique, le légiste, Cigliano, encore agenouillé auprès de la chanteuse assassinée. Il aperçut le commissaire et répondit à ses regards interrogatifs :

— Étranglée. Puis découpée, ajouta-t-il en désignant le vêtement d'intérieur ensanglanté de Jenny Lieberson. Son ami dit qu'il vient de remonter de la plage et de la découvrir ainsi. Il prétend que si quelqu'un avait lutté avec elle, il aurait entendu les cris de là où il se trouvait. À mon avis, rien n'est moins sûr. Il y a une centaine de mètres d'ici à la plage en contrebas, et même s'il y était seul, puisque c'est une plage privée, le bruit de la mer aurait masqué les cris. Ceci dit, je doute qu'elle ait crié. Pas de trace de lutte, excepté un hématome qui commençait à apparaître sur le bras. Je t'en dirai plus après avoir pratiqué l'autopsie.

— Avec quoi l'a-t-on étranglée ?

— Regarde son cou. La même petite trace, fine et nette, le même sillon que pour Isaac Van Jong. Mais là encore, je serai plus précis après l'autopsie. Cependant, je peux quand même te dire que cette fois, j'ai prélevé une fine particule d'un métal doré, visible à l'œil nu.

— De l'or, comme pour Van Jong ?

— Je ne sais pas. Mais ça m'en a tout l'air. Et attends, je t'ai gardé le meilleur pour la fin. Regarde ici, approche-toi... Voilà, juste là, à moitié cachée par son bras, sous le sein déchiqueté, que vois-tu ?

— Mince alors ! La poupée... Quelle boucherie !

— Il l'a découpée comme les autres, mais a dépecé ses seins comme on arrache la peau d'un lapin. Pauvre fille... Qu'est-ce qu'il peut bien avoir en tête, ce cinglé ?

— En as-tu fini avec elle ici, Raoul ? demanda Godfine en recouvrant le torse écorché.

— Oui, on peut l'emmener.

— Alors, Caniel, mets cette poupée dans un sachet et donne-la-moi. (Godfine se saisit du paquet transparent et constata :) Regarde ça, Raoul ! Une poupée comme les autres, soie et satin chatoyant, et... trois doigts sectionnés !

Caniel et Cigliano se penchèrent sur le sachet de plastique avec le même air d'étonnement et d'inquiétude à la fois.

— Vous pensez ce que je pense ? interrogea Godfine en regardant alternativement les deux hommes.

— À coup sûr, mon vieux !

— Tout à fait, patron !

— Caniel, tu ne lâches pas les types du labo ! Ils finiront bien par trouver un cil, une poussière d'ongle, un truc comme ça !

— Rappelle-toi les deux autres, Godfine. Le type porte des gants. Pas moyen de récupérer quoi que ce soit sur la poupée, comme s'il la prenait dans un stock les mains déjà gantées. C'est pour ça que, ton Campozzani, je le cuisinerais davantage, à ta place.

— Tu n'as pas tort, Cigliano, j'y ai déjà pensé. Je m'en occupe en rentrant. Qu'est-ce que tu peux me dire sur la découpe ?

— Comme les autres. Elle part d'une épaule à l'autre en passant par le creux du cou pour descendre jusqu'au-dessus du pubis, dans un rectangle quasi parfait. Mêmes dimensions que celle de Van Jong, cependant elle descend davantage car la chanteuse était plus petite. Découpe faite avec un instrument particulièrement tranchant. Sans doute le même que pour Van Jong. Je te le dirai après l'autopsie.

— Mais qu'est-ce qu'il peut bien faire de ce lambeau de peau ? Ça doit se rétrécir, en séchant, se déchirer, non ?

— Pas pendant deux ou trois jours. Ça dépend. S'il le maintient dans une solution de formol, il reste souple. Quant à ce qu'il en fait, je n'arrive pas à avoir la moindre idée là-dessus. Pourtant, Dieu sait que j'en ai vu, des détraqués, dans ce foutu métier ! J'espère qu'il ne veut pas faire un mauvais remake du *Tatoué* et transformer ces peaux en œuvres d'art ! Tu veux que je te dise ? Ça pue le nazisme ! Les abat-jour en peau humaine, les porte-monnaie, etc., ça faisait partie de leurs sinistres créations.

— Et dis-moi, interroge Godfine, ces trois doigts coupés, qu'est-ce que ça t'évoque ?

— Ça m'évoque clairement Bertini, Van Jong et Jenny Lieberson.

— Exactement comme à moi. Alors ?

— Toi et tes « alors » ! Et si on avait coupé les doigts de la poupée pour nous faire comprendre quelque chose, et que ce quelque chose ait un rapport avec un nombre précis ?

— Je vois qu'on réfléchit dans la même direction. Un nombre précis de quoi, selon toi, Raoul ?

— De meurtres. Un avertissement qu'il y en aura d'autres encore. Les trois doigts coupés pourraient désigner trois victimes ; peut-être trois victimes sur cinq ; et les deux doigts restants avertiraient qu'il va en exécuter encore deux, si on ne l'arrête pas avant.

— Je vois qu'on en conclut effectivement la même chose. Le gars se paie le luxe de compter ses meurtres avec nous ; comme si ramasser les victimes ne nous suffisait pas pour savoir combien il y en a ! La poupée de Bertini avait un doigt coupé. Celle de Van Jong en avait deux, et celle-ci trois. Je crois que c'est ça. Il reste encore deux futures victimes. De toute façon, comment veux-tu que je tire des conclusions plus précises, avec un cinglé pareil ? Caniel ! Amène-moi le fiancé de la Castafiore.

Salomon, effondré, était assis sous bonne garde dans le salon attenant. Il rejoignit Godfine, tout en veillant à ne pas s'approcher du corps ni à le regarder. La panique et le désespoir se lisaient sans peine sur son visage.

« Encore un qui n'a pas l'air d'être l'assassin, alors que ça arrangerait bien tout le monde qu'il le soit ! » pensa le commissaire. Puis, à voix haute :

— Monsieur… ?

— Salomon Malavena, violoncelliste. (Puis, comme pour devancer les questions :) Je suis – enfin, j'étais – le fiancé de Jenny. J'avais pris quelques jours pour assister à la représentation.

— Qu'avez-vous fait aujourd'hui ?

— Comme Jenny aime être seule les jours où elle travaille, je suis descendu à la plage toute la matinée. J'ai nagé et fait un peu de plongée à proximité. Je ne suis remonté que vers 14 heures, comme elle me l'avait demandé, pour grignoter quelque chose avec elle. Je suis passé par le tennis et la piscine. De loin, je croyais qu'il y avait un tas de chiffons par terre. Puis j'ai vu ses cheveux. J'ai couru. C'était elle.

Ma Jenny... Morte... Les yeux grands ouverts... Et ce sang, cette horrible blessure !

— Attendait-elle quelqu'un ?

— Certainement pas. Je vous l'ai dit, c'était un rituel. Les jours où elle chantait, elle passait la matinée seule, puis elle mangeait légèrement, avec moi, ou seule si je travaillais au loin. Ensuite, elle s'enfermait à nouveau, s'installait au piano, contrairement aux autres chanteurs, et faisait quelques vocalises sans forcer, avant de se rendre au théâtre.

— Avez-vous une idée de la personne qui a pu débarquer chez vous ainsi, sans téléphoner ? À moins qu'elle ne l'ait fait lorsque vous étiez en bas ? Et qui est susceptible d'arriver ainsi dans cette maison ?

— Pas la moindre idée ! Les familiers sont la femme de ménage, le livreur du supermarché, la coiffeuse... Mais on sait quand même toujours quand ils viennent. Ils téléphonent. Or, les jours où Jenny se produit, nous débranchons répondeur et téléphone. Si quelqu'un veut nous joindre d'urgence, il m'appelle sur le mobile. Et ils ne peuvent pas entrer si on ne leur ouvre pas.

— Même la femme de ménage ?

— Même elle.

— Et si personne n'était venu ?

— Et que ce soit moi qui l'ai tuée ? (Salomon était indigné.) Et pourquoi ?

— Je me suis laissé dire que votre relation n'était pas au beau fixe.

— C'est parfois vrai, mais pas toujours. Jenny était très jalouse et me reprochait quelques incartades de-ci, de-là. Je crois que ce qui la tracassait beaucoup, c'était notre différence d'âge. Cependant, malgré cela, nous étions attachés l'un à l'autre. Je ne l'ai pas tuée. Je n'ai jamais pensé à le faire ! Et d'ailleurs, pourquoi ?

— Ça, nous l'ignorons encore. Naturellement, vous restez à la disposition de la police, monsieur Malavena.

L'abattement du violoncelliste semblait sincère. Mais comme dans chacune de ses enquêtes, Godfine dressait un paravent invisible entre les protagonistes et lui, afin de ne subir aucune influence d'un personnage qui aurait des dispositions particulières pour la manipulation. Une seule fois, il avait eu un mal fou à tenir sa ligne de conduite. C'était face à la belle Serena, si peu à sa place dans tous les rôles qu'elle jouait : immigrée clandestine, prostituée, et même fiancée du baryton... Elle n'était vraie que dans l'inachevé : ses études de musique, son rôle de traductrice de russe... L'image de son corps magnifique de blonde racée, longiligne, hiératique, s'imposait trop souvent à Nathan, éloignant la petite et nerveuse Bella, splendide elle aussi, mais plus proche, trop proche...

Godfine chassa ces pensées parasites et revint sur la terrasse dorée, où l'on finissait de s'occuper du cadavre d'une jeune et jolie femme qu'un fou dangereux avait choisie comme victime, avec un mobile absolument hermétique au cerveau du commissaire. Le seul message du meurtrier restait ces étranges poupées aux doigts coupés, ces enfançons au regard profond qui semblaient près de tout révéler...

— Raoul, tu me donnes tes conclusions quand ?

— En fin de soirée, ou au pire demain matin, car j'ai plusieurs rapports à rédiger.

— OK. Ce soir, alors.

Cigliano sourit :

— Je ferai de mon mieux.

Godfine fit un tour dans la villa. Aucun désordre, sauf peut-être dans la chambre de la victime, où quelques tenues attendaient d'être essayées et choisies. Le couvercle du piano à queue était encore relevé. Jenny avait sans doute dû abandonner quelques instants ses vocalises, avec la volonté d'y revenir. Des maillots de bain d'homme séchaient dans l'une des salles de bains, mais aucun maillot de femme n'était apparent. La chanteuse devait avoir eu peur d'attraper froid.

Lorsque les pompes funèbres eurent emporté le corps vers la morgue et qu'il vit partir l'équipe de la police scientifique, Godfine enfourcha sa moto et fonça vers son bureau. Il appela Del Chiappo sur son mobile.

— Qu'est-ce que tu veux ?

— Charmant accueil ! Tu t'es levé du pied gauche ?

— Non, je me réjouis seulement de ce que mon meilleur ami me laisse tomber comme un vieil indic qui n'a plus de jus à rendre...

— Mais qu'est-ce que tu racontes, imbécile ?

— Je réitère : qu'est-ce que tu veux ?

— D'accord, je regrette, j'aurais dû t'emmener avec moi, ça m'aurait même sûrement aidé. *Mea maxima culpa !*

— J'accepte tes excuses, aussi plates soient-elles.

— Que sais-tu de Salomon Malavena ?

— Un violoncelliste hors pair. Encore un peu vert, pas assez blanchi sous le harnais, mais un jeu remarquable, une intelligence osmotique de la musique. Et avec ça un type adorable. Pas de caprices majeurs, un grand, un intense plaisir à jouer, une véritable admiration pour le talent de sa fiancée, et d'ailleurs une adoration pour elle. Seulement, tu as vu comme il est beau ? Toutes les musiciennes, les chanteuses, les attachées de presse craquent devant son regard ténébreux. Aussi, il en use et en abuse. Pour lui, la fidélité est ailleurs que dans une partie de jambes en l'air.

— Une question qui te paraîtra saugrenue : Malavena sait-il nager ?

— Ben, je n'en sais rien, t'es bizarre, toi ! Et Jenny ?
— Elle est morte.
— Ah, merci bien pour le scoop !
— Elle a été étranglée, découpée comme Van Jong, et tout comme lui elle avait une poupée contre elle, sur le sol.
— Ah, le saligaud ! Elle a souffert ?
— Non, pas vraiment longtemps, en tout cas.
— Pas longtemps, c'est énorme ! Tu connais tout de même la théorie de la relativité ?
— Écoute, Baptiste, Einstein est un grand homme, mais moi, je ne suis pas médecin, pour apprécier la durée de la souffrance de la victime. Si tant est qu'un médecin puisse le faire... Tu m'as dit que Jenny Lieberson trompait aussi Malavena ?
— Quelquefois. En tout cas, c'est ce qui se murmurait dans le landerneau des artistes et des journalistes spécialisés. Moi, ce que je peux te dire avec certitude, c'est que Salomon est un sacré bon vivant, mais aussi un type chaleureux et franc. Jenny est – enfin, était – une artiste incomparable, et aussi une femme gaie, facile à aimer... Je n'arrive pas à l'imaginer morte ! À quel moment est-ce arrivé ?
— D'après Cigliano, vers 10 heures. Malavena l'a trouvée après 14 heures. C'est d'ailleurs ça qui me chiffonne. Il est en vacances, et au lieu de traîner dans son lit ou de déjeuner tard au bord de sa piscine, il descend se baigner dès 9 heures, ou peut-être même avant, et il ne remonte plus chez lui. Bizarre...
— Mon pauvre vieux ! On voit bien que tu ne connais rien aux artistes de haute volée ! Salomon voulait être auprès de Jenny pour ses représentations. Il serait donc allé à la plage ou ailleurs dès 6 heures du matin si elle l'avait érigé en règle absolue pour préserver la qualité de son chant. C'était ça, ou évacuer prestement les lieux la veille.

— À ce point-là ?

— Mais oui, bonhomme ! Bon, je vais me débrouiller avec ce que tu m'as dit pour mon article... Je me demande si on ne devrait pas exceptionnellement vendre le journal en édition spéciale, avec un CD réunissant les voix de Van Jong et de Jenny Lieberson ? Mais c'est une excellente idée, ça, dis donc, ça va plaire au boss ! D'autant que Ludovic a disparu depuis hier sans m'avoir rendu le travail que je lui avais confié. Allez, si tu n'as plus besoin de moi, je vais bosser. Bye !

Godfine travailla tout l'après-midi sur cette affaire. Il avait l'impression de pédaler dans le vide, alors qu'un détail tournait dans son esprit comme un papillon obstiné. Un détail qu'il ne parvenait pas à identifier. Les lacérations étaient peut-être l'explication : elles lui livreraient le nom de l'assassin en lui révélant le motif des crimes.

Le soir venu, il appela Cigliano :

— Ah, c'est toi, Nathan ? Ça m'aurait étonné que tu me laisses jusqu'à demain sans venir aux nouvelles.

— C'est toi qui m'as appris qu'un cadavre devait parler très tôt pour qu'on puisse avancer très vite.

— D'accord... Qu'est-ce que tu voulais ?

— Savoir si tu as du nouveau.

— Eh bien, oui. En prélevant l'humeur vitrée pour un dosage de potassium, j'ai pu fixer l'heure de la mort de la cantatrice à quelques minutes près. La chanteuse a été tuée à 9 heures. D'ailleurs, sur place, cet après-midi, j'ai constaté que la rigidité cadavérique n'allait pas tarder à gagner tout le corps. Ça ne faisait donc pas loin de six heures qu'elle avait été tuée. En outre, la première tâche de lividité abdominale est apparue il y a très peu de temps, à 21 heures exactement. Donc, on est bien dans les temps. Mais ne me demande pas qui a pu faire ce sordide découpage. Il n'y a aucune trace parlante malgré nos recherches les plus poussées.

— Et si c'était le fiancé ? Ça te paraît plausible ?

— Ça, c'est à toi de nous l'apprendre ! Plausible, ça l'est, naturellement. Mais dis-moi, ça voudrait dire qu'il a aussi tué le baryton ?

— Pas forcément. Il peut s'être servi de la mise en scène pour brouiller les cartes. Y compris avec la poupée. Pas de difficulté à se la procurer. Il paraît qu'on en trouve partout à Cannes, et qu'elles ont déjà gagné Antibes et même Saint-Laurent-du-Var. Finalement, le fabricant a fait un investissement à très long terme avec elles !

— Et pourquoi aurait-il tué Jenny Lieberson ? Il est riche, courtisé, il l'aime et elle était apparemment assez fidèle... Avait-il un secret à protéger que Jenny menaçait peut-être de révéler ?

— En l'état actuel de nos connaissances, non. Mais fais-nous confiance pour le découvrir. Il sera demain matin dans mon bureau.

Godfine décida de rentrer chez lui se reposer. La journée avait été bien remplie et son cerveau l'était encore largement, des centaines de questions se percutant à grande allure.

Il mit sa moto en marche et se dirigea vers la rue Ségurane, appréciant comme chaque fois le trajet en bord de mer, qui remplaçait les images de mort par le spectacle toujours renouvelé de la vie en mouvement, des larges respirations de la mer indifférente, mais qui cependant semblait tout comprendre, tout apaiser.

Toute la soirée, Godfine réfléchit face à l'écran bariolé du téléviseur qu'il avait allumé machinalement. Devant l'ineptie des programmes en ce soir de mai, il alluma sa chaîne hi-fi et posa un vieil enregistrement de *Norma* par la Callas, qu'il fit quasiment tourner en boucle tant il l'aimait. Il ne se lassait pas de cette voix particulière, forte, émouvante, tragique. En fait, ce n'était pas seulement une voix qui envahissait le vaste appartement de Nathan, c'était toute une atmosphère, qu'avait si bien su créer la chanteuse légendaire. La prière de Norma à la chaste déesse, « Casta diva », était l'un des arias les plus admirés du répertoire de soprano, et la Callas l'interprétait divinement. Godfine écoutait, captivé par cette émotion pure, cette finesse d'interprétation, cette urgence dans l'amour qui lui faisait effleurer la beauté immaculée de la passion.

Il écouta longtemps, puis, l'esprit lavé des encombrements inutiles, il saisit son cahier chiffonné et relut quelques détails. Il cogitait et soupirait, les sourcils froncés. ADN ou pas, il était certain d'être sur une fausse piste, avec Franco comme avec Novicet. Franco était foncièrement peureux, n'existant que pour le décorum, la pompe sociale et la musique, ce qui le sauvait de l'antipathie totale. Il profitait sûrement de tous les « bons coups » qui passaient à proximité d'une vie riche de rencontres perpétuelles, d'occasions prometteuses. Il était le reflet de ce que d'autres auraient rêvé d'être. Mais il n'en était que le reflet. Van Jong n'avait certainement pas été étranglé par lui. D'après les témoignages, le baryton commençait à en avoir assez des demandes constantes de Campozzani et se sentait prêt à répliquer par des moyens qui se seraient avérés dangereux pour le proxénète. Il devenait nerveux et déterminé à en finir avec lui. Il n'aurait pas, pendant l'altercation avec Franco, tourné délibérément le dos, avec un mépris hautain et affiché. Les circonstances ne s'y prêtaient pas, et il était trop exaspéré pour cela. Ils avaient dû palabrer, hurler, baisser le ton, batailler, puis se séparer. Le tueur n'était intervenu qu'après.

Quant à Novicet, il était évident que seul son fils lui importait. Sa façon de le désavouer était encore une proclamation d'amour paternel en grande souffrance. Le régisseur connaissait peu Van Jong et, après une enquête approfondie – et d'ailleurs facile à mener tant sa vie était limpide –, rien ne permettait de croire que Novicet ait eu la moindre raison de tuer le baryton. Serena ne l'intéressait pas non plus. Elle avait le tiers de son âge et il la traitait avec déférence, en tant que fiancée de Van Jong, comme il le faisait pour les conjoints des chanteurs. Rien de plus. Qu'elle ait été prostituée ne le gênait guère : il en avait vu de plus rudes pendant toutes les années noires que son fils l'avait obligé à vivre dans la crainte, la honte et le secret sordide. Pas de mobile consistant ; perquisitions blanches.

Non. Ni Franco, ni Novicet. Ou alors Novicet fils, pour une raison encore inconnue. Ce dernier était une petite frappe sans scrupule dotée d'un certain sadisme : il aurait pris plaisir aux mutilations *post mortem*, accomplies juste pour provoquer les enquêteurs et mener tout le monde en bateau. On en avait vu d'autres, à Foch, question barbarie et provocation.

Et Campozzani ? Oui, peut-être, s'il n'y avait eu que le meurtre du baryton. Mais pour celui de Jenny, le proxénète, alors en cellule, ne pouvait pas en être le coupable.

Il y avait quelqu'un d'autre, quelqu'un qui avait cessé d'être normal. Mais quand cesse-t-on d'être normal ? À quels modèles, quelles règles obéir pour l'être ? Qu'est-ce que la normalité ? Godfine était de plus en plus persuadé qu'il avait affaire à un homme dont la pathologie était un univers de troubles profonds et fortement enracinés, développés à la lisière puante de la haine et de la mégalomanie.

Les poupées en étaient peut-être la preuve, mais comment ? Nathan savait qu'il tenait un début d'explication. Cela le maintenait dans un état d'intense concentration. Il sentait qu'il commençait à avoir raison, suffisamment en tout cas pour continuer de creuser dans ce sens.

« Mais qui est ce fichu salopard ? Qui est-ce, nom d'un chien ?! Préboist ? Ridicule ! Son chef, à peine aperçu entre deux portes de bureau ? Faut pas charrier ! Finalement, je ne connais pas grand monde là-dedans. Demain, je m'y mets. Et si malgré tout c'était une femme ? Serena ? Certaines sont d'une force exceptionnelle... Bella, toute menue qu'elle soit, soulève des malades en un tournemain... »

Son esprit fatigué commençait à imaginer n'importe quoi, à amplifier chaque pensée jusqu'à l'empêcher de dormir. Il éteignit la chaîne hi-fi sur un dernier phrasé musical. Le silence se calqua sur sa concentration. Il fallait qu'il sache, qu'il trouve un début de réponse, qu'il plonge à fond dans l'horreur masquée, comme ces gens qui, lors d'un décès, s'enferment huit jours chez eux pour vivre leur deuil au plus violent, au plus profond, et en ressortent nantis d'une résistance à la douleur qui leur permettra de continuer à avancer. Il réfléchit longuement, intensément, puis décida d'en rester là pour ce soir. Nathan prit une douche qui le détendit et se coucha. Mais de sommeil, point. Il cherchait.

La pleine lune, clémente, l'accompagnait de sa lumière scintillante par la fenêtre grande ouverte. Il imagina mille dessins sur la surface brillante de l'astre mystérieux, puis un regard d'un bleu profond apparut en surimpression, aussi nettement que si Serena se matérialisait brusquement. Godfine, préoccupé de ce qui lui arrivait, s'endormit enfin sur cette pensée inattendue : « Si nous avions un enfant, Serena et moi, il aurait sans doute des yeux de lapis-lazuli... »

Comme d'habitude, le soleil se chargea de réveiller le commissaire amoureux, ou en passe de le devenir. Il se leva, la tête pleine de projets à réaliser au plus tôt. Depuis l'assassinat de Bertini, il s'attelait à résoudre le plus rapidement possible les affaires qui lui étaient confiées, faute de quoi son degré de stress atteignait des sommets insupportables. C'est pourquoi, au gré des nominations administratives, il avait veillé à se constituer une équipe particulièrement efficace et motivée, dont Caniel était le principal élément. Aujourd'hui, il se donnait deux jours au plus pour coffrer l'assassin redoutable qui traînait impunément dans la région et semait à l'Opéra une ambiance de terreur.

Dès qu'il arriva à Foch, il commença de s'intéresser à la vie de chacun des trois cent cinquante employés de l'Opéra. Il mit tous ses hommes sur le terrain, avec ordre de faire *fissa*. Il exigea des cheveux de tous les agents, auxiliaires, adjoints ou titulaires de l'institution, et les fit parvenir à Cigliano.

— Dis donc, Nathan, tu veux ouvrir une boutique de perruques ou bien tu trouves que je ne travaille pas assez ?

— Ni l'un ni l'autre, mon vieux. Mais ce matin, je me suis levé avec la niaque.

— Ah, ça, c'est un signe ! J'ai toujours remarqué qu'après ta période d'observation vient le moment où « il te prend les cinq minutes », comme on dit ici. Et là, gare !

— Et comme tu fonctionnes de la même manière, on va l'avoir, ce salaud ! Crois-tu que Galliani et toi pourrez analyser tous les échantillons de cheveux que je t'ai fait porter ?

— Nous sommes dessus, mon vieux. Si j'obtiens quelque chose, je t'appelle, sois tranquille. Que vas-tu faire en attendant ?

— Oh, j'ai du pain sur la planche ! Et du pain sale, moisi... Je vais en effet m'occuper de Campozzani, qui à mon avis n'a rien à voir avec le meurtre de Van Jong, mais sait-on jamais ? Je vais m'en assurer et l'envoyer se refaire une santé morale en cellule après passage chez le juge. À mon avis, ça lui prendra quelques belles années !

Godfine travailla en effet d'arrache-pied. Ses lieutenants, se calquant sur sa puissance de travail, donnèrent un sérieux coup de collier. Les enquêtes sur les salariés de l'Opéra allaient bon train, révélant un monde très diversifié.

En fin d'après-midi, Cigliano rappela.

— Salut vieux, où en es-tu ?

— Campozzani définitivement coffré. Enfin, un « définitivement » qui durera longtemps, je l'espère. En tout cas, assez longtemps pour qu'il ne torture plus et ne tue plus... À part ça, je vais bientôt pouvoir appeler chaque employé de l'Opéra par son petit nom, tellement j'amoncelle de détails sur chacun d'eux. Seulement, pour le moment, pas de délinquant, pas d'ancien drogué, pas de casier chargé.

— Ah, là, là ! Il était temps que je m'en mêle, je crois... Les cheveux blancs non identifiés, tu te souviens ? Eh bien, figure-toi tout d'abord que j'en ai trouvé sur la blessure de Jenny Lieberson. Plus du duvet que des cheveux longs, mais ça suffit largement à l'analyse. Enfin et surtout, ces cheveux appartiennent au numéro deux cent vingt-trois de ta liste.

— Enfin ! Je m'y mets tout de suite ! Et en ce qui concerne Franco et Novicet ?

— Aucun poil ni quoi que ce soit d'autre qui viendrait d'eux sur la chanteuse.

— Je m'en doutais. Merci, Raoul. Comment fais-tu pour être aussi calé ?

— Je travaille avec toi ! Et, accessoirement, j'ai fait des études ! Bonne soirée, mon vieux, et n'oublie pas notre repas tous ensemble.

— Ah, mince, ça m'était sorti de l'esprit !

— Charmant !

Godfine jubilait. Ses lieutenants avaient eux-mêmes procédé aux prélèvements capillaires, aidés par des coiffeurs pour le moins étonnés. Puis ils avaient échantillonné leurs produits en leur attribuant des numéros, conservant les identités sur une autre liste. Godfine demanda à Caniel de rechercher le numéro deux cent vingt-trois.

— Le voilà ! s'exclama le lieutenant. Denis Dutillet, second violon. Patron, on le tient !

— OK, laisse deux gars continuer à travailler sur les autres et mets le reste de l'équipe sur ce Dutillet. Je veux tout connaître de lui. Tout, et le reste. Renseigne-toi pour savoir s'il est toujours là et, où qu'il soit, on ne le lâche plus. Ce gars-là, maintenant, il devient plus précieux que ta mère !

— Pas difficile, patron. Elle m'a laissé tomber à ma naissance.

Godfine accusa le coup. Il est des occasions où savoir se taire est une précieuse qualité...

Personne ne remarqua que le soir arrivait furtivement, tant l'activité était soutenue à Foch. Enfin, Caniel entra en trombe dans le bureau de Godfine, alors en ligne avec le procureur. Le commissaire raccrocha sans vraiment prêter attention aux commentaires habituels concernant l'arrestation de Campozzani. Il devinait, à voir l'expression animée de son lieutenant, qu'il allait apprendre du nouveau, et du nouveau d'importance.

— Patron, cette affaire nous emmène tous azimuts ! Cette fois-ci, vous ne devinerez jamais où nous sommes tombés !

Je dois tout de suite vous dire que les RG nous ont donné un coup de main. Mais même sans eux, on avait tout le CV de Dutillet, et, croyez-moi, ça vaut son pesant de cacahuètes !

— Allez, déballe...

— Je vous préviens, c'est long !

— Tu me fais monter la rougne, Caniel. Déballe, je te dis !

— Denis Dutillet est né le 2 juillet 1950 ici, à Nice, où il a résidé jusqu'à son premier engagement à Berlin. Il a bourlingué à droite et à gauche pour son boulot : Paris, Londres, Rome... Mais il n'a eu de cesse de revenir chez lui. Il n'est heureux que dans les rues niçoises. Il a fréquenté le lycée Masséna et a passé le fameux bac 68. Vous savez, celui qu'on a donné à tout le monde ?

— Franchement, Caniel, tu te fous de moi ou quoi ?

— Ben quoi ? C'est bien vous qui dites qu'il faut connaître la vie du meurtrier comme si on l'avait vécue soi-même, non ?

— D'abord, on ne sait pas si Dutillet est le meurtrier, ensuite, arrives-en plus vite à ces fameuses révélations qui t'excitent à ce point, tu me feras plaisir !

— Dutillet a fréquenté les rouges dès le début des événements. Il a beaucoup frayé avec les Palestiniens qui, à l'époque, par l'intermédiaire des étudiants, recrutaient des sympathisants actifs devant les facultés, ou à l'intérieur. Il a milité avec eux, a participé à de très nombreuses réunions. Il agissait là-dedans comme un vétérinaire entouré d'une meute. Il se voulait différent, il voulait détruire les « races inférieures ». Mais il avait ses cours de violon. Lui qui était le meilleur, il a commencé à baisser de niveau, puis à rater un ou deux concours. Ses parents, des enseignants à la petite semaine, se sont chargés de lui secouer les puces. Apparemment, il aimait le violon plus que tout. Il s'est repris, a cessé ses fréquentations et s'est remis à travailler son instrument. Il a gagné des concours importants, et sa carrière est devenue quasiment internationale, ou au moins européenne. Il a fait des pieds et des mains pour revenir à Nice, comme si se produire en solo ne l'intéressait pas. Il n'a jamais voulu autre chose que faire partie d'un orchestre, mais à une place d'honneur, quand même.

— Depuis quand est-il revenu à Nice ?

— Quinze ans. Il vit seul au parc Chambrun, en face du Temple de l'Amour, dans un petit immeuble sympathique. Il déjeune le samedi avec ses parents, lorsqu'il ne joue pas. Sinon, c'est selon.

— Pas exaltant, comme vie, si on excepte la musique. Mais il est vrai que dans cette affaire, on n'exclut jamais la musique.

— Attendez ! Notre ami Dutillet, vous savez ce qui l'excite ? Le Pen, sa fille et sa clique ! C'est un fou fondu du Front national et de tout ce qui va avec, connu ou caché. Lorsque ses parents le croyaient au conservatoire, à l'abri sous les frondaisons du jardin de Cimiez, il participait aux entraînements du GUD, car entre-temps, il avait viré sa cuti !

— Quoi ?!

— Et oui, vous m'avez bien entendu. Un activiste mordu de la race pure, affranchie des scories étrangères. Les meetings, les réunions musclées – à condition de passer au travers des affrontements –, ça le connaît. C'est un déçu de l'extrême gauche qui a découvert la voie royale de son propre encensement.

— Eh bien dis donc, tu deviens lyrique, Caniel ! Reviens un peu sur notre militant. Que sais-tu d'autre ?

— Son truc à lui, c'est le racolage des jeunes. Il a la supervision d'une équipe, et il prend ça aussi au sérieux que son violon, ce qui n'est pas peu dire. Il tourne dans les quartiers, surtout dans le centre-ville, il explique que l'amour des étrangers, cette erreur des années quatre-vingts, a conduit le pays au chaos infernal d'aujourd'hui. Grosso merdo, voilà notre homme. Plat et lisse en surface ; dangereux en réalité. Il ne casse pas les gueules ; il les fait casser.

— Et c'est ce type-là qui a laissé des cheveux sur les corps des deux victimes ? Mais pourquoi ? Comment ? Et ces découpages macabres, ce serait donc lui ? Remarque, là, on comprend mieux... Caniel, va me le chercher, dare-dare.

Caniel sorti, Godfine reprit les notes qu'il avait consignées sur son cahier. Maintenant, il fallait qu'il trouve quelque chose, qu'il comprenne où et pourquoi démarrait toute cette histoire.

Il s'attela aux dossiers d'Isaac Van Jong et de Jenny Lieberson. Qu'est-ce qui pouvait bien les lier à Dutillet ? Aucun des deux n'avait de passé politique, et encore moins de présent. On ne retrouvait à aucun moment les trois personnes ensemble, hormis pour leurs activités professionnelles. Et encore ! Lorsqu'une nouvelle œuvre était entreprise à la Diacosmie, on en faisait d'abord le filage au piano, puis l'orchestre s'installait sur scène pour continuer le travail d'interprétation. Il arrivait donc que chanteurs et musiciens ne travaillent pas en même temps, ni ensemble. Peut-être alors fallait-il chercher ce qui opposait les deux chanteurs à Denis Dutillet ?

Godfine chercha, réfléchit, passa quelques coups de téléphone, interrogea les parents de Jenny qui venaient d'arriver à Nice, éplorés, encore incrédules. Rien. Il ne trouva rien... jusqu'au moment où Adam Lieberson demanda l'adresse d'une synagogue afin de faire veiller le corps de sa fille par la Hevra Kadisha, la Confrérie Sainte qui rendait les derniers devoirs à une personne de confession juive. Alors, un lumignon commença à briller sur l'horizon noir du commissaire préoccupé. Il reprit le dossier de Van Jong, sans rien y trouver de ce qu'il cherchait. Il appela Del Chiappo, mais ne le trouva pas chez lui. Devant l'urgence, il téléphona chez Odette, ce qu'il évitait de faire habituellement, sachant combien la jeune femme appréciait ses moments de solitude avec Baptiste.

— Bonsoir, chère Odette, et mille pardons si je vous dérange. Je cherche à joindre Baptiste.

— Je vous le passe.

Odette était réservée, peu habituée à l'amitié des deux hommes. Le commissaire l'intimidait ; elle ne s'était dong guère étendue en bavardage.

— Bonsoir, Nathan, que se passe-t-il ?

— Écoute, mon vieux, je vais te poser une ou deux questions incongrues : si je te dis Jenny Lieberson et judaïsme, que me réponds-tu ?

— Ben, je crois que le père de Jenny est juif. Jenny n'accepte... n'acceptait jamais aucun engagement les jours de fêtes juives, Kippour, Pessah, etc. C'est connu dans le milieu.

— Et si je te pose la même question concernant Van Jong ?

— Je te répondrai : mère juive, rescapée des camps, mais Isaac peu intéressé par ces questions. Du moins, il n'en parlait jamais. Pourquoi ?

— Je t'expliquerai.

— Tu es sur une piste ?

— Je ne sais pas. J'en aperçois l'ombre d'une, oui, peut-être. Autre chose : tu connais Dutillet ?

— Bien sûr. Tout le monde l'appelle Dutilleul, tellement il est bonnet de nuit ! Quel rapport avec les deux meurtres ?

— Que dirais-tu de lui ?

— Il a transformé « métro, boulot, dodo » en « violon, balcon, ronron ». Tu vois le genre ?

— Sais-tu pour qui il vote ?

— Parce qu'il vote ? Et comment le saurais-je ? Et d'ailleurs, je m'en fous éperdument ! Pourquoi cela t'intéresse-t-il ?

— Je te raconterai.

Il était tard. Mais pas question pour Godfine de rentrer chez lui ou de rejoindre Bella. Il tenait quelque chose. Il lui fallait maintenant interroger Dutillet, et vite. Il reprit les notes le concernant et les étudia, en attendant que Caniel lui amène le violoniste.

17

SOUS SES CHEVEUX prématurément blancs, Denis Dutillet avait un visage rond qui aurait davantage convenu à une publicité pour pâtisseries crémeuses qu'à un activiste d'extrême droite. Ce qu'il était pourtant devenu, après un assez bref passage chez les gauchistes. 1968 avait explosé ses dix-huit ans sans qu'il se sente vraiment intégré dans l'ampleur du système des protestations nationales. Il menait alors une vie de lycéen provincial, partageant son temps entre les révisions du baccalauréat, le violon et les booms sagement folles des fins de semaine. Il compensait son peu de succès dans les sauteries du samedi soir par un comportement irréprochable de copain toujours disponible. Il lisait, écrivaillait, s'intéressait à l'actualité internationale, mais très peu à la vie française.

Ce qu'il faisait le mieux était de jouer du violon. Cependant, il ne semblait guère animé d'une ambition démesurée et se contentait de répéter ce qu'il fallait pour être reçu aux concours. Mais Dutillet était doué pour le violon, et il réussissait sans peine.

Il avait dégringolé dans les catacombes de la perversité en tombant éperdument amoureux de son professeur de philo, jeune homme au regard pétillant, en contraste avec l'attitude compassée qu'on attendait de tout enseignant dans ces années-là. Outre le fait que ledit professeur venait de se marier, Denis n'avait pas le physique qui aurait pu, à tout le moins, troubler son pédagogue. De taille moyenne, les yeux cerclés d'épaisses lunettes de plastique, la lèvre supérieure très mince se crispant sur une lèvre inférieure charnue, effondrée, comme privée de muscle, Denis ressentait en permanence un trop-plein de haine qu'il ne savait pas toujours vers quoi diriger : Dieu, qu'il existe ou pas, le bonheur, denrée qui s'effilait entre ses doigts, le succès, cet inconnu insensible, les autres, trop nombreux, trop différents de lui...

Il lui restait donc le violon, dont il jouait remarquablement. Et quelques lettres anonymes pour accuser de tous les maux ce professeur trop mal aimé et hors de sa portée.

Les événements de 1968 l'avaient cueilli par surprise. Il s'était peu intéressé aux signes annonciateurs. Ce qui l'avait motivé pour agir et entrer dans une « cellule », ç'avait été l'envie irrépressible de porter le foulard quadrillé à franges des étudiants qui, souvent, prenaient fait et cause pour les Palestiniens. Denis avait été fasciné par ce qui lui paraissait un acte d'audace inouïe : ils déployaient d'immenses drapeaux vert et rouge et demandaient avec une insistance parfois musclée que l'on y dépose de l'argent destiné à la cause. Entouré des étudiants gauchistes qui réclamaient justice à cor et à cri sans souci de l'histoire réelle de cette partie du monde, Dutillet avait décidé que c'était là l'image de la force et du courage. Il s'était donc inscrit, sans trop savoir à quoi, et était parti crier avec les autres.

La seule chose qui l'avait dérangé, c'était que les Palestiniens eussent été des Arabes. Il mélangeait sans état d'âme religions, origines, Terre sainte, mais frayer avec des étrangers lui restait tout de même pénible. Personne ne semblait prendre en compte le fait qu'ils étaient étrangers, donc envahisseurs, donc potentiellement dangereux. Lui seul semblait soucieux de cette éventualité. De plus, on les retrouvait partout : ils obtenaient les bourses les plus intéressantes, occupaient toutes les chambres des cités universitaires, traitaient les petites Françaises comme des paquets de linge sale, leur promettant, pour les séduire, un mariage qu'ils ne contracteraient jamais – ou pire, qu'ils contracteraient !

Dutillet avait un camarade de classe dont les parents avaient choisi d'immigrer en Touraine pour fuir Nice de plus en plus envahie d'étrangers, et qui serait le front des prochains affrontements ethniques. Il comprenait les motivations de cette famille, mais trouvait que c'était là une solution prise à l'envers. Ce n'étaient pas les « bons » qui devaient partir. Il y avait eu maldonne, et il fallait être attentif à ce que cette erreur ne se propage pas, sinon, le français ne serait plus la langue maternelle dans les écoles niçoises !

En fait, à part le drapeau et le foulard, rien n'attirait vraiment Dutillet chez les Palestiniens, au contraire. Mais il n'en appréciait pas davantage les Israéliens, qui lui faisaient peur. On lui serinait qu'ils étaient des extorqueurs de terre ; il n'éprouvait aucun besoin de vérifier. De toute façon, il n'avait jamais aimé les Juifs. Ni les protestants, quoi que ceux-ci soient « corrigibles », avec un peu d'entraînement et de ténacité. La différence entre Israéliens et Juifs n'existait pas dans son esprit. Il fallait donc – et Oum Kalsoum avait eu raison de le chanter aux troupes galvanisées l'année précédente lors de la guerre des Six Jours – bouter le Juif hors de sa terre. Et hors de France. De meetings en lavages de cerveau, Dutillet avait acquis la conviction que Juifs et Arabes neutralisaient la France, avant de se l'approprier et de la massacrer à leur seul profit. Catholique traditionaliste, il voyait ses convictions soutenues et partagées par nombre de ses amis, et priait de tout son cœur pour le retour à la pureté franco-française.

Le temps qui passait n'avait rien changé à ses convictions. Bien au contraire. Dans chaque ville où il se produisait, il rencontrait des personnes qu'on lui indiquait, était invité à d'autres réunions, à des conférences qui fortifiaient ses certitudes et le faisaient se sentir entouré, aimé, compris, bientôt protégé. Sa haine des Arabes et des Juifs avait enflé d'une manière inquiétante. Il les appelait « les excréments du monde », singeant en cela l'épouse d'un ex-élu vitrollais parlant d'un journaliste juif. Selon Dutillet, la France pluriculturelle était un mythe excessivement dangereux, à écraser sous le talon comme un scorpion… à condition que ce ne soit pas son talon qui effectue cette tache dangereuse. La présence sur scène de musiciens ou de chanteurs juifs avait toujours révulsé Dutillet. Il leur trouvait mille défauts, pensait constamment les prendre en flagrant délit d'hypocrisie, de tricherie. Mais il cachait soigneusement ses réactions derrière une indifférence affichée. Les lamentos, c'était avec ceux de sa chapelle qu'il les exprimait. Sauf la veille de la mort de Van Jong, où celui-ci avait abordé Dutillet en le questionnant :

— Dites-moi, c'est bien vous que j'ai vu avenue Malausséna, au défilé d'extrême droite, avec des élus de notre chère cité en tête ?

— Et quand cela serait ? C'est un délit ?

— Non, hélas pas encore. Mais c'est une saloperie de débile profond ! Et je pèse mes mots !

Chacun à l'orchestre avait pu entendre cet échange peu amène, et la réplique de Dutillet. Contrairement à son habitude, Dutillet n'était pas parvenu à conserver la discrétion qu'il prisait tant. Ç'avait été plus fort que lui, il avait répliqué :

— Crachez sur nous tant que vous le pouvez encore ; bientôt, ce sera fini pour vous, vous ne serez plus là, plus jamais là, à polluer notre espace et notre patrie bien aimée !

Dutillet n'avait guère d'amis à l'Opéra, mais il était certain que cette fois, il venait en quelques mots d'accumuler les antipathies ! Tant pis, on avait l'habitude d'être victime, au Front. Et puis, comme disaient ses parents, partie prenante dans ses engagements : « On ne fait pas d'omelette sans casser des œufs ! » D'ailleurs, peut-être que nul n'avait répété ses paroles au commissaire, peut-être procédait-il seulement à des vérifications de routine ?

C'est donc un homme impassible que Godfine vit arriver dans son bureau, un homme surpris de susciter l'intérêt de la police, lui qui avait toujours veillé à rester dans les frontières de la légalité, lui qui était absolument persuadé que nul ne connaissait ses activités occultes, lui chez qui personne n'était jamais venu perquisitionner pour trouver ses revues de militant frontiste, ses ouvrages sur la chevalerie pure et pétrie de principes, les exhortations écrites au combat des Blancs purs contre les Bruns pollués et pollueurs. Les cassettes, les livres, les vidéos qui prouvaient qu'il n'était pas seul à penser juste étaient simplement remisées dans un placard prévu à cet effet.

Caniel fit asseoir le musicien et s'éloigna. Dutillet remarqua la coupelle de bonbons et sourit à Godfine, qui n'eut aucune envie de rendre ce sourire mou.

En martyr convaincu, Dutillet s'attendait d'abord à ce que le commissaire entame un chapitre violent et mensonger sur ses préférences politiques, ce dont il ne lui reconnaissait pas le droit, et qui augmenterait la souffrance du frontiste qu'il était, toujours opposé au scandale quotidien, englué dans l'apitoiement de la grande douleur de voir la France détruite peu à peu, spoliée, cassée. Et ce n'était pas ce commissaire au teint basané qui allait partager ses convictions patriotes...

Au lieu de quoi, Godfine lui expliqua qu'il l'avait fait amener pour entendre ses déclarations sur la mort peu naturelle d'Isaac Van Jong, ainsi que celle de Jenny Lieberson.

— Que voulez-vous que je vous en dise, commissaire ? Ils ont des remplaçants qui font bien l'affaire. La vie est ainsi...

— Voilà une épitaphe laconique...

— Je ne suis pas écrivain, commissaire, mais violoniste.

L'homme serait coriace. Devait-il le coincer d'emblée, ou le laisser piétiner dans l'incertitude pendant quelque temps ? Nathan hésitait, mais sa nature directe fit les choses à sa place :

— Monsieur Dutillet, il va falloir nous donner quelques précisions sur votre emploi du temps de lundi et mercredi derniers.

— Comment ? Est-ce à dire que vous me soupçonnez de meurtre ?

— Dans un premier temps, moi seul poserai les questions. Donc ?

— Mais, je ne sais pas, moi ! J'étais à l'Opéra, puisqu'il y avait une représentation.

— Je me suis laissé dire que tous les musiciens ne jouaient pas en même temps.

— C'est vrai, mais en ce qui me concerne, vous verrez sur le planning que j'étais prévu pour les deux représentations. Je suis arrivé en avance, comme d'habitude, j'ai bavardé avec mes collègues, je me suis installé dans la fosse en même temps qu'eux... Enfin, rien de bien spécial.

— Cependant, la veille de la mort d'Isaac Van Jong, vous avez eu une altercation avec lui ?

— Ah, je vois que la délation va bon train, chez nous ! Il est venu m'agresser verbalement, je me suis défendu.

— En lui prédisant sa disparition ?

— C'était façon de parler, commissaire. Vous qui avez affaire à toutes sortes de gens, vous pourriez comprendre que nous affirmions que tous les malheurs du pays, quotidiens comme exceptionnels, viennent de ces racailles implantées chez nous grâce à notre faiblesse. Mais évidemment, avec votre physique et votre nom, ce n'est pas moi que vous allez favoriser !

— Mesurez vos paroles, Dutillet, sinon je vous inculpe pour insultes racistes et diffamation... bien que ce qui vous guette soit beaucoup plus lourd. Il vous appartient de me convaincre que vous n'avez pas assassiné Isaac Van Jong, pour commencer. Car les prélèvements de cheveux effectués par mon équipe se sont révélés positifs en ce qui vous concerne. C'est-à-dire que sur leurs plaies ont été retrouvés, et identifiés comme vôtres, des cheveux blancs. Sans aucun risque d'erreur.

— Mais c'est faux !

— Et pourtant... Vous appartenez à un réseau éminemment raciste, Van Jong est juif et vous le savez. Vous ne l'aimez pas et vous ne vous en êtes pas caché, que ce soit dans vos réunions d'incitation à la haine raciale ou lorsque vous bourrez le cerveau des jeunes « Blancs » auxquels vous expliquez que s'ils ne travaillent pas, ce n'est pas parce qu'ils refusent de mouiller leur chemise, mais parce que de dangereux étrangers leur ôtent le pain de la bouche. Vous vous disputez avec le chanteur devant témoins, vous le menacez et il meurt étranglé le lendemain, alors que vous êtes sur les lieux, sans que quiconque puisse exactement vous situer dans les murs. Je veux bien essayer de vous croire, mais il va me falloir des arguments à la hauteur ! Sans compter que nous parlerons ensuite de Mlle Lieberson.

— Quoi ? Mais vous voulez me coller sur le dos toutes les affaires sur lesquelles vous séchez ?

— Je ne crois pas vraiment sécher en ce moment, monsieur Dutillet. Encore moins si je me réfère aux témoignages de certains de vos collègues qui viennent de déclarer que chaque fois que vous pouviez mettre la chanteuse en difficulté, vous le faisiez, invoquant le hasard à tous les coups. Un coup d'archet mal donné pour fausser la note de Jenny Lieberson, un rythme un poil trop court, juste de quoi la gêner, sans vous faire remarquer, selon vos méthodes habituelles. Ça fait quand même beaucoup sur vos épaules, non ?

— Tout ça est faux ! Médisances et compagnie, comme d'habitude !

— Ne vous tracassez pas, nous sommes déjà en train de vérifier. Si c'est faux, vous ne serez pas inquiété. Mais ne rêvez pas en rose... Savez-vous comment sont morts les deux chanteurs ?

— Je me suis laissé dire qu'on les avait étranglés et mutilés.

— Vous êtes fort bien renseigné.

— Quel rapport avec moi ?

— Le rapport, ce sont ces cheveux qu'on a trouvés sur eux, plus exactement sur leurs plaies, et qui, après analyse ADN, s'avèrent vous appartenir, comme je viens de vous le dire. Réfléchissez bien à chacune de vos réponses, monsieur Dutillet. Perdre du temps ne sera bon ni pour nous, ni pour vous. Vous n'aimez pas beaucoup les Juifs, n'est-ce pas ?

— Non, mais de là à les tuer...

— Pourtant, vos harangues sont remplies de haine et d'incitation à la violence, et même au meurtre, lorsque vous êtes sûr que seuls vos pairs vous entendent.

— Mes harangues ?

— Bon, je crois qu'il va falloir changer de stratégie, monsieur Dutillet. Nous ne sommes pas réputés pour notre patience, dans ce bureau. Vous êtes un extrémiste de droite doublé d'un froussard ; vous vivez dans un dégueulis nauséabond...

— Je vous interdis !

— Vous n'avez rien à m'interdire ! Et puisque votre collaboration – c'est pourtant un mot et un concept que vous devriez aimer – s'arrête là, je vous signifie votre garde à vue, afin de vous permettre de réfléchir à une stratégie intelligente, pour une fois.

Caniel emmena Dutillet, pendant que, fatigué, Godfine se prenait le visage dans les mains, sali de tout ce qui traînait dans le sillage de cet homme bizarre, à la fois mou et haineux. Il se leva et regarda par la fenêtre. Le boulevard Dubouchage était tranquille, l'heure de circulation largement dépassée. Certains finissaient de dîner et allaient s'installer devant leur téléviseur, d'autres s'apprêtaient à se rendre au cinéma, au théâtre... Soudain, il eut un irrésistible besoin de sortir du bureau, où trop d'horreurs avaient été prononcées. Il décrocha son téléphone :

— Tu es là, beauté, c'est une chance ! Comment vas-tu ?

— Bien, journée tranquille. Et toi ?

— Journée sale... On sort prendre un verre ?

— Avec plaisir. Mais on dîne d'abord, je meurs de faim.

— Fais-toi belle, ma Bella, et rejoins-moi sur le port, à la *Pièce Folle*. Je ne monte pas te chercher, je sais que tu n'aimes pas la moto.

— Un de ces jours, il faudra bien que tu te décides à acheter une voiture, comme tout le monde.

— Je te rappelle que tu prétends tenir à moi parce que je ne suis pas comme tout le monde... On se retrouve dans une demi-heure ?

— Parfait.

Godfine appela Cigliano, qui l'écouta avec attention rapporter une partie de l'interrogatoire de Dutillet.

— Tu es sûr de ton coup, Raoul ? Il ne peut pas s'agir des cheveux d'un autre ?

— Tu plaisantes, j'espère ?

— J'ai besoin de savoir. Ce type est une limace sale et gluante qui te glisse entre les doigts.

— Que te faut-il de plus ? Il insulte une victime, met des bâtons dans les roues de l'autre, cache mal ses convictions extrémistes... Tu lui as parlé des poupées ?

— Pas encore.

— Ça alors ! Tu me surprends ! Et pourquoi ?

— Écoute, vieux, si tu voyais ce type, tu comprendrais. Il est sirupeux, le regard aigu et la lippe affaissée... De toute façon, je me le suis gardé pour quelques heures, le temps d'affiner certains témoignages. Je le laisse juste une ou deux heures mijoter dans son jus sordide, avec Caniel pour le secouer un peu, et j'y retourne.

Cigliano, heureux d'avoir participé à l'arrestation d'un salaud, décida de rentrer chez lui plus tôt qu'à l'habitude, pour passer une soirée tranquille avec son épouse.

Godfine fila jusqu'à la *Pièce Folle,* une institution sur le port de Nice dont il connaissait très bien le patron, Gaston, auquel il avait retiré une sale épine du pied dans une affaire de racket heureusement terminée. Là encore, comme à *La Flambée,* poutres et murs chaulés, photos de célébrités avec Gaston, télévision allumée dès qu'un match de football était annoncé, que cela plaise ou non à la clientèle qui se gardait d'ailleurs bien de protester. Car on mangeait divinement chez Gaston, qui ne dédaignait pas de se mettre encore aux fourneaux. Sa choucroute de mer faisait courir les foules, et les « spécialités » qu'il inventait constamment avaient toujours l'heur de plaire à tous. Gaston installa Nathan à une table près du bar, afin de pouvoir bavarder avec lui en attendant que débarque Bella, qu'il avait furieusement à la bonne. Elle arriva peu après, les yeux pétillants de satisfaction à l'idée de retrouver Godfine. Tous deux étaient comme les plus vieux amants du monde, à la fois frère et sœur, mari et femme, complices et intimes.

La cuisine divine rafraîchissait le palais de Nathan, pendant que Bella dégustait un ballon de sancerre rouge en racontant sa journée au commissaire. Vêtue de vert anis, la jeune femme était d'une élégance raffinée, plus détendue que l'avant-veille, tout entière immergée dans le plaisir de l'instant. Elle savait qu'elle repartirait seule dans sa jolie villa de Pessicart, mais c'était la règle du jeu. Nathan courait après les méchants depuis toujours ; c'était sa force et sa respiration. Il n'aurait servi à rien d'essayer de l'en dissuader, même pour une nuit. Bella savait cela depuis longtemps. Elle le regardait rire et plaisanter, elle était bien.

18

ENCORE LOIN DE COMPRENDRE ces morts nécessaires, n'est-ce pas, commissaire ?

Je vous ai pourtant laissé approcher, approcher, approcher… Je vous ai donné des pistes, mais vous avez la vue si courte !

Vous n'avez pas encore compris que j'ai besoin de ces morts, et que je ne les tue pas par plaisir.

Mon plaisir est ailleurs.

Un ailleurs transcendant qu'ils n'atteindront jamais, mais où ils adoreront que je les transporte, lorsque j'en aurai fini.

Car je n'ai pas fini.

La Chanterelle n'est pas la fin. Malgré vos questions. Et quoique vous fassiez.

Je dois continuer ma mission, or sur métal, peau sur or, pour le bonheur du monde !

Il me faut la perfection, encore et encore, pour atteindre à l'idéal grandiose.

J'en ai le temps, la force, le désir chevillé à la volonté. J'en ai le talent, le don séraphique, la promesse divine.

Je vais réussir.

Patience…

19

GODFINE RETOURNA À FOCH, heureux d'avoir pu partager cette heure décontractée avec Bella, mais inquiet de cet autre visage de femme qui se superposait constamment à sa vision, comme un éclat de lumière résiduel après un éblouissement... Inutile de tergiverser, il fallait qu'il l'admette : il pensait à Serena comme un fou, à n'importe quel moment, comme s'il lui devait quelque chose, comme s'il la privait d'un élément fondamental en n'allant pas vers elle. Il avait besoin d'en parler, de se soulager, mais même à Del Chiappo, son quasi-frère, il ne savait comment expliquer cela. Cigliano, peut-être ? Mais que pourrait comprendre Cigliano, coincé à vie entre un dépeçage et un verre de gin avec sa femme ? Il écouterait, certes, puis lui conseillerait d'oublier la jeune Serbe en entraînant Bella au casino de Monte-Carlo ou dans un piano-bar pour une folle nuit de musique sirupeuse ! Serena, Serena... Même son prénom chantait l'espoir absurde d'un avenir possible, d'un amour partagé...

Godfine se secoua et gara sa Transalp devant le planton de service en lui lançant l'habituel « Tu jettes un œil, hein ? », à quoi l'autre rétorqua : « Ce serait un comble qu'on vous la pique ici, quand même, commissaire ! » Et Nathan de conclure invariablement : « On a vu pire, mon vieux, on a vu bien pire ! »

Denis Dutillet n'avait guère eu le temps de mariner dans sa cellule. Caniel lui avait mené la vie dure, apprenant ainsi un nombre incalculable de faits et gestes tous dictés par la haine de l'autre, qui n'est souvent qu'une violente étincelle de la haine de soi.

Caniel se voyait confirmer que le Midi de la France, ce n'était pas seulement les cigales, le football et l'apéritif sur le port. C'était aussi ces milliers de gens surexcités par la présence « étrangère » lourde et tenace, ces habitants surchauffés par la promiscuité idéologique, qui se précipitaient à la permanence de leur leader national pour trouver un écho à leur *lamento*. Caniel savait déjà d'expérience que le mal se cachait derrière l'accent chantant, les paroles lénifiantes, les grandes claques amicales dans le dos. Mais avec Dutillet, il découvrait encore un monde de discipline, de dureté, d'exigence. Chasser l'étranger devenait paradoxalement une *djihad*, une guerre sainte !

Lorsqu'il était libre – et somme toute il l'était assez souvent –, Denis Dutillet adorait « échanger » avec les jeunes. Il leur expliquait Maurras, les entraînait ensuite à des cours de formation, comme dans l'Action française ; et toujours, partout, tout le temps, à la propagation d'un antisémitisme rageur, acharné. Antisémitisme politique, religieux ou racial, peu importait : on emmêlait les termes, on crachait son venin... Au nom de l'intérêt de la France, il fallait être antisémite. On mélangeait ordre national et ordre social en souriant d'un air complice. Dutillet « réunionnait » la jeunesse blanche en véritables sectes. Le violoniste était de tous les meetings. Il fréquentait des jeunes du Renouveau étudiant, avec leurs grands pavillons jaune et noir, jusqu'aux éditeurs de revues extrême-droitières, flirtant au passage avec les fascistes flamands, les Vlaams Blok, quand ce n'était pas avec ceux d'Allemagne, d'Autriche ou d'ailleurs.

L'amenant à parler d'Isaac Van Jong ou de Jenny Lieberson, Caniel se heurtait à une haine qui ne savait pas même se dissimuler, ce qui eût pourtant été de l'intérêt de Dutillet. Puis, le violoniste recommençait à étaler sa sympathie active pour le GUD, ce groupe de fanatiques violents. Il était sûrement de ceux qui les avaient chauffés quelques jours auparavant, lorsque des skinheads du groupe avaient violemment pris à parti un jeune militant des Jeunesses communistes, qu'ils avaient repéré alors qu'il tenait une table de pétition dans la rue. Une plainte avait été déposée directement chez le procureur de la République par plusieurs dizaines de manifestants. À la surprise générale, un groupe du GUD, bien qu'illégal, s'était également rendu sur les lieux aux cris d'« Europe, jeunesse, révolution ! » Le procureur avait fait intervenir la police, laquelle avait placé en garde à vue deux des manifestants du GUD. Dutillet saluait l'audace d'avoir osé revendiquer l'agression du jeune communiste jusque sur les marches du Palais de justice, ce qui au demeurant laissait sous-entendre un sentiment d'impunité total et effrayant.

Décidément, songeait Caniel, cet homme avait dans le crâne un fatras de pensées à l'envers, pourries, séditieuses. Il faudrait tout mettre à plat et tout replacer dans le bon ordre !

Godfine arriva, les bras encombré de son casque intégral et de ses gants de cuir fauve. Dans son bureau rempli d'écrits humanistes, l'air était particulièrement lourd, comme généré par un souffle immonde. Le commissaire ouvrit la fenêtre et se tourna vers les deux hommes.

Les heures passant, Godfine et Caniel s'acharnant, Dutillet devenait plus fébrile, moins sûr de lui. Il regardait la porte comme un espoir à jamais effacé. Il beuglait pour obtenir la visite de son avocat, d'un médecin ; Dutillet connaissait ses droits. Soudain, sans que rien ne l'ait laissé supposer, il s'effondra. Enfin il avouait !

— Je les haïssais, tous les deux, en bloc, et la Misniuc en plus ! Ils étaient hautains, suspendus au-dessus des autres par leur sentiment de supériorité exacerbé ! C'était insupportable ! Qu'étais-je pour eux ? Un vibreur de cordes, comme le clochard du coin ! Quatre misérables cordes sur un instrument passable, pour des voix d'anges... Oh oui, je les haïssais ! Et l'autre, la putain ! Elle a accepté tous les hommes qui payaient ; moi, elle ne m'a pas même jeté un regard ! Pourtant, j'ai essayé, comme tout le monde ; normal, non ? Vous pensez comme j'y crois, à son amour pour l'Isaac ! Amour de l'argent, oui ! La gloire, la beauté, la richesse, le talent, tout, tout pour eux, ces salopards, ces monstres ! Pourtant, je peux jouer divinement, je connais mon affaire.

— Il faut avouer qu'avec toutes vos activités annexes, vous n'avez sûrement ni le temps ni l'état d'esprit qui vous permettraient de sublimer votre jeu, non ?

— Je n'en ai pas besoin ! D'ailleurs, qu'y connaissez-vous ?

Dutillet s'emportait, s'agitait *crescendo*. Une colère, un dépit, une jalousie mordante le poussaient en avant : il était comme mû par des pulsions infernales.

— Vous les avez tués ? questionna Godfine.

Dutillet continuait à soliloquer :

— Un jour, devant moi comme si j'étais transparent, la Lieberson en petite tenue, et pas un mot, pas un sourire. Sourit-on à un fantôme ? Alors, chacun son tour, non ? J'ai bien fait, vraiment ! Et le Van Jong ! Il y a deux ans, il m'aperçoit dans le couloir – notez, c'est déjà un progrès –, mais il me confond sans doute avec un autre – Préboist, ou qui saisje d'autre –, et il me lance : « Voulez-vous aller me chercher la plus énorme corbeille de roses du marché Saleya ? » Je lui montre mon violon, et alors il me dit : « Oh, mais ça ne presse pas ; quand vous aurez livré l'instrument ! »

— Vous venez de dire : « J'ai bien fait. » Vous les avez tués ?

— Leur arrogance, comme un rocher de granit sur chacune de mes journées... Leur odeur... Vous ne saviez pas que les Arabes et les Juifs, ça a une odeur particulière, comme les Noirs et les Asiatiques ? C'est incroyable que nous soyons si peu à la renifler ! Forte, insistante ; elle vous prend à la gorge, et c'est encore vous qui devez faire semblant de ne rien sentir, par politesse ! Je les hais !

— Vous les avez tués ?

— Pas une fois pendant les répétitions leurs yeux ne s'arrêtaient sur moi. En jean ou en smoking, j'étais un pingouin dans la meute, sur lequel dégoulinaient les regards, sans jamais se poser. Comme je les haïssais !

— Vous les avez tués ?

— Oui, oui, oui ! Cent fois, mille fois oui, étranglés, dépecés, je les aurais mangés s'il l'avait fallu !

Soudain le silence. Perceptible, tonitruant. Puis l'ambiance qui s'allège, les hurlements de haine qui s'estompent dans l'infini.

— Et les poupées ?

— Ça m'amusait. Un signal, une reconnaissance... Un jeu avec vous, en quelque sorte...

— Et les rectangles de peau ?

— Pour ma collection...

Godfine et Caniel se regardèrent. Cette dernière phrase faisait froid dans le dos. « Pour ma collection... » Comme les abat-jour en peau humaine tant prisés par les nazis! Mots superfétatoires, attente de la suite. Godfine se sentait comme transi d'horreur. Dutillet se redressa, un semblant de sourire au coin des lèvres. Il regardait les policiers, enfin tranquille, vidé, grandi par ces meurtres inutiles issus de son cerveau survolté, de ses complexes paroxysmiques.

— Caniel...

Caniel savait ce qu'il devait maintenant faire. Il regarda Godfine et hocha la tête.

Épuisé, Nathan sentait encore vibrer les mots de haine entre les murs de son bureau. Il alla se planter devant la fenêtre, admirant la pleine lune, songeur. Était-elle réellement génératrice de folie, de destruction?

Il n'allait pas rentrer chez lui. Il allait rejoindre Bella la douce, Bella la vraie, plonger dans son lit, se lover au creux d'elle et s'endormir au son de ses certitudes.

Le lendemain, Nathan s'éveilla grâce aux bonnes odeurs de café et de pain grillé qui lui parvenaient de la cuisine. « Le bonheur, pensa-t-il, ou quelque chose qui lui ressemble beaucoup... » Pas de regard bleu Méditerranée superposé à celui de Bella... Nathan respira large. La jeune femme entra dans la pièce, lumineuse dans son déshabillé de satin pourpre:

— Comment se porte mon chevalier si peu servant, ce matin?

— Impeccablement bien. Tu es superbe!

— Merci! C'est un compliment qui va droit au cœur, surtout lorsqu'on n'est pas encore maquillée! Quel est ton programme?

— Chargé! Le procureur, le juge...

— On se retrouve ce soir?

— Pourquoi pas? Si rien ne vient entraver la journée...

— Quel enthousiasme !

— Allez, viens un peu par ici, râleuse, je vais faire un sort à ton peignoir qui ressemble étrangement au vêtement des poupées de l'Opéra !

En vraie Espagnole superstitieuse, Bella siffla en croisant les doigts, et rejoignit Nathan pour quelques instants d'oubli et de bonheur.

Godfine dévala la colline l'esprit préoccupé par l'interrogatoire qui l'attendait ce matin. Il allait poursuivre le dialogue avec Dutillet, et se demandait dans quel état d'esprit serait le violoniste. Il espérait que ne serait pas remis en question le travail de la veille.

Paradoxalement, Dutillet semblait fringant. Comme s'il avait enfin trouvé l'emploi dans lequel il excellerait. Celui d'assassin d'étrangers !

— Comment avez-vous tué vos victimes ?

— Comme si vous ne le saviez pas ! C'est dans tous les journaux, on l'a annoncé aux informations.

— Redites-le-moi, cependant.

— Si vous y tenez... J'avais un fil très fin...

— Quelle sorte de fil ?

— Une corde de violon. J'en ai toujours dans mon étui, et sur moi. Dites, serai-je autorisé à faire une déclaration à la presse ?

— Avec quoi avez-vous procédé à la mutilation ?

— Un canif.

— Décrivez-le, et dites-nous où le trouver.

— Un canif normal, rien de spécial.

— Décrivez-le.

— Ben, un peu genre couteau suisse, si vous voyez ce que je veux dire.

Godfine passa dans le bureau contigu et appela Cigliano.

— Dis-moi, vieux, tu maintiens ta description du canif qui a servi au dépeçage ?

— Évidemment. Pourquoi ?

— Parce que Dutillet me parle d'un couteau suisse. Or, ils ont un manche de plastique, et non de bois.

— Il ne s'agit pas d'un couteau suisse, Nathan. Je suis formel. Ton Dutillet se moque de toi.

— Je me demande pourquoi...

— Il veut peut-être faire durer cet état de grâce, à savoir être la vedette ?

— Dans ce cas, quel cinglé ! En tout état de cause, je ne vais pas relever pour l'instant. J'ai besoin d'un peu de recul.

— Comment se comporte-t-il ?

— Il est tout guilleret. On dirait qu'il a trouvé le rôle de sa vie !

— Tu sais, mon vieux, l'esprit humain a de ces méandres incroyables...

Godfine regagna son bureau, où Dutillet semblait être en visite.

— En fait, commissaire, maintenant que j'y repense, ce n'est pas mon couteau suisse que j'ai utilisé, mais une sorte de cutter dont je me servais dans ma jeunesse, lorsque je travaillais dans une usine de fabrique de jouets pour me faire de l'argent supplémentaire.

Le visage crispé de Caniel disait tout son dégoût pour l'homme, qu'il consentait à peine à regarder.

Godfine, surpris par cette dernière déclaration, décida une vérification immédiate. Il confia Dutillet à un Caniel de plus en plus écœuré et s'en fut sur sa moto jusque chez le célèbre luthier niçois Arthur Mallat, installé dans le Vieux Nice depuis trente ans. Il se fit reconnaître et lui demanda de lui consacrer quelques instants, ce que Mallat, curieux et désœuvré, accepta bien volontiers.

— Monsieur Mallat, j'ai besoin de quelques renseignements concernant les cordes de violon.

— Je suis à votre disposition. Je présume que cela regarde les meurtres des deux chanteurs de l'Opéra ?

Ces meurtres bouleversaient et effrayaient le milieu de la musique. Godfine soupçonna qu'il devait s'échafauder bien des théories dans la boutique du luthier.

— C'est exact. Et votre témoignage pourrait s'avérer très important. Que pouvez-vous me dire de la fabrication des cordes de violon ?

— Eh bien, ma foi... Elles portent des numéros, selon leur taille, qu'on mesure avec une filière. Mais pour ma part, je préfère nettement faire confiance au Palmer à friction. C'est un instrument de mesure parfait que possèdent la mécanique et la facture des pianos. J'ai donc de préférence recours à cet instrument de précision pour évaluer les épaisseurs des cordes de violon.

— C'est donc si important ?

— Ça l'est. Mais pas d'une manière figée. La grosseur des cordes dépend des artistes, de leurs goûts, de leur tempérament. D'une manière générale, les dimensions, que je vais vous donner en centièmes de millimètre, sont les suivantes. Sol : 85. Ré : 115. La : 80, et enfin le mi, qu'on a coutume d'appeler la chanterelle, 60. Cela est-il d'une aide quelconque pour vous, commissaire ?

— Certainement, monsieur Mallat, certainement. En quelle matière sont fabriquées ces cordes ?

— Elles avaient coutume d'être en boyau. Mais de nos jours, elles sont faites en acier filé. Sauf s'il s'agit d'interpréter de la musique baroque : la chanterelle, alors, reste confectionnée en boyau. Puis les cordes sont baignées dans de l'argent ou de l'or.

— Quelle est leur longueur ?

— On peut dire cinquante-trois centimètres.

— Je vous remercie, monsieur Mallat.

— Est-ce tout ? Ne voulez-vous pas connaître le système de montage des cordes ? C'est tout à fait passionnant, vous savez. Il faut être particulièrement attentif à leur hauteur sur le chevalet, qu'on règle avec une lime queue-de-rat, et...

— Pardonnez-moi, mais ce sera pour une autre fois. Ce que vous venez de m'apprendre aujourd'hui est de la plus extrême importance, et je dois d'urgence retourner au bureau.

De retour avenue Foch, Godfine téléphona à Cigliano :

— Tu ne peux plus vivre sans moi, dis donc !

— C'est ça ! Dis-moi un peu, l'arme du crime, tu en as mesuré l'épaisseur ?

— Pourquoi ?

— Parce que nos victimes ont été étranglées avec une corde de violon, j'en suis persuadé. Tout correspond : de l'acier filé, de l'or, c'est l'exacte description d'une corde de violon. J'ai besoin de leur mesure.

— Ne bouge pas... Voilà, Van Jong a été étranglé avec une corde de quatre-vingt-cinq centièmes de millimètre, et Jenny Lieberson avec une corde de soixante centièmes de millimètre.

— Banco ! Le sol et la chanterelle !

— Pardon ?

— Un violon possède quatre cordes, dont le sol et le mi, qu'on appelle la chanterelle. Dutillet s'est servi des cordes qui correspondent à ces deux notes. Peut-être a-t-il voulu prendre une corde plus épaisse pour le chanteur, et plus fine pour la femme ; question de résistance ?

— Plausible... Bravo, Nathan !

— Merci. Mais attends encore un peu pour les félicitations officielles. Cette histoire de couteau suisse me tracasse, bien qu'après mon appel Dutillet soit revenu là-dessus. Il faut que je creuse un peu cette histoire-là.

Godfine raccrocha, pensif.

Dutillet voulait signer ses aveux. Il semblait merveilleusement se porter dans les locaux de la PJ, qu'il ne voulait plus quitter.

Il attendait avec impatience que la presse parle de lui, de ses actes et de ses motifs, pour servir la cause qui lui était si chère.

Il était devenu un héros et voulait en jouir jusqu'à la dernière seconde de médiatisation, lui qui aurait pu obtenir des centaines d'articles dans les meilleurs journaux musicaux !

Vers 15 heures, Godfine reçut un appel de Cigliano, qui déplora :

— C'est bien vrai qu'on n'est jamais mieux servi que par soi-même ! Vu ton enthousiasme à réunir les copains, j'ai appelé Del Chiappo et Ravana. On se retrouve ce soir vers 8 heures. Où en es-tu ?

— Dutillet bouclé, Campozzani bouclé, Novicet fils bouclé, Franco libéré, encore éberlué et tremblant, Novicet père sur le chemin de la résignation. Pas mal en trois jours, non ?

— Ta mère avait raison, mon vieux Godfine. Tu es le champion des policiers ! À ce soir !

— À ce soir, si les griffes de Bella me laissent figure humaine !

Le soir arriva très vite. Un soir tranquille, chaleur vrillée d'une brise agréable, qui décida les trois hommes à s'asseoir à une terrasse. Odeurs délicieuses, couleurs vives et variées. Les trois amis avaient faim et optèrent pour une cuisine résolument niçoise.

— Alors, Nathan, ça fait quoi de se voir confirmé dans l'héroïsme ?

— Oh, ça va, les gars, j'ai fait mon boulot, c'est tout. D'ailleurs, sans Cigliano, ce n'était même pas possible.

— Quant à moi, sans les poils qui se battaient en duel sur les plaies, je passais également à côté : vive la science !

— J'espère que l'Opéra va retrouver sa nécessaire sérénité, déclara Baptiste.

— Qu'est-ce qu'on y donne actuellement ? s'informa Cigliano.

— Toujours *La Traviata*. Jusqu'à mardi prochain.

— Et ensuite ?

— Eh bien, Franco et Novicet ont pratiqué une brèche dans le cycle Verdi, en décidant de monter *L'Échelle de soie* de Rossini. C'est ce qu'on appelle en italien une *farsa comica*, un des opéras de jeunesse de Rossini, qui a commencé vers l'âge de treize ans, je vous le rappelle...

— Impressionnant ! Et pourquoi cet intermède de la part de la direction de l'Opéra ?

— Entre autres, pour utiliser davantage des voix magnifiques trop souvent cantonnées aux seconds rôles. À commencer par celle de Philippine Peeters, qui interprétera le rôle de Lucilla, la cousine de Giulia.

— C'est la jolie fille un peu ronde ? interrogea Godfine.

— Tout juste. Philippine Peeters est niçoise. Elle a obtenu une médaille d'or pour la beauté de son chant. Elle a déjà interprété les rôles les plus divers sur les scènes les plus différentes, jusqu'à ce rôle de Flora, dans *La Traviata*, qui l'a ramenée à l'opéra de Nice. Soliste permanente de l'Opéra, elle participe à toutes les productions niçoises ainsi qu'à d'innombrables concerts symphoniques, sous la direction de maîtres prestigieux. Franco a eu raison de penser à la mettre en valeur.

— À t'écouter parler, je finis par regretter d'avoir refusé les leçons de piano de ma grand-mère ! Peut-être ai-je loupé une carrière passionnante, et la vie dans un milieu captivant ! déclara Cigliano en souriant.

— Ça, je dois dire que c'est un monde plus attirant que le tien, de mon point de vue ! Mais il faut reconnaître que ce n'est pas à coups de contre ut qu'on résout les énigmes !

— Je connais un peu le livret de *L'Échelle de soie*, j'irais bien voir le spectacle. Qui sera le ténor ?

— Théo Cambiano jouera Dorvil, le mari de Giulia. Il est né dans le Maryland et a été finaliste de plusieurs concours, dont celui du Metropolitan Opera et celui de l'opéra de Baltimore. Il a été lauréat d'autres concours, mais l'amour l'a vissé à Nice. Depuis des années, il est amoureux fou de sa femme, une technicienne de cailloux.

— Une quoi ?

— Technicienne de cailloux. (Baptiste se mit à rire.) En fait, elle vendait des galets décorés, mais sans se contenter de les peindre. Elle réalisait de véritables œuvres d'art en les sculptant. Je vous laisse imaginer la difficulté du travail ! Devant le succès remporté, elle a ouvert une boutique à Juan-les-Pins, puis une galerie à Saint-Paul-de-Vence.

— Tu parles de la galerie Monica-Cambiano ?

— C'est ça. Monica est la femme de Théo. C'est elle qui persiste à vouloir se faire appeler technicienne de cailloux ! Ces deux-là vivent une passion solide depuis des années. Tout le monde les cite en exemple, et c'est pour elle que Théo a infléchi sa carrière. Mais sa voix reste exceptionnelle. Un velours aux qualités vocales fascinantes. Ce garçon possède trois octaves dans son gosier, ce qui n'est pas rien ! En outre, il a toujours parfaitement travaillé sa technique. Son chant est remarquable. Mais venez plutôt les écouter dans *L'Échelle de soie,* ce sera plus convaincant que tous mes discours !

– Ça, ce n'est pas une mauvaise idée. Nous amenons nos femmes, et nous passons une soirée loin des préoccupations habituelles...

– C'est OK pour moi, déclara Ravana.

Les quatre hommes continuèrent à déguster leurs assiettes tout en devisant, ou en regardant le défilé permanent de touristes sur la place Rossetti.

On entendait parler russe, anglais, italien, mais en bruit de fond dominait le français traînant du Niçois bien installé dans sa ville lumineuse.

20

PHILIPPINE PEETERS, assise sous les colonnades du Château, revivait jusqu'à la blessure sa dernière soirée avec Emmanuel Giko, le fringant informaticien auquel elle s'était fiancée quelques mois plus tôt, et qui venait de s'expatrier aux États-Unis pour un long stage d'une année.

La vue exceptionnelle qui s'offrait à elle en contrebas de la colline du Château ne suffisait pas à la consoler, et, alors même qu'elle tentait de réprimer une envie incoercible de sangloter, elle devait préserver sa voix pour cette chance qui lui était donnée d'interpréter prochainement le rôle de Lucilla.

Philippine et Emmanuel s'étaient rencontrés sous les frondaisons du Théâtre de Verdure, face à la mer, où un concert unique était donné en l'honneur de Giuseppe Filardini, chef d'orchestre prestigieux. Pour une fois, Philippine ne chantait pas. Elle était spectatrice, mais une spectatrice concentrée, envolée dans la musique ! Emmanuel l'avait admirée depuis le début du concert. Quelque chose d'enfantin et de fragile l'avait ému, lui avait donné envie de toucher cette peau blanche et douce à portée de sa main. Il s'était contenté de lui sourire, et elle lui avait répondu. Mais l'avait-elle seulement vu ?

Puis les jeunes gens avaient fait de Nice rose et ocre le cadre de leurs amours profondes, rythmées par les représentations à l'Opéra. Philippine remportait toujours un vif succès et la presse était unanime à son sujet. Mais elle continuait d'être la jeune fille réservée, discrète, qui consacrait son temps libre à son fiancé. Lequel avait depuis longtemps signé un contrat d'un an dans une grosse entreprise américaine, ce qui serait une ascension prodigieuse pour sa carrière.

Et voilà que ce soir, pour la Première de *L'Échelle de soie,* il ne serait pas là, dans la loge de droite, les yeux rivés sur elle comme pour lui transfuser une force et un allant dont elle ressentait les effets au plus profond de son âme. Philippine déambulait dans les allées du Château, le regard rivé sur les voiliers qui, là-bas, au large, décrivaient de gracieuses arabesques liquides. Elle allait rentrer chez elle, se reposer et donner sa pleine mesure ce soir, réservant son émotion pour l'interprétation de son rôle sur scène.

Elle descendit le flanc de la colline par les escaliers de pierre qui couraient tout le long et déboula rue de Foresta. Elle parcourut quelques centaines de mètres et arriva chez elle, dans cet immeuble à l'angle du boulevard Carnot qui offrait une vue fabuleuse sur le port de Nice et le Rocher de Rauba Capeu, sous le Château. Elle grimpa les quatre étages qui menaient à son deux-pièces fleuri et se précipita vers le répondeur, afin de savoir si Emmanuel avait déjà téléphoné. Mais avant qu'elle n'ait appuyé sur le bouton adéquat, le téléphone retentit.

— Allô, Philippine ? Je te dérange ?

— Tiens, c'est toi, Théo ? Mais non, pas du tout, je rentre de promenade.

— Tu as des nouvelles de ton Roméo ?

— Pas encore. À vrai dire, j'ai cru que c'était lui qui appelait.

— Désolé de te décevoir ! Tu es en forme pour ce soir ?

— Comme toi, je présume. J'ai un trac d'enfer !

— Ça ira, ne t'en fais pas. On va montrer de quoi on est capable ; on va se transcender !

— Tu as raison, la méthode Coué a du bon quelquefois. Je me demande pourquoi j'ai choisi ce métier ! J'aurais pu être tranquillement employée de mairie, ou vendeuse de cigarettes !

— Oui, mais là, tu aurais vendu la mort, alors que ce soir, tu vas donner le bonheur ! Écoute, je t'appelais pour obtenir confirmation de ta participation au voyage à Vérone, avec les autres chanteurs, pour écouter *Nabucco*. Tu en es toujours ?

— Tu penses bien que oui ! J'irais jusqu'à la planète Mars pour entendre chanter la Balmina ! Sans compter Touiliti !

— Donc, c'est d'accord. Je confirme ta présence. Nous partirons en bus la semaine prochaine, une fois les représentations achevées. À ce soir, ma beauté !

— À ce soir, Théo.

Théo Cambiano vocalisait avec entrain. Il venait d'apprendre qu'il allait être père, et cela surmultipliait ses forces et sa conviction de chanteur émérite. Émettant sur un lent tempo quelques enchaînements de « voix de tête », il montait par demi-tons, atteignant ainsi la limite courante de la voix de tête pour un homme. Les notes n'étaient pas que lancées ; elles s'ornaient de puissance, étaient bien soutenues, claires et rondes. Puis il chauffait sa « pleine voix », veillant à atteindre le mélange des registres qui l'amènerait facilement à l'aigu. Inflexible envers lui-même, il s'attachait à la douceur de l'attaque, à atteindre au plus près la justesse, sachant qu'un son est composé d'une fondamentale et d'harmoniques, ces dernières risquant de perturber leur propre fondamentale. On ne pouvait donc jamais être sûr de sa justesse. Pire, au cours de la même émission de son, le public pouvait entendre différemment, selon la place des uns et des autres dans la salle immense !

Théo Cambiano savait que sa voix était un cadeau du ciel. Il avait la force des certitudes qui manquait encore à Philippine Peeters, avec laquelle il était fort content de travailler. C'était une amie gentille, toujours très à l'écoute, et une compagne de travail persuadée de pouvoir encore et encore améliorer cette voix captivante qu'elle semblait produire sans effort particulier.

Mais, en chanteur professionnel, Théo savait parfaitement combien il fallait de sacrifices, de travail acharné, allant constamment de la voix à l'œuvre et de l'œuvre à la voix, pour espérer, un jour, se produire sur scène. Jamais à l'abri d'une erreur ou d'une faiblesse, les chanteurs travaillaient avec opiniâtreté et persévérance, étudiant un rôle sans cesse, y revenant, recommençant jour après jour. Et lorsque pour un court laps de temps ils ne s'entraînaient pas, ils couraient écouter les autres chanter !

Les cinq représentations de *L'Échelle de soie* furent un joli succès. L'ouverture brillante de l'œuvre de Rossini, intervenant au son inhabituel d'un fouet claquant à quatre reprises dès le début, retenait immédiatement l'attention du public. Des airs adorables prévus pour toutes les voix, des feux d'artifice vocaux, des ensembles mémorables donnaient à la pièce une intensité pittoresque. Le public avait chaque soir applaudi à tout rompre ces « fonctionnaires » de l'Opéra dont le talent et la maestria n'étaient plus à démontrer. Les habitués auraient aimé voir Philippine

Peeters et Théo Cambiano voler vers d'autres cieux musicaux, acquérir la gloire à laquelle ils pouvaient prétendre. Cela serait peut-être un jour le cas, car longue est la vie...

En attendant, la petite troupe préparait son voyage de deux jours à Vérone. Au téléphone, Emmanuel s'était réjoui pour Philippine, sachant combien elle admirait la cantatrice internationale, la Balmina, qui chanterait ce soir-là. Il était rassuré de savoir sa fiancée en compagnie de Théo et de Monica, sans doute ses meilleurs amis à Nice.

L'autobus vint chercher toute la petite troupe devant l'Opéra, un mercredi matin dès 8 heures. C'était un confortable Pullman qu'on avait pour l'occasion équipé d'une chaîne stéréo de qualité, de sorte que les sept heures de voyage devinrent sept heures de concert, proposant des œuvres variées et nombreuses, qui alternèrent les solos de violon, piano ou flûte, comme dans le brillant *Concerto en ré majeur pour flûte et orchestre* de Mozart. Les artistes de l'Opéra fredonnaient, bavardaient, se réjouissaient du formidable spectacle qui les attendait et pour lequel les réservations avaient été passées un an à l'avance. Dans un coin du bus, on pouvait parfois voir certains chanteurs pratiquer leurs exercices de respiration, afin de ne pas laisser passer un seul jour sans travail de la voix.

Après avoir longé la Méditerranée jusqu'à Gênes, le bus s'enfonça dans les terres, passant à proximité de Crémone, où tout le monde aurait voulu s'arrêter pour visiter le musée de Stradivarius, ainsi que sa maison. Mais c'est d'une traite que le chauffeur les mena à destination, les déposant à l'entrée de Vérone, au *Leon d'Oro,* un bel hôtel de grand luxe à l'accueil impeccable. Chacun se rendit dans sa chambre pour se reposer et se rafraîchir. Une demi-heure plus tard, Théo vint frapper à la porte de Philippine :

— Tu es bien installée ?

— C'est superbe, j'ai une vue magnifique sur les fontaines et leurs jeux d'eau.

— Veux-tu nous accompagner ? Nous allons visiter le tombeau de Juliette.

— Volontiers ! J'enfile mes sandales et j'arrive.

Sur le chemin, Théo imposa de marcher lentement pour ne pas fatiguer Monica.

— Tu sais, mon chéri, marcher d'un bon pas n'a jamais fait avorter ! Ça se saurait !

Philippine riait. Le trajet jusqu'au tombeau ne présentait aucun intérêt. On était en dehors de la vieille ville et ça se voyait : blocs d'immeubles modernes, rues à angles droits, pas de commerces... Mais la maison qui abritait le tombeau de Juliette était splendide. Des fresques de Véronèse offraient leurs couleurs à peine ternies, des mosaïques des siècles passés proposaient des scènes d'amour vivantes. Les pièces étaient vastes et fraîches. Monica pensait à ses créations et aurait voulu tout photographier pour pouvoir plus tard nourrir son inspiration.

Mis en jambes par cette visite, ils décidèrent de pénétrer dans la vieille ville de Vérone et de la parcourir aussi complètement que possible, compte tenu du peu de temps dont ils disposaient encore avant l'heure du rendez-vous pour se rendre aux Arènes. Cheminant le long de l'Adige, ils parvinrent au Castelvecchio, symbole de la Vérone des Scaligeri, et continuèrent jusqu'à la Piazza delle Erbe, superbe témoignage de la Vérone romaine. Les époques se succédaient, mêlaient leurs frontières et leurs architectures sous le regard réjoui des touristes de quelques heures. Les trois amis auraient souhaité s'installer sur une terrasse de la Piazza Bra, face aux Arènes, pour se rafraîchir avant de rentrer, mais le temps avait passé très vite. Il fallait retourner à l'hôtel.

Complètement exténués par trois heures de marche et de piétinement devant ces demeures et ces bâtiments splendides, les trois amis atteignirent avec soulagement le *Leon d'Oro*. Chacun commença de se préparer en vue de la soirée. Philippine revêtit une robe de lamé argent et des sandales en lamé également, Monica enfila un pantalon de soirée et un corsage noirs rebrodés de paillettes irisées, et Théo osa le smoking, avec un plaisir particulièrement prononcé à l'idée de n'être que spectateur, et pour une fois pas partie prenante du stress et de l'angoisse.

À 19h30, tout le groupe, élégant et décontracté, se retrouva dans la salle à manger de l'hôtel, pour un cocktail suivi d'un repas rapidement avalé, car nul n'aurait voulu arriver en retard aux Arènes, où la représentation de *Nabucco* commencerait à 21heures précises. Il n'y avait jamais de retard à un spectacle d'opéra ; ils le savaient bien, eux.

Les Arènes étaient magnifiques, et l'organisation du spectacle semblait rodée de longue date. Tout le monde était rapidement mené à sa place, en plus avec un sourire. Il faisait encore jour et cela permettait de regarder s'installer peu à peu les quinze mille personnes qui allaient jouir du spectacle de ce soir. Les gradins se remplissaient. Ici comme à Nice, les smokings côtoyaient les jeans, les robes longues et les décolletés plongeants voisinaient avec les robes de plage et les baskets. Mais on sentait quand même chez la majorité une volonté de « se faire beau » pour l'occasion, une envie de mettre cette soirée entre d'heureuses parenthèses. La foule continuait d'arriver. Philippine pensa aux artistes, derrière la scène immense, qui devaient ressentir un trac qu'elle connaissait intimement, et qu'ils essayaient sans doute de conjurer par toutes sortes de rituels plus ou moins superstitieux. La Balmina était connue pour être d'une exigence implacable avec elle-même. Elle n'hésitait pas à faire annuler un spectacle, quoi qu'il en coûtât, si elle ne se sentait pas au meilleur de sa forme. Quant à Jacob Touiliti, il ouvrait le chemin vers les anges par la beauté de son chant et la puissance de sa voix. Cette soirée promettait d'être sublime.

Philippine et Théo, comme leurs camarades assis à proximité, connaissaient par cœur le livret de *Nabucco*. Ils pouvaient prédire sans se tromper qu'au moment du chant des esclaves par le chœur en son entier, la foule, certainement enthousiasmée, bisserait le morceau. Il arrivait alors que, sans attendre la fin du spectacle, le maestro fasse reprendre le passage, pour le plus grand plaisir des spectateurs. Qu'en serait-il ce soir ?

Les Italiens étaient des fous d'Opéra, qui exprimaient leur enthousiasme avec autant d'énergie que lors d'un concert de rock. On pouvait s'attendre à de bruyantes manifestations de leur part. Ce n'était pas le cas des Français, fort nombreux ce soir si l'on en jugeait d'après les quelque deux cent cinquante autobus garés à proximité. Les Arènes continuaient de se remplir, et déjà les vendeurs de boissons et les loueurs de coussins destinés à rendre les gradins plus confortables commençaient à circuler parmi le public. Ces milliers de personnes étaient toutes unies par la même hâte, le même bonheur anticipé à écouter de grands artistes donner le meilleur d'eux-mêmes dans un cadre exceptionnel.

Encore un quart d'heure avant le début de la représentation. La scène, impressionnante, était immensément vide, et tous les regards commençaient à converger vers elle, dans l'imminence du spectacle. Dans la fosse, les musiciens accordaient leurs instruments tout en bavardant. Ils avaient encore le temps avant que le premier violon leur donne la note.

Malgré l'absence cuisante d'Emmanuel, Philippine se sentait heureuse, en pleine harmonie avec elle-même. La musique et le chant lui étaient aussi indispensables que l'air qu'elle respirait. Elle se sentait comme justifiée dans son existence lorsqu'elle chantait ou qu'elle écoutait une voix exceptionnelle. Des deux ou trois heures à venir, elle attendait le bonheur, tout simplement, et elle savait qu'il serait au rendez-vous.

Il restait cinq minutes. En habituée, elle remarqua qu'on ne faisait pas au micro l'annonce habituelle concernant les téléphones portables à éteindre pendant le spectacle. On ne demanda pas davantage au public de ne pas prendre de photographies. C'était surprenant.

Les Arènes bruissaient de milliers de conversations, d'appels, de rires, et pourtant, un frisson, une attente vaporeuse survolaient les gradins. Enfin, il fut 21 heures, et la foule entière se tendit vers la scène. Mais rien ne vint. Les lumières ne baissèrent pas. On vit cependant circuler des machinistes dans le décor représentant le Temple de Jérusalem, et force fut de constater que les professionnels n'étaient pas prêts ! Se pouvait-il que la Balmina fasse un incroyable caprice, alors que des milliers de personnes attendaient avec passion de l'entendre chanter ? De mémoire de jeune chanteuse, Philippine n'avait jamais vu ça. Comme les quinze mille autres spectateurs présents, elle en fut contrariée, elle qui savait pourtant combien tout est gageure dans le fait d'être prêt à temps, chaque fois, et pour chaque spectacle. Théo la regarda en souriant :

— Ça doit chauffer là derrière !

— Et comment ! Pourquoi ce retard, à ton avis ?

— Va savoir... Le maestro qui n'est pas encore prêt, les costumes qui se sont déchirés, les accessoires volatilisés... En tout cas, pas un évanouissement de la Balmina, car c'est un vieux cheval de bataille ; idem pour Touiliti. Il ne nous reste plus qu'à attendre.

Mais tous n'étaient pas aussi compréhensifs. Une véritable ola de feria espagnole se dressa sans qu'on sache vraiment d'où elle était partie, puis une grande partie du public se mit à applaudir en trépignant pour faire venir les chanteurs, tout en interpellant on ne savait trop qui. Pourtant, à 21 h 30, le spectacle n'avait toujours pas commencé. Et la scène restait mystérieusement vide.

Sofia Balmina était née à Rome, dans une famille de petits artisans amoureux du *bel canto*. Son père, Rosario, malaxait les boules de pâte dans sa boulangerie en fredonnant, d'une voix à la justesse remarquable, « L'amour est un oiseau rebelle », de Bizet, ou « J'ai perdu mon Eurydice », de Glück. La jeune Sofia reprenait avec lui certaines phrases musicales, et de la boulangerie s'exhalaient de délicieux parfums ponctués de musique et de chant. Très vite, elle fut remarquée et commença, fort jeune, à chanter à Rome.

Puis, l'illustrissime maestro Pietro Vallodi lui fit passer une audition à la Scala de Milan, et ce fut le début d'une carrière flamboyante. Ses tournées triomphales en Europe, en Amérique du Sud, à New York et en Asie en firent une diva divine, à la voix incandescente, douée d'un tempérament d'absolue tragédienne. Dans un monde où les rivalités peuvent être cruelles, elle avait su, par ses aptitudes et sa grande disponibilité, s'offrir le soutien inconditionnel de grands artistes éblouis par son talent. Aucune scène au monde ne lui était inconnue. Ayant incarné les personnages lyriques les plus célèbres, elle donnait en outre de nombreux récitals où le public se pressait, fasciné par la force dramatique qu'elle savait merveilleusement insuffler à la musique, même lorsque celle-ci était privée de son contexte théâtral.

Sofia était une belle femme rousse, les cheveux attachés en chignon voluptueux, souvent vêtue de vert sous toutes ses nuances, en dépit de la mauvaise réputation de cette couleur dans le milieu des artistes. Grande et bien en chair, elle offrait un visage harmonieux, aux traits réguliers, à la mâchoire inférieure volontaire et bien dessinée. Sa bouche pulpeuse parlait peu mais souriait beaucoup. Son regard gris lancéolé de lumière sondait le ciel lorsqu'elle chantait, et s'harmonisait d'amitié pendant les répétitions. C'est avec elle-même que Sofia Balmina était la plus sévère. Elle ne se satisfaisait jamais des vocalises aventureuses qui commençaient son travail quotidien. Elle voulait la perfection : de la ligne, de l'intonation, de tout.

Après avoir interprété à Salzbourg le rôle dramatiquement fascinant et vocalement flamboyant de Giulia dans *La Vestale* de Spontini, Sofia Balmina était venue directement à Vérone répéter *Nabucco*. Sa vie n'était remplie que d'avions privés, de palaces somptueux et de scènes faisant face à des publics enthousiastes, parfois jusqu'au délire. Installée depuis deux semaines à Vérone, elle avait fait venir sa sœur et sa mère, qui la quittaient rarement. Sofia n'était pas mariée. Pas le temps. Si un homme lui plaisait, elle se comportait en homme, séduisant, consommant, se retirant dans son indépendance. Un grand amour malheureux avec un brillant chef d'orchestre l'avait guérie des attentes sentimentales. Au lieu de pleurer, elle chanterait. Elle l'avait fait admirablement, confondante de charme, fascinante de virtuosité.

Sofia aimait Vérone et se promenait sous les frondaisons de la vieille ville en pantalon et tee-shirt, escortée d'amis dont elle ne manquait jamais. Entrée dans la cité ancienne par la Porta Nueva, elle longeait les rues commerçantes pour s'en aller flâner dans la cour du Vieux Marché ou sous le balcon de Juliette, dont le sein droit de la statue de bronze brillait comme de l'or à force d'avoir été caressé par des millions de mains. Actuellement, la vie privée de Sofia était d'un calme placide. Seuls comptaient la musique et le chant. Il était 10 heures du matin lorsqu'elle était partie pour sa promenade quotidienne, tout entière concentrée sur la représentation du soir. Elle se sentait prête et pourtant inquiète. Pourvu que tout se passe bien, devant ces quinze mille personnes venues parfois de très loin pour l'écouter chanter ! Elle avait ensuite déjeuné à l'hôtel avec sa sœur et sa mère, puis s'était longuement reposée dans sa chambre. La tension montait. Elle verrait Jacob Touiliti un peu plus tard et savait déjà qu'il afficherait une sérénité qu'elle lui envierait, même si ce n'était qu'un paravent dissimulant un trac incommensurable.

Sofia chanta mentalement quelques passages de son rôle, puis se laissa aller à voix haute, impeccable, délicate, sémillante ou tragique, et dans l'hôtel un silence admiratif s'installa à tous les étages. La cantatrice n'aimait pas traîner dans sa loge d'artiste. Elle arrivait toujours au dernier moment, tendue vers son entrée en scène, happée par sa volonté de résister au trac, qui était aussi intense qu'à ses lointains débuts. Elle préférait éviter tous ceux qui bouillaient d'énervement et d'anxiété jusqu'à répandre dans les couloirs une atmosphère inextricable de fièvre, de contrariétés de dernier moment, de poussées d'angoisse. Elle choisissait donc toujours de s'attarder à l'hôtel, de faire comme si c'était un jour ordinaire et qu'elle s'apprêtait à se rendre à son travail, ce qui, somme toute, était vrai.

De temps en temps, un garçon d'étage frappait et lui déposait des fleurs, des fruits confits, des messages d'encouragement. Sofia, une écharpe de soie autour du cou, lui souriait et échangeait quelques mots avec lui, l'esprit tendu dans la volonté que « tout soit normal », ce soir comme tous les autres soirs. La seule différence était que sa sœur et sa mère, comme pour chaque spectacle, se trouvaient déjà aux Arènes, veillant aux costumes et à tout ce qui composait le rituel de la Balmina avant d'entrer en scène, car, une fois arrivée, elle ne voudrait absolument plus voir personne pendant quelques minutes.

Un quart d'heure avant de partir, elle entendit frapper. Elle était assise, le regard concentré sur les jeux d'eau des fontaines, l'esprit en paix. Elle alla ouvrir, eut un mouvement d'étonnement, et sourit à son visiteur.

— Quelle surprise ! Ne m'aviez-vous pas dit que vous seriez aux Caraïbes cette semaine ?

— Doutiez-vous de ma fidélité ? Je reviendrais même de la lune pour vous, chère Sofia ! Je voulais vous offrir ces chocolats moi-même et vous accompagner aux Arènes, si vous le voulez bien ?

— Merci ! De tout cœur, merci ! Mais la production m'a envoyé un chauffeur. Il doit déjà m'attendre, d'ailleurs.

Elle ne le faisait pas entrer. Il fallait pourtant qu'il pénètre dans la chambre.

— J'imagine donc que vous alliez partir ?

— À l'instant.

— Je ne voulais pas vous importuner en un pareil moment, mais j'aurais souhaité vous montrer quelque chose qui vous ravira, et j'espère vous galvanisera pendant le spectacle, bien que vous n'ayez pas besoin de cela pour être sublime ! Je n'en ai que pour une minute ou deux.

— Entrez, je vous en prie. Le chauffeur attendra deux minutes de plus.

Elle s'effaça et il se dirigea vers une petite table de merisier sculpté, sur laquelle il posa son porte-documents. Il lui tournait le dos, et cherchait quelque chose qu'il finit par trouver. Il se retourna et lui tendit l'objet sans rien dire.

La Balmina comprit immédiatement. Le milieu de la musique était depuis une huitaine de jours totalement bouleversé par ces événements terrifiants qui privaient le monde lyrique de ses meilleures voix. Dire qu'elle avait éclaté de rire lorsque sa mère lui avait suggéré d'engager un garde du corps !

— Ça se passe à Nice, *Mamma*, ça n'a rien à voir avec moi, avait-elle rétorqué pour la rassurer.

— Et si c'était le hasard, que ça se passe à Nice ? Et si c'était les plus grands artistes que ce fou veut supprimer ?

— *Ma ché !* Tu te fais bien du souci pour rien !

Et voilà qu'il était face à elle, ce tueur fou ! Et dire que c'était lui ! En une fraction de seconde, des dizaines d'informations vinrent se télescoper dans son cerveau et elle ne retint qu'une chose : il fallait qu'elle sorte d'ici, tout de suite !

Lui ne se précipitait pas, comme si tout était joué d'avance.

Elle remarqua son sourire, tout de gentillesse, comme à l'accoutumée. « Je deviens folle ! » Elle n'était pas l'une des meilleures chanteuses au monde pour rien. Elle allait pousser le plus pharamineux cri d'alerte qui soit, et on monterait à toute allure vérifier ce qui se passait ! Mais elle n'eut pas le temps de crier, ni même de se jeter contre la porte. Il avait une force peu commune, et déjà il enroulait la corde autour de son cou, serrant par brèves saccades mortelles.

Il avait ouvert la porte sans bruit et s'en était allé tranquillement, croisant le chauffeur qui montait chercher la diva, inquiet de l'heure avancée. L'homme ne fit pas attention à lui ; il devait emmener sa cliente à l'heure, quinze mille personnes l'attendaient ! Le chauffeur frappa à plusieurs reprises à la porte, puis se décida à l'entrouvrir. Ce qu'il vit le fit douter de sa raison. C'était impossible, ça ne devait pas être ! Depuis deux semaines il était devenu la personne la plus proche de la cantatrice, mis à part sa mère et sa sœur. Il était là tout le temps, l'emmenant en promenade, aux répétitions, accomplissant avec plaisir les courses qu'elle lui demandait, car elle avait le respect d'autrui et le traitait d'égal à égal. En tant que chauffeur de luxe, il savait de quel mépris insultant pouvaient être capables ses clients, aussi s'était-il attaché à la Balmina pour sa délicatesse et le plaisir de sa conversation lorsqu'ils roulaient ensemble dans la limousine. Et maintenant elle gisait sur le sol, le regard figé sur l'éternité, du sang sur son corsage, qui avait été déboutonné et seulement rabattu sur sa poitrine. Elle semblait tenir un enfant minuscule contre elle, une poupée étrange tout de satin vêtue, un capuchon marron glacé lui retombant sur le visage en masquant l'un de ses yeux étonnés.

Le chauffeur regardait la scène, tétanisé.

21

VOILÀ.

Cette fille a un ange dans la gorge, une mécanique enchantée et rarissime. Mais malgré son succès international, je considère qu'elle n'avait encore jamais vraiment rencontré personne qui la mette en valeur.

Jusqu'à ce que j'arrive.

Comme elle meurt bien ! C'est la perfection qui s'exprime en ce moment privilégié.

Sa voix séraphique sera connue dans l'éternité des éternités.

Grâce à moi.

22

DANS LES ARÈNES, le public agité ne supportait plus cette attente exacerbée. De toute évidence, quelque chose d'anormal se passait sans qu'on juge utile d'en informer les spectateurs.

Philippine et Théo comprenaient que ce devait être sérieux. Jamais on ne différait le début d'un opéra. C'était une règle absolue. Même en cas d'impossibilité soudaine à assurer son rôle, un chanteur était immédiatement remplacé, et le spectacle avait lieu. Il y avait ici quinze mille personnes qui rugissaient et réclamaient à juste titre une explication. Philippine se mit à craindre des débordements incontrôlés. Malgré un service d'ordre apparemment très au point, il était évident que rien ne pourrait arrêter l'excitation d'une multitude en délire. Elle glissa des regards inquiets vers la sortie la plus proche, évaluant le temps qu'il lui faudrait pour l'atteindre et se soustraire ainsi à la cohue.

Théo pensait de même, se préoccupant de faire quitter les Arènes à Monica sans danger pour le bébé. Quelle que soit la raison de ce retard inhabituel, il imaginait sans peine l'agitation angoissée qui devait régner derrière le décor immense et vide. Sans doute s'acharnait-on à trouver une solution à un problème gravissime. Mais il devenait urgent de calmer la surexcitation de la foule.

Soudain, un homme apparut, l'air accablé, car il avait choisi de dire la vérité. Tout le monde se tut d'un seul coup, ce qui rendit le silence quasiment palpable. Le régisseur fit son annonce en trois langues, dans une totale stupéfaction.

— Mesdames, messieurs, la représentation de ce soir est annulée. J'ai le triste devoir de vous informer que Mme Sofia Balmina vient d'être trouvée sans vie à son hôtel. Nous sommes absolument bouleversés. Le remboursement des billets s'effectuera durant les trois jours à venir. Nous vous serions reconnaissants de bien vouloir quitter les Arènes sans désordre et sans bousculades, d'abord par respect pour la grande Sofia Balmina, ensuite pour éviter les accidents. Merci.

Une clameur immense s'éleva dans les Arènes. On ne voulait pas y croire. La Balmina avait donné de multiples interviews et, aujourd'hui encore, tout le monde avait pu la voir sur les écrans, l'écouter à la radio parler du spectacle de ce soir. Philippine se tourna vers Théo, bouleversée.

— Tu crois que... ?

— J'en suis certain ! Assassinée, comme Isaac Van Jong, comme Jenny Lieberson. Que veux-tu que ce soit d'autre ?

— Quelle horreur ! Regarde les gens, on croirait un mécanisme sur le point d'exploser ! Je ne comprends pas qu'ils aient annulé le spectacle ; pourquoi n'avoir pas fait chanter sa doublure ?

— Je ne sais pas. Il faut que nous filions d'ici avant d'être coincés dans la foule pendant des heures. Venez, on rentre à l'hôtel.

Déjà, la cohue devenait indescriptible. On parlait trop fort, on cherchait un responsable, pour de plus amples renseignements ou pour se faire immédiatement rembourser, car beaucoup repartaient le lendemain matin dans leurs autobus garés à proximité. On fumait malgré l'interdiction formelle, on criait, on s'interpellait... Certains pleuraient aussi, discrètement...

La police et les équipes scientifiques envahirent l'hôtel en un temps record. La stupéfaction était à son comble. Alertées, la mère et la sœur de Sofia Balmina sanglotaient dans une chambre contiguë, incapables pour le moment de répondre aux questions des enquêteurs, et d'ailleurs totalement ignorantes de ce qui avait pu se passer.

Partout où elle allait, Sofia déclenchait l'amour, l'admiration, l'amitié. Qui ? Qui avait pu concevoir l'idée monstrueuse de la tuer ? Et pourquoi ? On n'avait rien volé dans la pièce, et le moindre objet était à sa place. On n'avait rien déplacé, rien fouillé. De toute évidence, le meurtrier avait d'autres mobiles que le vol.

Le chef de la police et son équipe procédaient aux premiers interrogatoires. Le personnel de l'hôtel n'avait rien remarqué, rien entendu. Il faut dire qu'il y avait eu un tel chambardement, avec les journalistes, les livreurs de bouquets, les photographes qui s'étaient installés un peu partout dans l'attente de la diva... Le chauffeur avait croisé une ombre en montant, dont il ne pouvait dire grand-chose...

Andréi Carballa, le chef de la police, connaissait son métier. C'était un petit homme tout rond, au visage expressif et au verbe haut, conscient de sa valeur, autoritaire et nerveux. Il écoutait le médecin légiste énumérer ses premières constatations : la victime avait été étranglée avec un fil de nylon ou une corde fine, c'était à vérifier. Mais ça ne s'arrêtait pas là. On avait ensuite littéralement dépecé son torse, découpant la peau d'une épaule à l'autre, puis le long du corps sur une soixantaine de centimètres. On avait également dépiauté les seins qui tombaient maintenant en lambeaux, horrible spectacle laissant supposer qu'un fou dangereux s'était acharné sur la cantatrice. Ce « travail » morbide avait été pratiqué quelques secondes après la mort de la diva.

— Je n'avais encore jamais vu une chose pareille ! constata le légiste.

— Est-ce que ça vous donne une idée de l'assassin ?

— Comment le saurais-je ? Un fétichiste, un dément, un tueur en série en tout cas.

Car nul n'ignorait ici que le monde lyrique venait de subir deux pertes immenses, et que la mort de Sofia Balmina s'ajoutait à ce drame.

Trois meurtres. Cela avait-il un rapport avec les quatre doigts coupés de la poupée trouvée contre le corps de la chanteuse ? Dans ce cas, pourquoi un doigt de plus ?

Carballa savait qu'Interpol allait se mêler de l'affaire, mais, en vieux briscard, il avait décidé de joindre son homologue niçois afin d'aller plus vite dans la compréhension du problème. Il arrivait en fin de carrière et n'avait pas envie de terminer sur un échec à cause de lenteurs administratives. Dans la police, un réseau de relations permettait souvent d'agir plus vite qu'en empruntant les voies officielles. Or, Carballa connaissait Godfine depuis de nombreuses années. Ils avaient parfois été en stage ensemble dans le cadre de la lutte contre la criminalité. Ils avaient aussi collaboré cinq ans auparavant, lorsque le meurtrier d'un médecin niçois, assassiné dans sa villa, avait été retrouvé et appréhendé à Gênes, où travaillait alors Carballa. L'enquête et l'arrestation avaient été rondement menées, la collaboration sans heurt avait permis de ficeler le tout en deux jours. Carballa avait apprécié la rapidité de compréhension de Godfine, sa capacité à analyser une situation donnée et à trouver les parades adéquates en un temps record.

Dès que les constatations médicales sur place et les premiers interrogatoires eurent cessé, ainsi que les prélèvements destinés au laboratoire de police scientifique, Carballa fit enlever le corps et fonça téléphoner à Nice. Certes, à l'heure qu'il était, il ne trouverait sans doute pas le commissaire dans son bureau, mais il insisterait et finirait bien par l'avoir au bout du fil. Il fallait faire vite, très vite. La panique parmi les artistes était tangible. Jacob Touiliti, à l'annonce de la mort de la diva, avait refusé de monter sur scène et de chanter avec sa remplaçante, craignant d'être assassiné en plein spectacle. Il avait été soutenu en cela par toute la troupe, terrorisée. Il fallait donc agir très rapidement pour juguler l'effroi qui commençait à se répandre.

Déjà, un coup de téléphone officiel venait de rappeler à Carballa, comme s'il avait pu l'oublier, que Vérone vivait principalement du tourisme, et que l'interruption d'un tel spectacle était une catastrophe pour l'image de la ville. On comptait fermement sur lui pour démasquer l'assassin. Il savait ce que cela voulait dire.

Après quelques pérégrinations téléphoniques, Carballa et Godfine furent mis en contact. Nathan était chez lui, une tasse de café brûlant à la main, et sur la chaîne un CD de la Balmina chantant avec Murielle Delan, la grande chanteuse de variétés à la voix pure qui caracolait en tête des hit-parade. Contrairement à d'autres artistes lyriques, la Balmina n'avait pas dédaigné ce que le milieu appelait les *cross-over*, ces mélanges de genres qui réunissaient les passions de la musique sous l'unique bannière du talent.

Et voici qu'au moment même où Godfine l'écoutait chanter, Carballa lui annonçait la mort de la Balmina, dont la voix continuait de transcender la nuit !

Tout recommençait. On revenait au point zéro de l'enquête, et Dutillet, toujours dégoulinant de haine, allait être innocenté !

Godfine bouillait de comprendre, rageant d'avoir été doublement dupé ; d'abord par l'assassin qui devait bien rire à l'heure qu'il était, ensuite par ce cinglé de Dutillet, heureux d'endosser deux assassinats !

Carballa lui avait exposé la situation dans tous ses détails. Les deux hommes étaient pareillement impatients de commencer leur collaboration, mais il fallait que Godfine demande officiellement à être missionné à Vérone auprès de la direction de la police judiciaire.

— Ça devrait être rapide, mais, quoi qu'il en soit, je vais partir demain matin. Je laisserai mon adjoint se dépatouiller de la paperasse, et je pourrai être là en tout début d'après-midi. Ça t'irait ?

— Tu ne crains pas des complications avec ta hiérarchie ?

— Tu plaisantes ? Une affaire médiatique comme celle-ci ! Ils ont hâte qu'on retrouve ce cinglé. Les journalistes de tous horizons campent chez nous, et tu vas y avoir droit dans très peu de temps.

— C'est déjà fait : ils arrivent de partout, c'est une vraie nuée !

— Donc, officiellement ou officieusement, j'arrive demain ?

— C'est OK pour moi.

Godfine ne pouvait pas faire le trajet en moto, car il aurait déjà dû la donner à réviser depuis trois mois. Ne voulant ni ébruiter son déplacement en utilisant une voiture du service ni passer des heures dans un train avec correspondance, il décida d'emprunter la Golf de Baptiste, comme il le faisait parfois en cas de nécessité. Del Chiappo ne s'en servait pas beaucoup, le journal mettant un véhicule à sa disposition lorsqu'il en avait besoin.

Nathan appela son ami : le répondeur était branché. Il décida de rappeler un peu plus tard. Il s'empara de son vieux cahier fatigué pour y ajouter les éléments que Carballa venait de lui fournir et reprendre sa réflexion.

Ainsi, une poupée, que Carballa lui avait décrite comme en tous points semblables aux précédentes, avait été trouvée à demi recouverte par le corps de la diva. Quatre de ses doigts avaient été tranchés. Cela ne faisait plus aucun doute. On avait affaire à un tueur qui avait annoncé quinze ans auparavant le nombre de meurtres qu'il avait l'intention de commettre ! Car Bertini faisait partie du plan de cet énergumène éminemment dangereux, c'était certain.

Godfine inscrivit sur son vieux cahier les quatre noms des victimes : Jean Bertini, Isaac Van Jong, Jenny Lieberson, Sofia Balmina.

Si Van Jong et Lieberson avaient eu leur judéité en commun, ainsi que le fait de se produire à Nice, quoi d'autre avait pu unir ces quatre personnes, qui ne s'étaient pas forcément toutes connues, si ce n'est de réputation ?

En dépit de l'heure tardive, Godfine appela son vieil ami et précieux conseiller, Cigliano. Ce dernier avait toujours aimé participer aux enquêtes, être tenu informé de l'avancée des recherches, et avait souvent un avis pertinent à donner. Au fil des années, Godfine avait pris l'habitude d'en discuter avec lui, et s'en était parfois fort bien trouvé.

— Allô, Raoul ?

— Nathan ? Que se passe-t-il ?

— Il y a que je me suis fait avoir comme un imbécile ! J'ai cru aux aveux de Dutillet, malgré un ou deux détails qui m'ont chiffonné, une ou deux réponses trop vagues, et voilà que la Balmina vient d'être assassinée dans les mêmes circonstances !

— Quoi ? La Balmina ? Encore ! Avec le découpage, la poupée, etc. ?

— Exactement. Je viens d'avoir le chef de la police de Vérone au téléphone. Même façon de procéder, même mise en scène, même poupée. Donc la culpabilité de Dutillet est caduque. Ce type est un cinglé qui a dû voir dans cette situation un moyen d'obtenir la gloire, ou de jouer les martyrs d'une cause, va savoir. Les experts en psychiatrie vont se régaler avec cette ordure... En réalité, notre meurtrier n'est pas un paumé. C'est au contraire quelqu'un qu'on pourrait qualifier de structuré, et en tout cas de très intelligent.

— Qu'est-ce qui te fait dire ça ?

— Entre autres, les cheveux de Dutillet sur les plaies. L'assassin nous a égarés avec de fausses preuves. C'est très finement joué. Il devait connaître les secrets de Dutillet et l'a choisi à dessein. Ce n'était sans doute pas difficile pour lui de passer derrière le violoniste dans une loge, ou même aux lavabos, pour recueillir quelques cheveux et les déposer ensuite sur la victime. Il nous a eus, le salopard ! Pour tous les criminels, les recherches d'ADN sont un véritable cauchemar. Lui, il les a utilisées à son profit ! À ton avis, Raoul, qu'est-ce qui était commun aux quatre victimes ?

— Quatre ?

— J'inclus Jean Bertini.

— Ah, je vois... Eh bien, je ne sais pas du tout. En fait, je ne vois qu'une chose, c'est leur notoriété.

— Tout juste ! C'est aussi ma conclusion. Et si j'en crois tous les spécialistes, cette notoriété n'était pas usurpée. Ils étaient tous excellents dans leur domaine. De gros travailleurs, des voix exceptionnelles, un don du ciel hautement travaillé. Et pour Bertini, un talent rarissime.

— Alors, pourquoi les tuer ? Un jaloux ?

— Je ne crois pas. Trop de cibles... Mon instinct me dit qu'il y a autre chose. Si les terribles découpes sur les corps des trois chanteurs avaient été le fait d'un jaloux, on aurait pu imaginer qu'il sectionne leurs cordes vocales, non ? On n'en est pas à une horreur ni à une absurdité près !

— Il est vrai que Bertini, le seul des quatre à ne pas chanter, n'a pas été découpé, mais tailladé à la n'importe comment, comme... pour s'entraîner pour une prochaine fois.

— Soit la bande de peau n'a pas été prélevée du fait que Bertini ne chantait pas, soit c'était le premier crime, le prototype en quelque sorte, et le meurtrier a affiné sa technique par la suite. Mais s'il y a relation immédiate entre la qualité du chant et les meurtres, alors pourquoi Bertini ?

— Tu ne crois pas qu'il serait bon de faire appel à un profiler ? Ce serait fait depuis longtemps, chez les Américains !

— On va voir... Je pars demain pour Vérone. On décidera là-bas. Carballa semble soucieux d'agir très vite, c'est une chance.

— Alors bon courage, mon vieux, et n'hésite pas à m'appeler en cas de besoin. Je serais curieux de connaître les conclusions de mon homologue italien.

Godfine rappela Baptiste, mais le journaliste n'était pas rentré. Nathan laissa un message : « Appelle-moi quand tu rentres ; je voudrais savoir si tu peux me prêter ta Golf demain ? Merci, vieux. »

Puis il s'installa dans un fauteuil de cuir, face à la fenêtre qui s'ouvrait sur la colline du Château, et remit en marche sa chaîne stéréo. La voix de la Balmina était magnifique. Il avait vu la chanteuse sur scène à Nice quelques années plus tôt, et n'avait pas oublié sa brillante présence, son charisme remarquable. Le public lui avait fait une *standing ovation* d'une demi-heure, l'acclamant sans interruption.

La chanteuse n'avait cessé de saluer de bonne grâce en désignant le reste de la troupe, appelant à ses côtés le chef d'orchestre, le metteur en scène, tous ceux qui avaient travaillé avec d'elle. Tout comme Isaac Van Jong et Jenny Lieberson, Sofia Balmina aurait eu encore des années de succès et de triomphes à vivre, et autant de plaisir et de bonheur à offrir à son public. Or quelqu'un, quelque part, avait décidé que cela devait cesser. Pourquoi ? Et surtout, qui ?

À Nice, le directeur de l'Opéra, le régisseur, le metteur en scène, les musiciens, tous avaient été interrogés et mis hors de cause. Leurs vies avaient été fouillées, décortiquées, sondées. On en avait quelquefois appris de drôles, comme avec Dutillet, et l'enquête avait permis l'arrestation d'un proxénète meurtrier, d'un activiste raciste, de bandits sans scrupules, ainsi que la découverte d'un réseau mafieux dont on était en train de s'occuper énergiquement. Mais pour ce qui était de l'assassin recherché, il courait toujours, impuni.

Godfine ne décolérait pas. La place de ce tueur était en prison, et la mission du commissaire était de l'y envoyer le plus vite possible.

Il faisait grand jour lorsqu'à 6 heures, le lendemain matin, la radio se mit en marche pour réveiller Godfine. À travers la fenêtre ouverte parvenaient des fragrances marines qui réjouirent l'odorat du commissaire. Il étira son long corps souple et bronzé, fit quelques mouvements de rotation avec ses bras, détendant ses muscles tout en réfléchissant à l'organisation de la journée. D'abord, la voiture de Baptiste. Nathan avala un café avant de filer sous la douche. Après être longtemps resté debout sous ce ruissellement tonique, il se sécha, se rasa et enfila sa tenue habituelle : jean grège et chemise blanche largement ouverte sur le cou. Puis, il enfourcha sa Transalp et fila chez Baptiste, qui devait dormir à poings fermés après une nuit de débauche discrète !

Del Chiappo habitait un trois-pièces coquet rue Guy-de-Maupassant, dans le quartier Chambrun. Godfine dut sonner longtemps avant qu'une voix embroussaillée vienne s'enquérir de ce qu'il voulait.

— Ouvre, mon vieux, c'est moi, Nathan.

— Putain, t'es ouf ! Il n'est même pas 7 heures !

— Allez, grouille ! Ouvre cette porte !

Godfine piaffait d'impatience à l'idée des quatre cent cinquante kilomètres à parcourir jusqu'à Vérone. Enfin, la porte s'ouvrit et Nathan pénétra dans le salon. Del Chiappo débarrassa un fauteuil recouvert de journaux amoncelés, poussa des vêtements jetés pêle-mêle sur le divan, ramassa un enregistreur, un sac de toile grise boursouflé et un ordinateur portable qui gisaient au milieu du tapis pour les déposer dans la pièce voisine. Nathan posa une fesse sur le bras du fauteuil :

— Quelle tête ! T'as fait la fête, hier ?

— Tout juste ! Rien ne t'échappe, commissaire.

— Avec Odette ?

— Ça va... J'ai tout simplement rencontré un sacré beau brin de fille au Club de la Presse hier, une « émigrée » parisienne qui a bien besoin qu'on la cornaque dans les méandres journalistiques niçois. On a fait suivre les explications de travaux pratiques animés. C'est l'opportunité, rien à voir avec Odette.

— Bon, je suis pressé. Je t'emprunte la voiture et je file à Vérone.

— Vérone, tu m'en diras tant ! Et avec quelle Juliette ?

— Lis les journaux ce matin, tu verras que Juliette est morte une deuxième fois là-bas.

— Qu'est-ce que tu racontes ?

— Je me suis planté avec Dutillet. Il y a eu un meurtre aux Arènes de Vérone, hier soir.

— Hein ? Qui ?

— La Balmina.

— Nom de Dieu ! On commence à nager en pleine épouvante ! Tu y piges quelque chose, toi ?

— Pour l'instant, pas grand-chose...

— Ce type après lequel tu cours n'aime que les grosses pointures, apparemment. Il dégomme les meilleurs !

— C'est vrai. C'est même la seule chose dont je sois certain. Mais je n'ai aucune idée de la motivation du meurtrier, et ça m'emmerde grave.

— La jalousie ? Des stars internationales, des artistes grandioses qu'on ne peut qu'admirer, aduler...

— Oui. Oui et non. Ça me paraît trop simple. Je ne comprends pas son obsession.

— Tu lis trop de polars américains. Si tu connaissais ce milieu, tu saurais que la haine peut être farouche, d'un raté à une étoile ! Tu devrais peut-être chercher parmi les frustrés, les recalés de la gloire, ceux qui ont approché la frange parfaite, mais n'ont pu y trouver une place. Il y en a, tu sais, et je pourrais même t'aider en t'en indiquant certains. Je ne suis pas délateur, mais j'ai les glandes qu'on supprime ce que le monde lyrique compte de plus parfait dans ses rangs. Je voudrais faire quelque chose pour que ça s'arrête, il y en a marre ! À quand le cinquième meurtre, si tu ne boucles pas le tueur ? La psychose va polluer le milieu, des spectacles vont être annulés. Bref, l'angoisse et la pagaille !

— Tu as raison, et je fais de mon mieux. Bon, il faut vraiment que j'y aille.

— Voilà les clés de la Golf.

— Merci, mec, *ciao !*

— *Ciao*, fais gaffe à toi et à ma bagnole, les Italiens conduisent comme des malades !

Godfine dévala l'escalier de l'immeuble, gara sa moto à la place de la voiture et s'aperçut en refermant le garage qu'une fois de plus, l'aile arrière de la Golf était légèrement enfoncée, ce qui arrivait au moins trois fois l'an. De plus, il avait oublié de prendre les papiers du véhicule. Il sonna chez Baptiste.

— Quoi encore ?

— Ben mon vieux, quelle amabilité ! Mets-moi les papiers de la bagnole dans l'ascenseur. Et à propos, ta voiture est bugnée à l'arrière.

— Encore ce connard de voisin ! Il se croit seul sur le parking avec son 4x4 de malade ! Je ne le supporte plus, ce mec ! Quand il arrive, il klaxonne pour avertir sa nana, on croirait une alerte aux abris !

— Ben dis donc, t'es monté sur pile ce matin ! Calme-toi, ce n'est pas un si gros problème.

— Qui parle de gros problème ? On assassine tous les artistes que j'admire et qui, accessoirement, me font bouffer, j'ai des voisins insupportables, des collègues qui ont peur d'être assassinés à leur tour parce qu'ils bossent dans le *bel canto*, les impôts qui m'envoient un rappel de je ne sais quoi à régler, avec majoration en sus, et, par-dessus le marché, tu me réveilles à l'aube ! Des problèmes, moi ? Non, non, tout va très bien, je t'assure !

— Bon, du calme, mon vieux. En rentrant, je ferai réparer ta bagnole par le garagiste de chez nous, comme d'hab. Tu vois, t'as même pas besoin de me le demander. C'est ça, les vrais potes. Allez, va te recoucher !

Godfine rejoignit l'autoroute en direction de l'Italie et roula sans arrêt de Nice à Vérone. Un sentiment d'urgence l'habitait, qu'il convenait de ne pas négliger. Tout en conduisant, le commissaire faisait le vide dans son esprit. Écartés, Campozzani le pourri, Novicet et sa clique d'exploiteurs, Dutillet et ses skinheads. Il fallait laisser le champ libre à sa réflexion, car la vérité concernant les meurtres flottait à portée d'idée, à une toute petite encablure de sa lucidité.

Quelque chose avait commencé de le tracasser, qu'il n'arrivait pas à définir. Quelque chose qui le mènerait à la solution.

Le plus étrange était qu'il se réjouirait de la fin de cette histoire avant tout parce qu'elle lui permettrait de revoir Serena. Il arriverait avec le prétexte de l'éclairer sur le meurtre de Van Jong. Et revoir Serena, il en avait vraiment envie. Il savait qu'elle résidait chez Alexia Madratini en attendant que Francesco Franco, trop heureux de s'être tiré d'un fichu guêpier, fasse jouer ses relations pour lui obtenir une carte de séjour et un petit emploi dans un journal culturel tenu par l'un de ses amis. Si ça n'aboutissait pas, Godfine s'était promis de demander à Del Chiappo de faire un effort pour embaucher Serena à *Opera News*.

En attendant, Nathan continuait d'être titillé par une sorte de gêne, comme la prescience d'un indice qui affleurait sa conscience sans pouvoir percer. C'était agaçant et stimulant. Il revenait constamment sur les événements de cette dernière semaine, se répétant sans cesse : « Le tueur a forcément baissé sa garde à un moment. Je dois retrouver cet instant-là. Peut-être avec Carballa. C'est un as, ce flic. »

À 13 heures, le commissaire se trouva face à Andréi Carballa, son homologue italien. Les deux hommes se saluèrent avec toute l'estime qu'ils éprouvaient l'un pour l'autre, puis Carballa entra tout de suite dans le vif du sujet :

— La Balmina a été retrouvée morte dans sa chambre d'hôtel par son chauffeur, qui s'inquiétait de la voir tarder à descendre pour se rendre aux Arènes. En passant, je te laisse imaginer la panique que ça a déclenché là-bas : une révolution ! Les responsables des Arènes n'avaient jamais eu à faire face à une telle agitation. Quinze mille personnes incrédules à évacuer sans incidents, quinze mille personnes qui voulaient la Balmina, mais qui seraient tout de même restées pour écouter sa remplaçante, puisqu'après tout les billets étaient achetés. Cependant, Touiliti et les autres ont refusé tout net de monter sur scène, et il a fallu annuler la représentation. Une révolution, je te dis !

— Qu'a constaté le légiste ?

— Comme je te l'ai rapidement expliqué hier soir au téléphone, la cantatrice est morte étranglée par une corde fine. Ce matin, le légiste a pu compléter en déclarant que c'était une corde d'acier filé recouverte d'or.

— Pas de doute, il s'agit d'une corde de violon. Ils ont tous les trois été étranglés à l'aide d'une corde de violon.

— Et comme je te l'ai aussi rapporté, on lui a découpé le torse sur une longueur…

— Oui, je sais. As-tu eu l'idée de demander l'épaisseur de la corde qui l'a tuée ?

— Ma foi non, mais le légiste l'indiquera sûrement dans son rapport. Quelle importance cela a-t-il ?

— Je n'en sais fichtrement rien, mais ça doit en avoir une. Tu ne voudrais pas l'appeler ?

Pendant que Carballa conversait au téléphone dans un italien chantant et rapide, Godfine réfléchissait. Si son observation était juste, l'assassin exécutait ses victimes avec des cordes de violon, en prenant soin de ne jamais utiliser la même. La corde du sol pour Van Jong, celle du mi pour Jenny Lieberson. Il était prêt à parier que la corde qui avait servi à tuer la Balmina serait un ré ou un la – plus vraisemblablement le la, corde plus fine.

Carballa n'en finissait pas. Il semblait énervé au plus haut degré, mais Godfine savait que c'était sa façon de parler. Enfin, il raccrocha et se tourna vers le commissaire :

— Franchement, je me demande où on va, avec l'administration ! C'est tout juste si on ne me demandait pas de rédiger une requête en trois exemplaires pour obtenir l'information !

— Tu l'as eue ?

— Oui. Sofia Balmina a été étranglée avec une corde de quatre-vingts centièmes de millimètre d'épaisseur.

— Le la ! J'en étais sûr !

— Qu'est-ce que tu racontes ?

— Le la est l'une des quatre notes représentées par les cordes de violon. Pour une raison complètement hermétique, ce type utilise à chaque fois une note différente. Sol, mi, la ont été utilisées. Reste le ré.

— Je ne te savais pas si versé en musique, commissaire. Donc, avec en plus l'indication des quatre doigts coupés de la poupée qui gisait contre la Balmina, on peut prévoir avec certitude qu'il a encore l'intention de tuer au moins une fois ?

— C'est ça. Et vraisemblablement de tuer un homme, puisqu'il nous reste une note plus grave. Avec l'aide d'un spécialiste du chant lyrique, on pourrait même connaître le nom de la victime à l'avance, puisqu'il ne tue que les meilleurs d'entre les stars.

— Il vaudrait mieux qu'on mette la main sur lui avant. C'est tout de même davantage notre mission que de spéculer sur la prochaine victime.

— Encore qu'il faudra le faire, car ça nous permettra de la protéger. Écoute, si l'on compare ces trois crimes, le premier point commun, le seul évident, c'est la notoriété des victimes. Connues internationalement, célébrées pour leur immense talent, encensées par leurs pairs et par le public, rien dans la vie d'aucune d'entre elles ne laissait penser qu'un meurtre pouvait mettre fin à leur gloire. Leurs vies sont étalées à la vue de tous, pas de zones d'ombre, rien qui puisse alerter notre attention. Pourtant, quelqu'un les a tuées. Ce qui me paraît urgent, c'est de dresser la liste de tous ceux qui étaient connus simultanément des trois chanteurs, pour éliminer, ou accréditer, la thèse d'un familier.

— Tu imagines le travail? Ils connaissaient forcément les mêmes gens: directeurs de théâtre, metteurs en scène, chefs d'orchestre, musiciens, machinistes, maquilleurs, que sais-je encore!

— On va chercher, mon vieux. On dressera les emplois du temps, on vérifiera. Quelque chose finira bien par nous alerter. En attendant, je voudrais bien aller faire un tour à l'hôtel où ça s'est passé.

— Pourquoi?

— Franchement, je ne sais pas trop. Tu sais, finalement je n'ai guère d'imagination, voir les lieux m'aidera à mieux fixer ma réflexion.

— On y va.

Les deux hommes restèrent silencieux jusqu'au *Piazzali*. Godfine ne cessait d'éprouver cette sensation agaçante d'une alerte bien réelle, d'une indication troublante qu'il n'avait pas identifiée.

Flambant neuf, le *Piazzali* méritait son titre de palace. Repeint et redécoré année après année, il donnait l'impression d'avoir été préparé de fond en comble pour chaque arrivant, accueilli comme un prince. Les couloirs moquettés de bordeaux et les murs crème reposaient le regard, les ascenseurs silencieux voyageaient sans à-coups dans un va-et-vient feutré, les portes d'acajou ouvraient sur des chambres somptueuses au décor raffiné.

La suite de Sofia Balmina était rangée et silencieuse comme une tombe. Godfine traversa le salon, regarda par la fenêtre, revint examiner la pièce où était morte la cantatrice. Il imagina la scène du meurtre. De quel sang-froid saisissant l'assassin avait-il fait preuve pour oser découper ce rectangle de peau sur la poitrine encore chaude et immobile de la chanteuse assassinée ? Quel but poursuivait-il, qui lui faisait prendre de tels risques ? S'agissait-il d'un dément qui se croyait invulnérable ? En quoi consistait sa logique obsessionnelle ? Que cherchait ce voleur de peaux ?

23

J'AI RÉUSSI.
C'est normal.
Je ne pouvais échouer.

Mon violon magnifique est enfin terminé. Il luit dans l'ombre de la chambre que j'ai transformée en atelier depuis toutes ces années.

L'instrument au bois chaud et velouté attend enfin de vibrer, de chanter, et de transporter les foules de reconnaissance éperdue pour le talent féerique du musicien éblouissant.

Il ne lui manque plus que les cordes, sur lesquelles je veille comme sur la prunelle de mes yeux. J'ai presque fini ma quête de la beauté absolue. Bientôt les cordes seront montées, et l'archet en bois de Pernambouc fera naître des notes idéales, puissantes et émouvantes.

Le monde sera bouleversé par tant de splendeur, par la magnificence des sons joués sur un violon irréprochable. Et moi, l'artiste somptueux, l'interprète remarquable, le violoniste unique, je marquerai à jamais mon époque, et toute l'éternité qui suivra, dans l'harmonie de la perfection.

24

GODFINE ET CARBALLA quittèrent le palace, absorbés par leurs pensées respectives.

Au bout de l'allée abondamment fleurie et parfaitement entretenue qui menait à la route s'ouvrait un portail de fer forgé gris acier accroché à deux piliers en pierres taillées blanches. Sur le poteau de droite, des salissures noires, fraîches et marquées, semblaient incongrues, compte tenu de la netteté du reste.

— Si j'étais un client, remarqua Carballa, je ne me priverais pas de le faire remarquer à la direction. Ce serait bien le moins, vu les prix astronomiques pratiqués par l'établissement.

De retour en ville, les deux hommes s'arrêtèrent au bar qui jouxtait la *questura*[1] pour se désaltérer d'une bière bien fraîche.

— Alors, cette visite t'a aidé à comprendre quelque chose ?

— Elle ne fait que confirmer ce que nous savons depuis le début. Le type est un roublard de première, un mec qui prépare tout ce qu'il fait dans le moindre détail et n'agit que lorsque tout est mis en scène par lui d'une manière infaillible. Et toi, qu'en penses-tu ?

---

1. Questura *: commissariat de police, en Italie.*

— Je vais te dire ce qui me travaille, Nathan. Les deux premiers meurtres ont eu lieu chez toi, à Nice. Pourquoi là précisément ?

— Selon moi, parce que deux chanteurs célébrissimes s'y produisaient en même temps. C'était plus pratique.

— Ou plus dangereux. Mais ça pourrait être une explication suffisante. Cependant, quelques jours auparavant, Van Jong chantait à Montpellier et la Lieberson à Paris. Alors pourquoi Nice ?

— Quelle est ton idée ?

— Écoute, Nathan, si ce salaud était de ta région ? Ça permettrait d'ailleurs d'alléger un peu les recherches entreprises sur les intimes des chanteurs !

— Alors je te rétorquerais : pourquoi Vérone ? C'est aussi loin de Nice que Montpellier. À ce propos, as-tu vérifié où devait chanter la Balmina après Vérone ?

— Oui, elle partait dans dix jours pour Jérusalem.

— Ben la voilà, ta réponse. Jérusalem, c'était trop loin pour l'assassiner. D'autant que le service d'ordre israélien est l'un des meilleurs du monde. On a sûrement moins de facilité à assassiner les vedettes, là-bas.

— Je maintiens que ce type doit être de ta région. Je ne sais pas pourquoi, mais je le sens ainsi.

— Tu peux très bien voir juste, Andréi. Ce n'est pas à négliger, avec le peu d'indications que nous possédons. Mais ça peut être aussi quelqu'un de Paris, qui s'est déplacé avec Van Jong et qui a fait d'une pierre deux coups... Il faudra encore vérifier cela. Bon, on a fait le tour de ce qui s'est passé ici. Je te remercie de m'avoir tout montré, tout expliqué. Maintenant, je vais rentrer travailler.

— Et qu'est-ce que tu proposes ?

— Je te suggère de dresser ces fameuses listes de personnes connues des trois victimes, puis nous les comparerons et les recouperons jusqu'à ce que nous trouvions une piste. Il ne faut rien négliger : habilleuses, maquilleurs, et même les groupies, s'il y en a dans ce milieu. Mais je reste persuadé que la vérité est camouflée au creux d'un groupe d'une dizaine de personnes, pas plus. En fait, les deux listes concernant Van Jong et la Lieberson sont déjà établies, je vais te les faxer demain. À toi de dresser celle qui concerne la Balmina.

— Ce sera fait très vite. Je vais interroger encore une fois sa mère et sa sœur, ainsi que tous ceux qui travaillent aux spectacles des Arènes. Tu auras ça très rapidement, je mets mon équipe là-dessus dès aujourd'hui.

Carballa et Godfine continuèrent à examiner à haute voix certaines éventualités, puis ils se quittèrent sur la promesse formelle de mettre en commun le résultat de leurs recherches afin d'empêcher le meurtre annoncé de se produire. Ils étaient tombés d'accord dans un premier temps pour voir en l'illustrissime ténor Jacob Touiliti une future quatrième victime plus que probable, et Carballa avait donné des ordres très stricts pour une surveillance aussi discrète que rapprochée. Le ténor ne ferait pas un pas, ne passerait pas un coup de fil, ne recevrait pas une visite sans qu'immédiatement Carballa en soit informé, de nuit comme de jour. Les deux policiers se serrèrent la main et Godfine grimpa dans la Golf.

Roulant plus lentement qu'à l'aller, Godfine repassait dans sa tête ce qu'il avait appris du meurtre de la Balmina, qui correspondait en tous points au déroulement des deux meurtres précédents. Il revint sur l'assassinat lointain du professeur Jean Bertini, et se souvint que les découpes sur son corps avaient été beaucoup plus maladroites, comme si le meurtrier avait voulu s'exercer pour des projets ultérieurs. Les doigts coupés des poupées parlaient d'eux-mêmes.

Fenêtres ouvertes, Godfine respirait à pleins poumons l'air de la campagne italienne, avec, blottie dans un coin de son cerveau, la certitude qu'il avait déjà reçu un indice quelque part, sans pouvoir déterminer quand, quoi, où, ni comment !

Longeant la région des lacs, Godfine se souvint d'un voyage d'amoureux qu'il avait fait en Suisse italienne, au début de sa liaison avec Bella. Ils avaient loué une chambre dans un hôtel de Stresa et avaient rayonné dans la région, enchantés des paysages romantiques particulièrement fleuris en ce printemps mémorable. Un bateau les avait emmenés aux îles Borromées, immense jardin enchanteur où Godfine n'avait cessé de photographier sa belle Espagnole.

La vie semblait alors tracée de succès en succès. Bella avait soutenu une thèse remarquée devant un jury admiratif, et Nathan venait de faire coffrer le comptable qui avait assassiné son fils à coups de ceinture griffée.

Les amoureux s'étaient promenés d'Orta à Lugano, de Côme à Varèse, uniquement préoccupés d'eux-mêmes, chassant, dans un sursaut salutaire, tout ce qui aurait pu assombrir leur séjour.

Et voilà qu'à nouveau Nathan roulait sur ces routes italiennes encombrées, mais seul et tracassé cette fois. Devant lui, deux voitures faisaient la course, jouant à un rodéo dangereux, aux règles mal définies. De coups de freins intempestifs en accélérations périlleuses, les chauffeurs grignotaient quelques mètres l'un sur l'autre, dans des hurlements de pneus révoltés. Puis ils se frôlaient à l'extrême, faisant fi des coups de klaxon rageurs dont les abreuvaient les autres conducteurs.

Au loin apparurent les toits de Crémone, qui semblaient groupés autour du Torrazzo, ce campanile qui avait vu naître et prospérer des dynasties de célèbres luthiers dont le plus fameux, Stradivarius, continuait d'enchanter les musiciens et tous les passionnés de musique. L'évocation de ces familles de luthiers, les Amati, les Guarneri, les Malpighi, les Stradivari, focalisa les pensées de Godfine sur le meurtrier qui achevait ses victimes en tirant de toutes ses forces sur une corde de violon passée autour de leur cou. Il avait prévu quatre meurtres, dont trois déjà accomplis, avec quatre cordes différentes représentant les quatre notes du violon. Que devait comprendre Godfine ?

Il ne put pousser plus avant sa réflexion, les deux voitures devant lui s'effleurant de si près que les tôles se touchèrent dans un bruit de métal déchiré. Un enjoliveur s'en alla rouler sur le bas-côté.

Et c'est à cet instant précis, à quelques kilomètres de Crémone, capitale du violon, dans le fracas d'un accrochage imbécile entre une BMW rouge et une Alfa Roméo noire, que Nathan sentit une brèche coupante entrebâiller son inconscient pour révéler à sa mémoire ce qu'il avait enregistré précédemment.

C'était trop énorme, c'était fou et à hurler !

Pourtant, à n'en pas douter, il y avait là quelque chose de monstrueux qui se dévoilait à lui pour fracasser ses certitudes et anéantir sa confiance.

Sous le choc, il s'arrêta au bord de la route, sonné, regardant disparaître les voitures en furie. L'aile arrière de l'Alfa, comme un énorme cafard noir, n'allait pas tarder à se décrocher de la carcasse et s'en aller rouler sur la chaussée poussiéreuse. Nathan n'osait pas penser plus loin. Il avait envie de fermer les yeux et de laisser aller le monde sans lui. Mais il lui fallait pousser le raisonnement plus loin encore, aligner les signes qu'il n'avait pas su voir et qui se révélaient maintenant dans leur crudité blessante.

Quand il fut certain que son raisonnement était exact, il saisit son téléphone mobile et passa un coup de fil à Caniel.

Godfine arriva chez lui vers 23 heures, l'esprit en ébullition. Pour l'instant, il ne pouvait rien faire d'autre que prendre du repos, la loi lui interdisant toute intervention avant 6 heures du matin. Mais le sommeil ne trouvait aucun recoin où se lover dans son esprit survolté. Dix fois il s'allongea dans son grand lit, dix fois il se releva, furieux contre lui-même, le regard rivé au réveil électronique qui teintait l'obscurité d'une lueur rouge sang. Les hypothèses qu'il échafaudait au fur et à mesure qu'approchait l'aube s'enveloppaient d'incrédulité. Peut-être était-il en train de se tromper grossièrement ? Peut-être fallait-il laisser l'initiative à Carballa, excellent policier blanchi sous le harnais, qui saurait faire feu de tout bois ? Les murs de sa chambre commençaient à prendre la teinte crémeuse d'un petit matin méditerranéen. Les yeux au plafond, Nathan se sentait écrabouillé de fatigue. Il s'endormit sans s'en apercevoir, à l'heure qui lui aurait permis de coffrer l'assassin.

Deux heures plus tard, il sursauta et se dressa d'un bond dans son lit défait. 8 heures ! La journée allait être lourde, il fallait qu'il file sans tarder.

En bas, les antiquaires avaient commencé à décharger leurs camions. La voisine de palier faisait griller du pain, dont l'odeur envahissait tout l'étage. Dans la courette, l'étudiant du troisième sortait sa mobylette du garage. La vie s'installait pour une nouvelle journée de printemps, indifférente aux préoccupations de Godfine. Ce dernier quitta son appartement un quart d'heure plus tard en direction du parc Chambrun. Il allait récupérer sa moto avant de plonger dans une journée difficile.

Le chemin lui parut interminable. Rien ne retint son attention, ni le marché coloré qui finissait d'installer ses parasols sur les trottoirs de la place de la Libération, ni les jeunes filles en rollers qui sillonnaient le centre-ville pour apporter leur aide aux touristes. Enfin, il se gara au bas de l'immeuble de Del Chiappo et sonna, sans un regard pour le jardin fleuri qui entourait le bâtiment.

Le journaliste reçut son ami avec un grand sourire :

— Salut, champion, comment va ?

— Pas trop mal. Je te rapporte ta voiture, le plein est fait.

— Je te reconnais bien là. J'avais fait retendre les freins, je les trouvais un peu mous. Tu n'as rien senti ?

— Pas du tout, elle a parfaitement bien fonctionné. Elle ronronnait même comme un animal qui reconnaît le chemin qu'on lui fait prendre.

— Ah bon ?

— Oui, et c'était peut-être le cas ?

— Je ne comprends pas.

— J'ai même retrouvé le pilier sur lequel tu as laissé un peu de ta peinture noire. Pas de chance !

— Mais qu'est-ce que tu racontes ?

— Arrête, Baptiste, c'est déjà assez pénible comme ça, alors n'en rajoute pas. Sois bon perdant.

— Tu es fou, ou c'est moi ?

— Où étais-tu avant-hier soir ?

— Avant-hier soir ? Attends... Mais je te l'ai déjà raconté ! Je suis resté presque toute la nuit avec une petite stagiaire journaliste, rencontrée au Club de la Presse. On ne va pas passer le réveillon là-dessus !

— J'ai appelé Caniel, qui s'est renseigné. Le Club de la Presse était fermé avant-hier soir et, après enquête, il s'avère qu'aucune stagiaire parisienne n'est actuellement en poste à Nice. Tu aurais dû être plus prévoyant, Baptiste, dans l'élaboration de ton alibi.

— Mais enfin, Nathan, tu perds complètement la raison ! La fille m'a peut-être raconté des craques, je m'en fous complètement !

— Pourquoi as-tu fait ça, Baptiste ? Pourquoi as-tu supprimé ces gens ?

— Au secours, tu débloques ! (Baptiste rit en s'asseyant confortablement sur le sofa.) Tu dois être exténué : tu veux un café ?

— Arrête, Baptiste, arrête...

— Écoute, Nathan, je veux bien être ton meilleur pote, mais pas au point de porter le chapeau pour ta gloire, quand même !

— Ne dis pas n'importe quoi. Je crois que j'aurais préféré ne jamais trouver le coupable plutôt que d'en arriver là.

— Tu sais, mon vieux, tu vas être complètement ridicule si tu persistes dans tes élucubrations. Tu ne crois quand même pas qu'un jury censé, ou même un juge, te suivra sur une aile froissée !

Le regard de Godfine balayait le salon sans trouver ce qu'il cherchait. Puis il se souvint qu'hier, Baptiste avait remisé l'objet dans la pièce voisine. Il se dirigea donc lentement vers la chambre de Del Chiappo, dont la porte était entrouverte, et l'aperçut aussitôt.

Godfine se baissa vivement et ramassa le sac de toile grise gonflé qu'il avait remarqué la veille sur le tapis du salon en arrivant à l'improviste, et duquel de curieux petits boutons foncés s'étaient échappés lorsque Baptiste l'avait écarté.

— Qu'y a-t-il là-dedans, Baptiste ?

— Qu'est-ce que ça peut te foutre ? Qu'est-ce que tu fais ? Tu n'as aucun droit de fouiller comme ça, laisse ce sac tranquille !

— Mon vieux, depuis que je suis passé hier chez toi, quelque chose me tracassait, sans que je puisse saisir vraiment quoi, ni pourquoi. En fait, je n'aurais même pas pu affirmer que c'était en rapport avec toi. Mais après t'avoir quitté, une impression d'urgence, un malaise profond ne m'ont plus lâché. Et puis j'ai compris, en voyant deux voitures rouler devant moi comme si elles se disputaient la piste des Vingt-quatre heures du Mans. L'une d'elles était noire, comme ta Golf. Et je me suis soudain souvenu des deux grosses traces récentes de peinture noire sur le pilier du portail de l'hôtel *Piazzali,* qui m'avaient semblé incongrues tant l'hôtel et ses environs sont parfaitement entretenus. Tu sais comme moi combien les Italiens peuvent faire dans le grandiose, lorsqu'ils s'y mettent, et le *Piazzali* en est une preuve évidente. En te tirant de là-bas le plus vite possible – car le chauffeur allait trouver Sofia Balmina assassinée –, tu as mal calculé ton coup et tu as accroché ton aile arrière au poteau. Ce dont je suis sûr, c'est que, dans ta précipitation, tu ne t'en es pas aperçu, sinon tu aurais trouvé un prétexte pour ne pas me prêter la voiture.

— Tu déraille complètement, Nathan ! Encore une fois, c'est avec cette malheureuse observation, fausse au demeurant, que tu comptes me coffrer ?

— Pas seulement. En observant ces deux automobilistes, j'ai vu l'une des voitures perdre son enjoliveur, qui s'en est allé rouler à toute allure dans l'herbe. Et ce mouvement en a éveillé un autre dans mon esprit, celui de boutons marron qui ont roulé hier sur ta moquette quand tu as pris ton sac, et qui doivent encore se trouver sous ton divan, pendant que je te parle.

Godfine ouvrit le petit sac et le renversa.

Une famille de poupées aux vêtements brillants de soie rouge et or, coiffées d'un capuchon marron glacé, se répandit sur la table du salon. Quelques capuchons arrachés et des boutons décousus suivirent.

— J'étais certain que ce sac contenait ces fameuses poupées qu'on vend dans tous les restaurants, et dont tu as dû faire provision. Peut-être même as-tu déjà scié les doigts de la prochaine, celle que tu destinais à Touiliti ? Tu étais tellement sûr de toi que tu n'as même pas fait disparaître ce sac !

Les deux hommes se regardèrent sans rien dire, par-delà les débris d'une amitié profonde. Le commissaire semblait à bout de patience, et Del Chiappo restait immobile, figé dans sa colère contre lui-même. Cul par-dessus tête, les poupées indifférentes taisaient leur secret meurtrier.

— Tu régresses, Nathan. D'après toi, on va donc me juger et me condamner non seulement pour des traces de peinture à cinq cents kilomètres de chez moi, mais encore pour des boutons qui roulent sur ma moquette et des poupées qu'on trouve à tire-larigot dans tous les restaurants de la région ? Ou du moins qu'on trouvait, jusqu'à ce que le grand, l'illustre commissaire Godfine, invincible et perspicace, démantèle le réseau fournisseur. Qu'est-ce que tu crois qu'ils vont vendre, maintenant, les pauvres sourds-muets ? Des briquets lumineux, des plants de cannabis déguisés en basilic ?

— Et toi, qui voulais-tu encore assassiner ? Touiliti, quelqu'un d'autre ? Et pourquoi, Baptiste, bon Dieu, pourquoi ?

— Arrête, Nathan, tu me fous la trouille avec tes divagations. Et puis, tu n'as pas le droit de venir m'emmerder comme ça chez moi !

— Mais si, justement, j'ai le droit d'être ici. Caniel est derrière cette porte avec un mandat. Tu devrais te montrer plus coopératif.

Pendant quelques secondes, un silence tendu, destructeur et violent, écrasa à nouveau les deux hommes comme une coulée de boue implacable.

Godfine alla ouvrir la porte et fit entrer Caniel, entouré de deux autres lieutenants.

— Emmenez-le.

— Tu n'as pas le droit, Nathan !

— Emmenez-le, répéta le commissaire d'une voix basse et fatiguée.

— N'approchez pas ! Ne me touchez pas !

Le regard de Del Chiappo vira au noir.

Soudain, comme touché par la foudre, il bondit dans un terrible élan désarticulé et saisit une statuette de bronze dont il menaça les policiers. Il l'envoya ensuite fracasser le mur. Puis, avec un rugissement effrayant, il balaya d'un revers de main la table encombrée de documents, journaux et lettres. Il saisit une coupe de fruits en faïence sur la desserte et la projeta sur l'ordinateur, faisant exploser l'écran en milliers de larmes acérées.

D'abord figés, les quatre hommes se regardèrent et, dans un accord muet, s'approchèrent de Del Chiappo en arc de cercle.

Le journaliste semblait ne pas les voir. Le cœur battant, le front en sueur, les mains tremblantes, il avait totalement perdu la maîtrise de lui-même et sombrait dans une épouvantable crise de panique, d'une acuité rare.

Son regard noir, qui paraissait traverser la matière, devint soudain vague, hébété, ce qui ne fit qu'accroître sa dangerosité. Il cassait tout ce qui se trouvait à portée de sa main, s'entaillant les paumes, ravageant son appartement, rugissant comme pour une mise à mort.

Enfin, les deux lieutenants parvinrent à se saisir de lui, après s'être adressé silencieusement des signes explicites qui leur permirent, par d'imperceptibles avancées, de le maîtriser.

Le bruit des menottes fut lourd au cœur de Nathan.

Ils forcèrent Del Chiappo à s'asseoir, pendant que Caniel et Godfine parcouraient l'appartement.

Au bord de la nausée, Godfine se souvenait des soirées entre copains qu'ils avaient parfois passées ici même, des délires, des rigolades...

Depuis leur rencontre à un déjeuner réunissant le maire et d'autres personnalités, une quinzaine d'années plus tôt, les deux amis n'avaient jamais laissé passer plus d'une semaine sans se retrouver chez l'un ou chez l'autre, dans un restaurant ou un bar de la ville, seuls ou avec la bande de copains qui s'était constituée autour d'eux. D'année en année, leur intimité fraternelle ne s'était jamais démentie. Tous deux se retrouvaient dans leur passion pour leur travail, leur goût pour la liberté, leur soin à dissimuler une sensibilité peu à la mode chez la gent masculine. Chacun avait organisé une fête à tout casser quand l'autre avait été promu et Baptiste, qui avait perdu son père dans un accident de voiture sur la meurtrière Nationale 202, était accueilli comme un fils par les parents de Nathan, qui n'oubliaient jamais son anniversaire.

Godfine avait l'impression d'errer dans un monde faux, irréel, qui allait, qui devait se désagréger sous le soleil, comme le plus terrible des cauchemars. Mais non, Baptiste était bel et bien attaché, maintenu sur sa chaise, pendant que lui devait continuer ce travail de policier que soudain il haïssait.

Caniel se dirigea vers la chambre d'amis, où Del Chiappo interdisait qu'on pénètre car elle était remplie de ce qu'il appelait son fourbi de travail. Le voyant faire, Del Chiappo ouvrit la bouche comme pour un long hurlement de protestation, puis sembla se raviser. Pour l'instant, il n'avait pas de meilleur allié que le silence.

Godfine rejoignit Caniel et tous deux pénétrèrent dans la chambre. Sidérés, ils y découvrirent un véritable atelier de luthier. Le lit et les meubles anciens qu'y avait vus autrefois Godfine avaient disparu. Sous la fenêtre avait été installé un établi sur lequel reposait une presse à l'allemande. Au milieu de l'établi, un grand morceau de feutre vert était étalé, sans doute pour préserver des éraflures ou autres risques encourus les instruments qu'un luthier aurait parfaitement pu confectionner dans cet atelier inattendu. Et partout, au mur ou ailleurs, de multiples outils s'entassaient : une scie à araser, une autre à chantourner, des ciseaux, des rabots, des gouges et des bédanes, ainsi qu'une véritable collection de canifs, grands ou petits, larges ou étroits, à long manche, qui reposaient sur un coin de l'établi.

Le regard de Godfine ne pouvait se détacher de ces canifs à petite lame et grand manche. Il songea à l'incompréhensible dépeçage localisé des victimes. Il ne comprenait pas, il ne comprenait rien, et une partie de sa vie basculait dans un néant cruel et menteur. Brusquement, comme un secours, un doux regard bleu soyeux traversa sa conscience. Il s'y accrocha. Il fallait qu'il se reprenne et qu'il continue, pour comprendre ce qui s'était passé et apporter la vérité à ceux qui y avaient droit, en particulier à Serena, qui avait cru un temps pouvoir reconstruire une vie décente.

Sur un large fauteuil reposait un étui à violon ouvert dans lequel un instrument magnifique, captant les rayons du soleil qui filtraient des persiennes entrebâillées, semblait doué d'une vie propre, riche, mélodieuse.

C'était un splendide violon au vernis fauve, soyeux, à la forme parfaite, au bois satiné, donnant une impression de moelleux, de velouté comme une peau d'ange. L'instrument semblait surnaturel, doué d'une vie intérieure, attendant patiemment celui qui saurait le faire chanter, le maître qui révélerait aux foules les sons ineffables trop longtemps retenus.

Sur l'établi, maintenus par une mécanique spéciale, reposaient sur un velours bleu électrique trois fils rigides qu'on aurait pu prendre pour des cordes de violon s'ils n'avaient été recouverts d'une matière étrange, beige et rose, qui les dissimulait totalement. Visiblement, il manquait une quatrième corde sur l'appareil. Godfine et Caniel blêmirent en même temps. Le lieutenant n'osait pas regarder son supérieur. Crispé, les mâchoires contractées, Godfine sortit de la pièce et demanda encore une fois à Del Chiappo, mécaniquement, sans s'approcher de lui :

— Pourquoi, Baptiste, pourquoi ? (Puis, sans attendre une réponse qui ne venait pas :) Emmenez-le.

Après avoir chargé Caniel de convoquer au plus vite l'équipe de la police scientifique, Godfine téléphona à Cigliano, qui ne put croire ce que lui révélait le commissaire.

— Ce n'est pas possible, Nathan, pas possible !

— Et pourtant... Toutes les preuves sont là. On va t'apporter tout ça dans pas longtemps, tu jugeras par toi-même.

— Tu savais que Baptiste jouait du violon ?

— Vaguement... Il avait dû en parler une fois, il y a des années. Je crois que son père lui avait offert un bel instrument. Je ne sais pas si c'est celui qu'on a trouvé ici.

— Et quand bien même ! Quel rapport avec les meurtres ? Pourquoi ces tueries ?

— Ça, je n'en sais encore fichtrement rien. Et crois-moi, les questions se bousculent dans ma cervelle. Il vient de nous faire une crise de nerfs pas possible, d'une grande violence. C'est justement aussi pourquoi je t'appelle. Il faut que tu passes à Foch l'examiner. Je veux savoir si je peux le maintenir en garde à vue et l'interroger, ou s'il faut l'hospitaliser.

— J'irai dès que nous aurons raccroché, bien que ça ne m'emballe pas.

— Je n'arrive pas à imaginer que Baptiste ait été un psychopathe à ce point atteint, sans que nous n'ayons jamais rien remarqué. Ça me paraît impossible.

— C'est plutôt un névropathe, d'après ce que tu me racontes.

— Quelle est la différence ?

— Pour schématiser, je te dirai qu'un psychopathe peut avoir des pensées totalement illogiques, qui vont le mener à un comportement étrange que tu finiras par déceler. Alors qu'un névropathe reste logique, il a une conduite sereine, tranquille. Mais si tu fais monter la pression, il peut alors avoir de terribles crises de panique accompagnées d'un comportement irraisonné. C'est ce qui semble s'être passé, non ?

— Exactement. Il criait, il était en nage, d'abord très violent, puis hébété.

— Voilà, c'est tout à fait le comportement d'un névropathe.

— Alors, dis-moi comment nous allons le retrouver, maintenant ?

— On peut espérer qu'une fois la crise terminée, il retrouve une attitude normale, et même qu'il fasse des aveux.

— Ça promet une séance d'enfer ! Dire que je vais envoyer mon meilleur ami au trou jusqu'à la fin de ses jours !

— Ce n'est pas toi qui vas l'y envoyer, Nathan. Ne dis pas n'importe quoi.

— Tu crois qu'il a agi par jalousie ? À force d'être le faire-valoir de stars immenses, il a peut-être disjoncté ?

— Non, je ne le pense pas. Il y a autre chose, que nos cerveaux ne peuvent décoder dans sa logique de malade. Je vais voir Baptiste de ce pas, et je te rappelle, à moins que tu sois dans ton bureau d'ici là. Puis je filerai au labo examiner toutes ces pièces dont tu m'as parlé.

— Je compte sur toi pour faire très vite.

— Plus que jamais, mon vieux. Je suis aussi remué que toi. Encore une fois, es-tu totalement sûr de sa culpabilité ?

— Ça m'étonnerait que tu en doutes lorsque tu verras ce qu'on t'apporte. D'autre part, le détail qui m'a inconsciemment travaillé tout le temps de mon voyage à Vérone, et qui m'est revenu en mémoire pendant que je voyais ces voitures se courser, ce sont les paroles de Baptiste juste quand je le quittais pour partir à Vérone. Imagine-toi qu'il m'a proposé de m'aider dans mon enquête en mettant à ma disposition sa connaissance du monde lyrique pour fouiller parmi les frustrés, les jaloux, etc. Il m'a assuré que ce n'était pas son genre de jouer les délateurs, mais qu'il ne supportait plus d'assister sans rien faire au massacre des plus grandes voix que compte l'art lyrique. C'est alors qu'il s'est écrié : « À quand le cinquième meurtre si tu ne le coffres pas ? » Tu comprends ?

— Le cinquième meurtre ? Ça alors ! Tu avais déjà fait devant lui la relation entre les meurtres des trois chanteurs et celui de Bertini ?

— Absolument pas, justement. Il n'y a qu'avec toi que je l'ai faite. C'est ce qui m'a bouleversé lorsque je me suis rappelé les paroles de Baptiste. Sur le coup, je n'ai pas relevé, malgré l'énormité de la chose. Je suppose que j'ai dû élever une barrière psychologique pour épargner mon ami... Mais en face de ces voitures qui s'éraflaient, ça m'est revenu comme une tornade dans l'esprit, en même temps que le sac que j'avais aperçu chez lui et la peinture noire de sa voiture sur le pilier de l'hôtel. Et même une réflexion anodine qu'il m'a faite alors qu'il était mal réveillé: « Fais gaffe, les Italiens conduisent comme des malades. » Ça m'a complètement retourné.

— Il y a de quoi. Il ne peut plus s'en sortir. De toute façon, avec ce que tu m'as dit qu'il y avait dans cet atelier chez lui, il est cuit. Je file à Foch, et on se retrouve là-bas. À plus tard.

Godfine raccrocha, sous le regard encore incrédule de Caniel. L'équipe scientifique se mettait en place, rapide et efficace.

Nathan descendit prendre sa moto au garage. Déjà, une remorque emportait la voiture de Baptiste en vue des recherches d'indices. Le commissaire sentit comme une amertume endeuillée écraser son cœur. Arrivé à Foch, il décida d'attendre les conclusions de Cigliano avant de passer les coups de fil nécessaires au juge et au procureur. Immobile devant la fenêtre, il songeait à la réaction de la mère de son ami, si douce et déjà si vieille, à celle de ses propres parents, au désespoir d'Odette, dont il avait saisi la force de l'amour qu'elle portait à Del Chiappo, à l'incrédulité de Bella pour qui Baptiste était aussi un copain dynamique et gai, à Ravana qui en perdrait sûrement la parole... et puis à la ville entière, voire au pays, qui allaient être secoués par la nouvelle de sa culpabilité. Baptiste était un journaliste spécialisé aux connaissances musicales sans limites, internationalement connu et estimé. Le monde lyrique allait vaciller. D'ici à ce qu'une psychose, puis une légende, se forgent à travers cette histoire, il n'y avait peut-être qu'un pas, un effleurement...

25

CIGLIANO PÉNÉTRA dans le bureau de Godfine et posa sa trousse sur l'immense table de conférence dont les dimensions le surprenaient encore.

— Quand te décideras-tu à bazarder cette table interminable pour t'installer un bureau fonctionnel, aux mesures normales ?

— C'est bien le moment de m'en préoccuper ! Alors ?

— Il est calme, en pleine possession de ses moyens. Tu peux le maintenir en garde à vue et l'interroger.

— Je ne suis pas sûr d'être ravi de la nouvelle. Il t'a dit quelque chose ?

— Rien qui m'ait frappé. On dirait qu'il attend de se retrouver en face de toi.

— Alors il va encore attendre un peu. J'ai besoin de tes premières constatations pour étayer mes certitudes.

— J'y vais, mon vieux. Je t'appelle aussitôt que j'en aurai terminé.

À nouveau Godfine se retrouva seul avec ses pensées malmenées. Auparavant, lorsqu'il se sentait tracassé par une enquête difficile, il appelait Baptiste, et, après quelques instants de bavardage ou un verre avalé ensemble au bistrot du coin, il remontait requinqué dans son bureau, paré pour poursuivre ses investigations. Cette époque était définitivement révolue. Qui pouvait-il appeler maintenant ? Bella courait toujours après le temps, détruisant les tumeurs à tour de bras. Elle n'aurait pas un quart d'heure pour l'écouter. Mu par une impulsion qui lui aurait semblé incongrue trente secondes plus tôt, Nathan décrocha son téléphone et composa le numéro d'Alexia Madratini. Ce fut Serena qui répondit.

— Oui ?

— Mademoiselle Misniuc ? Nathan Godfine au téléphone.

— Bonjour, commissaire, du nouveau ?

— Il se pourrait bien... Je venais prendre de vos nouvelles. Où en sont les démarches de Franco pour vos papiers ?

— Je crois que c'est en bonne voie. Le pauvre homme se donne beaucoup de mal et veille consciencieusement à me rencontrer toujours en présence d'Alexia. Il en est presque touchant ! Il m'a dit qu'après l'été, il se pourrait que je sois enfin en règle. Je vous avoue que j'ai hâte !

— Et votre travail ?

— Ça se passe bien. Je fais office de bouche-trou : on m'envoie interroger un peintre, un cuisinier, une libraire... Mais je ne me plains pas, bien au contraire. Je marche dans les rues de votre belle ville... Je n'aurais jamais pensé m'y sentir si bien... Je suis allée sur la tombe de Wanda également. Si je n'y vais pas, qui ira ? Pauvre fille...

— Serena... Seriez-vous libre demain ?

— Je peux l'être.

— J'aimerais vous revoir et... je veux dire, vous apprendre de vive voix les dernières nouvelles, qui auront de quoi vous surprendre. Connaissez-vous le bar du *Radisson ?*

— Je vous en prie, commissaire, pas de bar, pas d'hôtel. Je m'arrête souvent face à la mer, à la plage du Blue Beach. Je peux rester des heures assise là, à écouter les vagues. Voulez-vous m'y rejoindre ?

— Sans problème. 17 heures ?
— 17 heures, c'est d'accord. À demain, commissaire.
— Serena ?
— Oui ?
— Je m'appelle Nathan.
— À demain... Nathan.
C'était fou ! Serait-il seulement libre demain à 17 heures ?

À la fin de l'après-midi, Cigliano frappa à la porte du bureau de Godfine et entra sans attendre la réponse. On lui avait indiqué en bas que le commissaire était dans son bureau et qu'il semblait particulièrement maussade. Dans ces moments-là, il valait mieux l'éviter.

— Qu'est-ce que tu fais là, Raoul ? J'attends ton appel depuis des heures !

— Je viens de finir. J'ai préféré passer te donner mes conclusions de vive voix. C'est tellement énorme !

— Alors ?

— Le violon a été fabriqué dans la pièce où vous l'avez trouvé. La colle, le vernis, les pièces de bois, tout correspond. On... Baptiste a dû y passer des années. Il est parfait. Les bois sont rares et utilisés à très bon escient. D'autre part, ce sont bien des cordes de violon que tu as trouvées sur l'établi. Ce sont même celles qui ont servi à étrangler les artistes. Mesures exactes, prélèvements correspondants, paillettes d'or minuscules et...

— Ça avait pourtant un drôle d'aspect. Je n'ai vu ni or ni acier.

— Et pour cause ! Tiens-toi bien, mon vieux, ces trois cordes étaient enveloppées dans de la peau humaine, complètement recouvertes de bandeaux de peau de trois ou quatre centimètres de large sur plus d'une cinquantaine de long. Et qui plus est bien entretenues, les peaux ! Souples, lisses... C'est ça, le matériau beige et rosé dont tu me parlais ce matin.

— Quelle folie !

— Une folie logique et durable, n'oublie pas ça au cours de ton interrogatoire. Au fait, lui as-tu parlé depuis ?

— Non, je t'avais dit que j'attendrais ton rapport. Caniel, va me chercher Baptiste, on s'y met de suite, avant que l'idée ne me prenne de passer par la fenêtre parce que je suis en train de perdre un frère...

— Bon, je te laisse, mon vieux. Courage... Et si tu as besoin...

— Je sais, Raoul, merci.

Caniel revint avec Baptiste, menotté et calme. Le cœur de Godfine accéléra ses battements. « Mon ami... »

— Baptiste, que s'est-il passé ?

— Je suis content de te voir, Nathan. J'avais hâte de tout t'expliquer. Une fois que tu auras compris, tout ira très bien. Tu te souviens de Jean Bertini ?

— Évidemment.

— Nous ne nous connaissions pas à l'époque. Je crois qu'on s'est rencontrés l'année suivante, tu te rappelles ? J'étais encore à l'école de journalisme et je voguais de stage en stage... En réalité, je consacrais tout mon temps libre à ma passion secrète.

— C'est-à-dire ?

— Le violon, bien sûr. Tu te rappelles comment nous nous sommes connus ? Au départ, je trouvais ça rigolo de me faire un pote dans la police. Ça pouvait toujours servir. Mais après, je me suis vraiment mis à t'aimer, mon vieux, je te jure. Tu te rappelles les virées qu'on faisait jusqu'à point d'heure ?

Godfine bouillait d'impatience, mais il sentait qu'il fallait laisser Baptiste filer son chemin, sous peine de mettre abruptement fin à ses confidences, qui ne tarderaient sans doute pas à se transformer en aveux.

— Comment as-tu fait la connaissance de Bertini, Baptiste ?

— Il me donnait des cours de violon. J'ai cru qu'avec lui je pourrais être assuré de démarrer ma carrière de soliste sur les chapeaux de roues, avec les bases les plus solides qui soient.

— Ta carrière de soliste ?

— Enfin, Nathan, tu n'as pas encore compris que je suis un violoniste exceptionnel ? Un musicien unique, précieux, et que j'ai accepté d'être inconnu jusqu'à présent pour mieux laisser mon génie exploser au firmament des vedettes internationales, le temps venu ?

— Bon, et alors ?

— Tu as déjà vu un violoniste talentueux sortir des mains de Bertini ? Jamais ! Aucun ! Lui-même possédait un grand talent, mais il était incapable de le transmettre, ce vieil imbécile ! Aucune pédagogie dans sa cervelle de pédé !

— Ton nom ne figurait pas sur sa liste d'élèves.

— Je ne venais pas régulièrement. Il ne voulait pas. Il me tenait caché au cas où j'aurais accepté ses avances silencieuses. Tu veux que je te dise ? Il voulait me sauter, l'abruti ! Moi, tu te rends compte ! Il en était tellement obsédé qu'il n'a même pas remarqué le don que le ciel m'avait donné. J'étais né pour jouer du violon, transporter les foules avec ma musique, et lui, le grand soliste international, ne voyait que mes fesses moulées dans mon jean !

— Tu lui as cédé ?

— Moi ? (Del Chiappo partit d'un immense éclat de rire.) Tu me demandes ça, toi, mon meilleur ami ? Tu es fou, Nathan !

— On ne sait jamais... Les expériences de jeunesse... Alors ?

— Un jour, il n'a plus voulu que je vienne prendre mes cours. Il avait dû comprendre que je ne lui céderais jamais. Ou alors il était tellement jaloux du don qui m'habitait qu'il a voulu l'étouffer dans l'anonymat. J'ai vu rouge. Il fallait qu'il m'aide. Il refusait. De rage, je me suis jeté sur lui et je l'ai étranglé. Ce n'était pas grave, tu sais, il était déjà fini, en tant que musicien. J'étais ceinture marron de judo, à l'époque. Ça n'a pas été difficile. Et c'est là, à ce moment très précis, que le ciel m'a ouvert ses promesses. J'ai senti vibrer sa gorge pendant qu'il mourait, et j'ai compris d'où venait le fait que je ne progressais pas pendant mes leçons. Mon professeur était nul. Mon violon était nul. D'ailleurs, tous les violons auraient été nuls au vu de la finesse de mon talent. Il me fallait un instrument créé pour moi, uniquement pour moi. La perfection des perfections. J'allais donc prendre mon temps, fabriquer cette merveille tranquillement, sans brûler aucune étape, avec les matériaux les plus magnifiques, les plus rares, les plus appropriés qui soient. C'est ce que j'ai fait.

— Tout cela est très beau, Baptiste. Mais pourquoi les meurtres ?

— Ce ne sont pas des meurtres, voyons, ce sont des emprunts incontournables !

— Pardon ?

— Écoute, Nathan, fais un effort, sinon on y sera encore demain ! Le râle de Bertini a été une révélation. En une fraction d'une merveilleuse seconde, j'ai compris ce qu'il me restait à faire. Il faudrait, le temps venu, recueillir les vibrations essentielles des cordes vocales des plus grands chanteurs du monde pour les transmettre directement aux cordes de mon violon. Pour ce faire, je devais conserver pendant quelques semaines la peau qui avait enveloppé ces cordes vocales, afin d'en envelopper durant ce temps les cordes de mon violon, pour que l'ultime vibration se maintienne le plus longtemps possible et rende à tout jamais magique mon instrument. Tu comprends, ce violon que j'ai fabriqué avec passion et minutie est véritablement un être vivant auquel il me revenait de donner ce qui lui manquait encore, le souffle pur et céleste. Et ce souffle, je ne pouvais le recueillir, tel un élixir précieux, que de la gorge des étoiles mourantes, qui délivrait alors le son essentiel, juste, épuré, parfait à tout jamais. Tu vois, ce n'est pas plus compliqué que ça. Tu comprends, au moins, Nathan ?

— Avec quoi as-tu prélevé les rectangles de peau ?

— Avec un canif spécial, fabriqué dans les ateliers de Mirecourt. Tous les luthiers en possèdent plusieurs. Ils servent, selon leur taille, à ébaucher les poignées, à poser les chevalets, à ouvrir les ouïes... J'en ai choisi un à lame très courte, trois centimètres au plus, et au manche en érable, comme ça se fait la plupart du temps. En fait (Baptiste se mit à rire), je l'ai piqué...

— Baptiste...

— Laisse-moi finir, au lieu de m'interrompre constamment ! Alors, j'ai donc choisi le journalisme musical, j'ai rédigé des reportages mémorables, qui ont été remarqués. Je suis devenu l'ami des plus grands, le confident, celui qui n'abuse jamais de leur confiance, qui ne divulgue pas les secrets murmurés et qui sait mieux que personne reconnaître et souligner leur travail, leur talent, leur art splendide.

— Comment as-tu pu les tromper pendant toutes ces années ?

— Les tromper ! (Baptiste se dressa, outré.) Les tromper ? Mais tu es vraiment obtus, mon pauvre ami ! Ce sont des êtres exceptionnels, presque des génies, des bourreaux de travail, des voix séraphiques ! Je les aime vraiment ! Je suis heureux qu'Isaac, Jenny et Sofia vivent éternellement grâce à moi. Quel plus beau cadeau pouvait-on leur offrir ? Les vibrations magnifiques de leurs voix splendides palpiteront à jamais dans les cordes de mon violon, qui restituera fidèlement les sons les plus beaux du monde. Tu sais, Nathan, tu n'as pas fait le bonheur de Jacob Touiliti en venant ficher le bazar chez moi avec tes gros sabots d'ignare, mon pauvre vieux ! Quel retard tu infliges à mon travail ! Pourquoi ne t'es-tu pas contenté de Dutillet ? Avoue que j'ai été sympa de te fournir une telle crapule, non ?

— Il n'a tué personne, Baptiste.

— Tu parles ! Il pousse tous les jeunes qu'il fréquente au tabassage, au lynchage. Il se régale des passages à tabac, des violences de ses amis pourris. Il me débecte !

— Moi aussi, si tu veux le savoir. Mais il n'a tué personne.

— Désolé, mon vieux, tu es trop puriste. Moi, je voulais t'aider. Tu es mon meilleur ami. Je voulais que tu élucides cette affaire haut la main. Remarque, tu n'as pas perdu ton temps, avec ces crapules de Campozzani et de Novicet, hein ?

— Pourquoi les poupées, Baptiste ?

— Tu me déçois, Nathan. Il faut t'expliquer le plus évident. Où est ton sens de la déduction ? Personne n'en voulait, de ces poupées. C'est le vendeur de chez Lompezzo qui me l'avait dit le jour où j'étais entré en acheter une. Elles étaient en vitrine. Elles me ressemblaient. Belles et invisibles, à cause de ce capuchon mal cousu qui leur tombait sur l'œil et empêchait qu'on admire ce regard profond et sensible. J'en avais une dans la poche le jour de Bertini... et j'avais même le cutter que j'utilisais à l'époque, quand je me faisais un peu d'argent chez le luthier Arthur Mallat. C'est d'ailleurs là que j'ai connu Dutillet, et non plus tard, à l'Opéra. J'ai vite compris ce qu'il faisait de son temps libre, le salaud. Alors, je te l'ai fourgué dans les pattes, avec l'histoire des cheveux, pour qu'il soit enfin puni de ses erreurs politiques. Pour revenir à ta question sur la poupée, je l'ai laissée chez Bertini volontairement. Je voulais qu'on comprenne qu'une injustice venait d'être commise par ce violoniste de malheur... Après, j'ai eu l'Idée... Je suis retourné en acheter une dizaine, au cas où je raterais mon coup une ou deux fois. Mais ça ne s'est pas produit. La Providence était avec moi. Comment aurait-il pu en être autrement ?

— Baptiste, comment te sens-tu ?

— Un peu crevé. J'ai faim !

— Caniel va t'emmener. Caniel...

Godfine avait la voix brisée. Les deux hommes sortirent. Nathan décrocha son téléphone.

26

DEPUIS QUELQUES INSTANTS, Godfine, appuyé contre un lampadaire de bronze vert, admirait Serena qui s'offrait tout entière au soleil, détendue et superbe. Assise sur un banc de bois blanc face à la mer joyeuse, la jeune femme n'avait plus ce visage tendu, austère et désespéré que Godfine lui avait vu lors de leurs premiers entretiens. La gentillesse et l'attention d'Alexia, en mal de maternité, remplissaient leurs bons offices. Vêtue d'une robe blanche à bretelles, Serena semblait avoir un peu grossi, et ça lui allait bien. Godfine s'avança vers elle.

— Bonjour, Serena, je suis en retard ?

— Pas du tout. Je suis là depuis longtemps, ça me fait du bien. Souvent, je trouve même l'inspiration pour mes articles ici. Mais comme vous semblez fatigué ! L'enquête est difficile ?

— L'enquête est terminée, Serena.

Doucement, comme un convalescent qui peu à peu retrouve ses ressources, Nathan raconta à Serena les événements qui l'avaient conduit à Baptiste. Serena posa sa main sur le bras de Nathan, dans un geste profondément amical.

— Que va-t-il arriver à votre ami, maintenant ?

— C'est aux experts d'en décider.

— Le reverrez-vous ?

— Je ne peux pas imaginer de le laisser tomber dans cette épouvantable situation. Je serai simplement là, car je ne peux rien faire pour lui. Et puis, il y aura le procès, s'il n'est pas reconnu malade...

Dans la grande tristesse qui s'entortillait autour de son cœur, la présence de Serena était au commissaire comme un concentré de fraîcheur, de promesse enracinée...

La jeune femme ouvrit son sac et en sortit un paquet qu'elle tendit à Nathan.

— C'est un cadeau pour vous.

— Pour moi ! Pourquoi ?

— Pour vos bonnes paroles, pour vos encouragements muets, pour votre respect de l'être humain, et... pour vos délicieux chocolats, si réconfortants !

Nathan ouvrit le paquet et découvrit des CD dont il déchiffra les titres :

— *Le Carnaval russe. Souvenir de Posen. Fantaisie orientale opus 24*. Henryck Wieniawski. Ça alors ! Vous vous êtes souvenue !

— Ça me fait plaisir de vous les offrir, vraiment.

— Je connais un endroit tranquille où nous pourrions les écouter dans le calme, confortablement installés, proposa Nathan, son regard bleu électrique plongé dans celui de Serena.

— Allons-y, répondit en souriant la jeune femme.

Ils se levèrent. Leurs mains ne s'étaient pas lâchées.

Imprimé en France
Dépôt légal : mars 2020
ISBN : 978-2-8129-2659-4
ISSN : 2496-3720
livres@centrefrance.com

Achevé d'imprimer en décembre 2019
sur les presses de l'imprimerie *La Source d'Or*
63200 RIOM
Imprimeur n° 14538

Dans le cadre de sa politique de développement durable,
La Source d'Or a été référencée IMPRIM'VERT® par son organisme consulaire de tutelle.
Cet ouvrage est imprimé - pour l'intérieur - sur papier bouffant 80 g main de 2
provenant de la gestion durable des forêts.